大秦帝國

第二部 上卷

国命纵横

孙皓晖 著

中信出版集团 | 北京

图书在版编目（CIP）数据

大秦帝国．第二部．国命纵横．上卷 / 孙皓晖著．—北京：中信出版社，2016.7（2025.1 重印）
ISBN 978-7-5086-6414-9

I. ①大… II. ①孙… III. ①长篇历史小说—中国—当代 IV. ① I247.5

中国版本图书馆 CIP 数据核字（2016）第 151749 号

大秦帝国
著者： 孙皓晖
出版发行：中信出版集团股份有限公司
（北京市朝阳区东三环北路 27 号嘉铭中心 邮编 100020）
承印者： 河北鹏润印刷有限公司

开本：787mm×1092mm 1/16 印张：15.25 字数：227 千字
版次：2016 年 7 月第 1 版 印次：2025 年 1 月第 23 次印刷
书号：ISBN 978-7-5086-6414-9
定价：598.00 元（全 17 册）

献给中国原生文明的光荣与梦想

目录

第三章　西出锹羽

第四章　谈兵致祸

楔子

一场千古罕见的暴雪湮没了秦川。

秦人谚云：秋后不退暑，二十四个火老虎。谁能想到，火老虎还在当头，滚滚沉雷便不断在天空炸开，硕大的雪花从天空密匝匝涌下，弥漫了山水，湮灭了原野。无边的嘭嘭嚓嚓之声从天际深处生发出来，直是连绵战鼓，敲打得人心颤。雄视关中的咸阳城四门箭楼，顷刻间陷入了茫茫雪雾之中。九里多宽的渭水河面本来还是碧波滚滚，半个时辰中便被暴雪封塞成了一马平川。泾水、灞水、沣水、浐水、滈水、潏水、洛水，全部在一顿饭的辰光雪雕玉封。巍巍南山，苍苍北阪，尽被无边无际的白色帐幔覆盖。倏忽半日，鸟兽归巢，行人绝道，天地间一片混沌飞扬的白色，整个世界都被无边的风雪吞没了。

渭水南岸，却有一支黑色马队，正在茫茫雪雾之中向南疾行。

惊雷闪电，暴雪压顶扑面。这支马队依然保持着整肃的部伍，不徐不疾地走马行进，没有丝毫的惊慌失措。马队护卫着一辆黑色篷车，在无边雪幕中越过灞水，爬上蓝田塬，徐徐没入了被秦人称为“南山”的连绵群峰。奇怪的是，马队一进南山口，骇人的连天暴雪顿作了纷纷扬扬的鹅毛飞舞，马队所必须经过的峡谷险道上，也只积了薄薄一层冰雪，无碍于马队篷车的行进。爬上南山主峰时，莽莽苍苍的青山绿水在漫天飞舞的雪花中影影绰绰地显了出来。

一座雄峻的主峰在连绵群山中突兀拔起，于苍茫天地间生发出一片巍巍霸气。这是南山主峰，大河长江的分水岭。由此向南向北，都是堕入尘寰的长长的下山道。在这般雨雪天气中，寻常商旅与行人车马，是不敢走这南山主峰峡谷道的。仅是这段十里长的坡道，就足以令行者变色止步了。这支马队在峰顶停了下来，一个身披黑色斗篷者跳下马，回首瞭望笼罩在无边雪幕中的混沌秦川，扑地跪倒，对天三拜，又霍然站起，转身高声命令道："二十人下马护车！下山路滑，千万小心了！"

"郡守，我们去何处？"马队前一个精瘦的将军嘶哑着声音问。

"大蟒岭——"黑斗篷将马鞭向东南遥遥一指，"明日午时前，务必抵达！"

"嗨！"将军答应一声，立即翻身下马，刷拉一声撕下铁甲鳞片下的衣袖，大喊一声："弟兄们，裹住车轮，莫使打滑！"已经下马的二十个骑士，立即撕下各自衣袖，开始包裹车轮。

"山甲，用这个！"郡守胳膊一扬，一领黑斗篷向那个精瘦将领飞了过去。

"郡守，这可不行！你要受风寒。"精瘦的山甲又将斗篷掷了回来。

"嘿嘿，有何不行？"郡守说着下马，将斗篷三两下撕成布片，"你舍得前军副将不做，我樗里疾舍不得一件斗篷？来，包结实，只要商君不受惊……"说话间已是语声哽咽了。

"郡守……"山甲脸上一抹，甩出一把泪水汗水雪水，嘶哑地喊了一声，"弟兄们，小心了！商君回家要平安！"

"将军放心！商於有商君，打断骨头连着筋！"士兵们一片吼叫，齐刷刷分做两边拥住了车轮。后边数十名骑士也全部下马，用两根大绳连环拴住马具，再拽住车厢，骑士们牵住战马。显然，这是要连排倒退着下坡。

山甲一甩令旗："小心！下坡——"

"嗨——哟！下坡了哟！莫打滑哟！"随着缓慢沉重的号子，篷车倒退着向山坡慢慢滑下。大约用了一个时辰的工夫，在步卒与马队的前扛后拉下，篷车方才缓缓地滑下了长长的山坡，湮没在纷纷扬扬的雪雾中。经过一昼夜奔波驰驱，次日将近正午时分，马队终于到达了险峻奇绝的大蟒岭。

大雪已住，红日初出，崇山峻岭间一片洁白晶莹。

遥遥看去，这大蟒岭大体上是一片南北走向的山峰，北接桃林高地，东接崤山群峰，南边数十里是秦国要塞武关，几是一条逶迤盘旋的龙蛇，商於人便呼之为大蟒岭。这片山地虽然不算十分隐秘，但却是临近武关、崤山的边界山地，要出秦国可算得十分便当。商於郡守樗里疾与商於望族的老族长们秘密计议，决意将商君与白雪的遗骨安葬在这里；其中深意，是秦国一旦有变，商君遗体便能迅速转移。

强悍倔强的商於山民们，一直为当初没有能保护住商君痛悔不已，如今要安葬保护商君遗骨，官民一体万众一心，没有丝毫的犹豫。所有从商於山地走出去闯世事的商於子弟，无论从戎的兵将，还是从政的吏员，都义无反顾地将商君看成了商於大山的"自己人"，商君的归宿理当属于商於。做了名臣封地的庶民，将功臣封主看作至高无上的圣贤，这是春秋战国以来久远的大义传统。自然，更深的根基在于，商君对秦国有无上功勋，对穷困的商於有再造之恩，却又从来无求于封地丝毫。如此封主，商於人如何不刻骨铭心？上天将商於赐予了商君，就是将商君的危难沉浮托付给了商於子民。商君临难，商於人若袖手旁观，天下大义何存？商於人颜面何存？那个做了前军副将的山甲，就是昔日商君在栎阳南市徙木立信时的扛木少年。正是这个山甲，带了一百名商於子弟兵从函谷关秘密赶到咸阳刑场，要在刑场抢尸，发誓将商君遗骨运回商山。与此同时，在咸阳为官为吏为商的商於人也纷纷走动，秘密联络，私相筹钱，打制了坚固的篷车，准备为商君收尸。

在渭水大刑场，商於郡守樗里疾与商於族长们与这两股商於"乡党"不期而遇，一个眼神，三股力量便凑到了一起，不消片刻，已迅速秘密地计议停当。

行刑即将结束之际，惊雷暴雪骤然降临。监刑官员们还在手足无措的时刻，商於人以他们特有的精明算计，三方配合，从无数要为商君收尸的力量中捷足先登，抢走了散落在刑场草地的商君尸骨，也抢走了白雪的遗体，干净利落得连一根头发都没有落下。及至甘龙、杜挚与孟西白们一片惊呼，寻觅商君遗体以“验明正身”时，商於人的马队已经消失在茫茫雪雾之中了。

商於人的神速隐秘干净利落，让侯嬴率领的富有秘密行动传统的白氏门客们惊叹不已。他们是要将商鞅和白雪的遗骨运送回魏国，安葬在安邑涑水河谷的白氏墓地，利用白圭的巨大声望，保护商君夫妇的墓地不遭破坏。侯嬴虽然想到了秦人绝不会教商鞅暴尸街头，但也以为，在甚嚣尘上的反变法声浪中，秦国即或有人行动，也是颇为顾忌，岂能有他以商君“亲属”名义公然行动来得快捷？没有想到，商於人竟在如此混乱的人海中有如此神奇的快速行动。惊怔之中，侯嬴得知了这股抢尸者是商於人，感慨地长嘘一声，命令白氏门客们停止了行动。

咸阳刑场还有另外一股秘密收尸的力量，这是玄奇率领的墨家弟子。玄奇在陈仓河谷安顿好虚弱昏迷的荧玉之后，便与身边的十多名少年弟子开始筹划安葬商鞅与白雪。以墨家弟子的训练有素，本当稳妥办成。然在人山人海的刑场上，在惊雷暴雪的混乱中，玄奇的十几个人显得力不从心。刚刚挤挨到刑台附近，玄奇眼见一队骑士围住了刑车，一群精壮的黑衣人呼啸而至，飞奔着捡拾散落的尸骨，顷刻之间烟消云散。问一个老人，得知这是商於人的行动，玄奇当即放弃抢尸，率领弟子直奔商於大山来了。

千山万壑的大蟒岭中，有一座高耸入云的孤峰，商於人叫它孤云峰。

寻常时日，总有一片白云缠绕在这座孤云峰的半山腰，谁也没看见过这孤云峰究竟有多高，有多险。此时大雪初晴，红日高照，孤云峰云雾尽收，清亮亮地显露了出来。遥遥看去，一柄长剑直刺青天，又恰似银装素裹的长发仙女，亭亭玉立在万仞群山。峰顶一片皑皑白雪，几株苍松翠柏，在阳光下分外高洁。接近峰巅处生出一片小小的岩石平台，挂下一帘晶莹透亮的冰瀑，直伸向幽幽谷底。

这里，便是商於人为商君和白雪选择的墓地。

樗里疾与十三县令并数十名老族长，为了商君安葬，大费了心思。按照传统礼法，商君当以公侯国葬待之。如今商君蒙冤，身受极刑，国葬礼遇夫复何求？反复计议，商於人决意按照山民最古老最隆重的礼仪来安葬商君。原先，人们想到的，只是将商君遗体神圣地安葬在绵绵大山的隐秘地带，却没有想到，会有一个如此美丽的女子为商君殉情而死。白雪在刑场殉情剖腹，血染法场，使商於人和千千万万老秦人一样热血沸腾，唏嘘不已。再度计议一拍即合，商於人决然要用“悬棺大贞”来安葬商君夫妇。

在这崇山峻岭之中，山民们有一种古老的习俗——对那些生死相许有口皆碑的忠烈殉情者，将他们的遗骨安葬在高高的山峰，称之为“悬棺大贞”。悬棺者，安葬之方式也。大贞者，生者对死者之定位也。凡被悬棺安葬的死者，都被山民们尊为圣洁之神，受到人们世世代代的景仰。商君极心为民，是尊神，是法圣，更是成就忠贞痴爱的高洁名士，理当葬以“悬棺大贞”，理当受到民众最为隆重最为久远的祭祀。

正午时分，从四野山乡赶来的民众已经聚集在四面山头，摆好了各自带来的祭品，遥遥眺望着雪白苍翠的孤云峰。由商於十三县遴选出来的一百三十六名精于攀岩的药农子弟，在精瘦的前军副将山甲的指挥下，一锤一凿地打成了通向孤云峰平台的一道山梯。药农子弟们上到平台，在岩缝松柏上系好了十多条粗大的麻绳。

一声号令，大绳齐刷刷沉到山根。

山根下早已经整治平坦。樗里疾率领十三县令与数十名白发苍苍的老族长，正在两名巫师指点下，恭敬庄重地对商君夫妇举行入殓仪式。

中间空地的一张大案上香烟缭绕，系着红绫的牛头、羊头、猪头整齐排列。这是最隆重的三牲祭礼。寻常山民即或是祭拜祖先天地，也不舍得用这三牲祭品的。祭案前，是一口打造得非同寻常的大型双葬棺木。说它非同寻常，一则是用材柏木，二则是三重棺椁，三则是棺椁外的保护装饰层用了“水兕之革”——水牛皮。

按照古礼，这都是有违礼法的僭越。棺木用材，礼仪规定是“尊者用大材，卑者用小材”。具体说，天子用柏木，诸侯用松木，士与寻常官吏用杂木。如今，商於人给商君用的是柏木。棺椁规定照样严格。就实用性说，“棺”是直接装尸体的木器，“椁”则是棺外的套层。棺外套椁，礼仪规定是天子四重，诸侯三重，大夫二重，士一重。而今商君棺外三重椁，是与诸侯同礼。棺椁外的保护与涂彩装饰，只有天子可以用“水兕之革”，其他诸侯贵族只能用不同等级的丝织品，或其他低等皮革了。商於人根本不理会这些烦琐的礼仪，山乡多水田，不缺水牛，为何不用？如此安排之下，本来就很大的双葬棺木，摆在那里更是华贵显赫，不亚于王室葬礼的声势。

“置冰——”棺椁安顿就绪，一名红衣巫师高宣了下一道入殓程式。

四个老人上前，小心翼翼地将山岩上凿下的四箱干冰，稳妥地安放在棺材四角。这叫“置冰”，即尸体旁放置冰块，也有极为严格的礼法讲究。冰块来之不易。王室与诸侯均有一个称之为“凌人”的作坊，专门职司制冰用冰；只有贵族尸体可用冰块降温，而且盛冰的器具（玉盘或是瓦盘）、冰块的大小（几尺之冰），均以死者品级之高低与死时的气温而定。商於人不理会这些，采来了孤云峰冰瀑上那几乎永远不化的干冰，又用上好的蓝田玉石雕成方匣，将干冰盛入，端的是人间极致，虽天子无以做到。

装好干冰，巫师仔细地将商君尸骨拼装起来，并且神奇地为尸骨穿上了白丝长衫，戴上了高高的白玉冠，再覆盖了一件白色的斗篷。那名白发苍苍的红衣女巫师，将白雪尸体仔细地擦拭洁净，装扮得栩栩如生，而后将她与商君并排入棺。按照礼法，入棺之后要在棺中放置“殓服”若干套。春秋时期，死者无论尊卑，“殓服寿衣”至少需要十九套。战国之世葬礼大大简化，但基本的程式也还都保留着。棺中放置“殓服”，就是必需的不能简化的一道葬礼程式。恰恰是这一点，商於人大感为难。商於没有大商人，最好的衣服也就是郡守县令的官服了，然则品级太低，与商君身份大不符合；以庶民寻常衣物入棺，多倒是多，只是商於人心中不忍。反复计议，一时间束手无策。

樗里疾思忖有顷，断然下令：“商君非俗人，心敬礼敬可也，无须拘泥，往下走。”

白发苍苍的巫师一举木剑，便要招魂。招魂之后，盖棺殓成，棺椁就不能再打开了。

正在此时，山道上一声高喊：“且慢盖棺——”话音落点，马蹄如雨，一队长衫骑士在场外滚鞍下马。一个须发灰白的中年汉子匆匆走到樗里疾面前，拱手高声道：“白氏总执事侯嬴，特来为商君、白姑娘送上葬礼殓服。”

樗里疾长嘘一声：“天意也天意……敢问义士，殓服几何？”

“殓服四十八套，均为白姑娘生前为商君所置。”

场中官民顿时一片感慨唏嘘。此时又闻马蹄声响，一个蒙面女子领着一队少年下马，走进场中道：“樗里疾大人，奉荧玉公主之命，特来为商君、白姑娘送葬，带来殓服三十套，均为二人常用衣物。”

樗里疾大为感慨，向二人深深一躬：“二位大贤，非但解我商於之难，若商君夫妇地下有知，也当安息九泉矣！来，入殓服！”

两个巫师恭敬地接过一个个衣包，仔细平整地摆放在棺木之内。

一时稳妥，老巫师举剑向天，长声呼唤：“商君归来兮——三生为神——”

女巫接着举剑长呼：“夫人归来兮——三世圣女——”

反复呼唤中，巨大的棺椁被披麻戴孝的工匠们訇然合盖，砰砰钉封了。

樗里疾捧起一坛清酒，缓缓地洒到棺前，跪地长拜：“商君、白姑娘，安心地去了，商於子民永远守护着你们的魂灵……”

白茫茫人群全体跪倒了，四面山头哭声大起，山鸣谷应间天地为之悲怆。

“商君、白姑娘，升天了——起——”

粗大的绳索伸直了，孤云峰平台上传来整齐的号子声，巨大的合葬棺椁稳稳升起。专门守候在山腰石梯上的药农子弟们伸直了手中的木杈，稳稳地顶住了棺椁，使其始终在距离山体两三尺外缓缓上升。数不清的陶埙竹篪，吹起了激越悲壮的秦风送葬曲。

第一章 铁腕平乱

一　义渠大牛首接受了羊皮血契

车裂商鞅，咸阳的世族元老们大相庆贺了。

连日来大雪封门，太师府邸却是门庭若市。总管府务的家老督促着二十多个仆役不停地清运院落、门庭与车马场半人深的积雪，才堪堪容得流水般的车马停留转圜。到太师府拜访的，都是清一色的世族贵胄。他们驾着华贵的青铜轺车，穿着历代国君亲赐的各种色式的勋贵礼服，谈笑风生地联袂而来，喜庆之情超过了任何盛大节日，在冰天雪地肃杀凛冽的咸阳城，映出了另一道风景。

太师府的正厅早已经满当当无处立足，临时应急在庭院中搭起的防雪席棚下，也站满了衣饰华贵的宾客。贵人们挤挤挨挨地走动着相互寒暄，却都只是高声谈笑着老天有眼、雪兆丰年之类的万能话语，时不时爆发出一阵舒畅之极的哄然大笑。奇怪的是，没有一个人谈论邦国大事，尽都在闲扯，却无不兴味盎然。秦人管这种闲扯叫“谝闲传”，是窝冬时节亲朋邻里相聚时消磨寒天的传统功夫。但这些华贵的宾客们高车骏马冒雪而来，却不是为了在这里谝闲传来的，他们显然在等待什么，却是谁也不说，只管高兴。

冬日苦短，看看暮色已经降临，暴雪虽然小了，可雪花还是纷纷扬扬地飘舞着，寒气袭来，已经有人开始跺脚了。这时候，华贵的宾客们渐渐安静下来，喧哗谈笑在不知不觉间凝固了。

“哎，怪也！我等没吃没喝，在这里磨叨了一天？”有人惊讶了。

“对呀，老太师该出来说几句了。”有人恍然醒悟过来。

“然也，冠带如云，还不是要老太师定夺一番？”

“是也是也，老太师为何还不出来？”

议论纷纷中，有老人大声咳嗽起来。一声方落，引来满庭院一片喀喀之声，有几个白发老人被猛烈的咳嗽憋得满脸通红，蹲在地上上气不接下气地大喘起来，抹鼻涕擦涎水忙个不停。华贵的宾客们在整日亢奋中原是不觉，一旦亢奋平息，那随着一整天喋喋不休的谈笑侵入体内的冰雪风寒之气骤然发作出来，使这些久不任事的勋贵大是难堪，在庭院席棚下纷纷蹲坐，自顾喘息不暇了。

“老太师接见诸位大人！”偏在乱纷纷之际，家老走出正厅高高喊了一嗓子。

华贵的宾客们突然来了精神，一齐站了起来，殷殷望着正厅通向寝室的那一道拱形门。

一声苍老的咳嗽，白发苍苍的老太师甘龙颤巍巍走出了隔门。他扶着一支桑木杖，身着一领没有漂染的本色麻布袍，一头白发披散，头上没有玉冠，腰间没有锦带，活似一个乡间老翁，与盈厅满室的华贵宾客相比，老甘龙寒酸得秃鸡入了鹤群一般。但就是如此一个老人，当他穿过厅堂，走到廊下，目光缓缓扫过正厅，扫过庭院时，华贵的宾客们却都羞愧地低下了头，避开了他那呆滞尖利的目光。

“老太师，我等都，都想听听，你的高见。”太庙令杜挚期期艾艾地开了口。

“哼哼。”老甘龙冷冷笑了一声，“老夫唯国君马首是瞻，何来高见？尔等都是老于国政了，邦国大事要在朝堂商议，懂么？”说完，径自颤巍巍转身，谁也不搭理地回去了。满室勋贵大是尴尬，你看我我看你，一脸大惑不解。新任客卿赵良极是聪敏，略一思忖恍然透亮，高声道："诸位大人请回，天气冷得紧也。"说完径自回身走了。

"回去回去。"杜挚似乎也明白了什么，粗声大气道，"也是，只能做，不能说也。"

勋贵们这才活泛过来，纷纷抬头望天："走吧走吧，冷冻时天，回家窝着去。"不咸不淡地相互议论着，各自匆匆去了，连三三两两的同路都没有，与来时的成群联袂高声谈笑大相径庭。片刻之间，太师府门可罗雀，又恢复了清冷的光景。

当家老走进书房禀报时，老甘龙正偎着燎炉，用一柄长长的小铁铲翻动着红红的木炭，仿佛要看透木炭火一般。听完家老禀报，他那沟壑纵横的脸只是抽搐了几下："家老，叫甘成来。记住，太师府从今日起，不见任何客人。"家老恭敬点头："晓得了。"匆匆去了。

片刻之后，一个四十多岁的中年人进了甘龙书房。他是老甘龙的长子甘成，也是一领麻布袍，朴实得像个村夫，唯独那炯炯发亮的目光，那赳赳生风的步态，自然透露出一种精明强悍。老甘龙有三个儿子，次子甘砜与三子甘兖都早早在国府做了相当于下大夫的实权吏员。唯独这最有资格做官的长子甘成，却一直是白身布衣，在家闲居，而且极少与人来往。除了过从甚密的几个门生故吏，朝中许多人甚至不知道老甘龙有这个长子。但是，恰恰是这个白身布衣的儿子，才是老甘龙真正的血肉肱股，才是支撑甘氏部族的栋梁。老甘龙被完全湮没的二十三年中，所有的密谋都是通过这个貌似木讷的甘成实施的。没有甘成，甘龙当初便不可能制造太子杀人事件，也不可能知道公孙贾的真相，更不可能与他共谋密联世族力量从而促成车裂商鞅。甘成是老甘龙的秘密利器，是斡旋秦国政局的主轴。现下车裂了商鞅，秦国正当十字路口，老甘龙又要使出他的秘密利器了。

拨旺了燎炉木炭，啜吸着浓稠的米酒，父子从天黑一直密谈到东方发白。

半个月后，封堵道路的大雪还没有完全消融，一辆牛车出了咸阳北门，咯吱咯吱地上了北阪，冒着呼啸的寒风驶进了北方的山地。

赶车的两个人一身红袍，一口大梁官话，任谁看也是魏国商人。他们不急不慌地在冰雪地里蠕动着，每遇村庄便用药材换取兽皮，偶尔也在哪个山村歇息两天，与猎户、农夫、药人尽兴地谝着闲传。如此这般走走停停，连过年都在路上晃悠，待到雪消冰开杨柳新绿的三月初，这辆牛车终于来到了陇西地带的山林河谷。这一日，牛车翻过一座高山，一片苍黄的林木，一片凌乱的帐篷赫然显现在眼前。

“甘兄，义渠国么？”年轻商人指着树林帐篷，兴奋地喊了出来。

“何有甘兄？谨细些了。”四十多岁的红衣商人老成持重地斥责了一声。

“一高兴忘记了，掌嘴！”年轻商人嬉笑着打了自己一个耳光。

“高兴事在后头，急甚来？先歇口气儿，听我说说义渠国的底细。”

“早该说了！害我做了一路闷葫芦，憋气！”年轻人一边高声大气地嚷着，一边利落地从牛车上取出一块干肉与一只酒囊走了过来。中年商人接过酒囊拔开塞子，咕咚咚大喝了一气，大袖沾沾嘴角，长长地喘了口粗气，便指着河谷密林中的帐篷，缓缓说了起来……

义渠，一个古老的部族。商末周初的时候，义渠是西戎中有数的大部族，也是少数几个以“国”自称的强大部族。那时候，义渠的活动区域在漠北草原，是个完全游牧的草原部族。义渠人剽悍善战，占据着漠北最好的河谷草原。到了西周末年，周幽王失政乱国，要废黜太子宜臼。申侯（申国国君）是太子舅父，便秘密联络西戎发兵保护太子。西戎本来就对中原敬慕垂涎不已，黄发、红发、义渠、犬丘等八个最大的部族联合组成了八万骑兵攻进了镐京，号称“八戎靖国”。八戎骑兵本打算为中原王室建立一个大功，从新天子手里得到一个封爵、一片边缘草场就满足了。及至攻进镐京，发现王室军队竟不堪一击，中原诸侯也无人敢于应战，八戎野心大为膨胀，杀死了周幽王，将王室洗劫一空，又大火焚毁了镐京。其中义渠骑兵杀戮最烈，被周人呼为“牛魔义渠”。太子宜臼发愤雪耻，秘密跋涉到陇西请求秦人发兵靖难。秦部族举族秘密东进，五万骑兵与八戎八万骑兵展开了血战，将八戎骑兵杀得尸横遍野。从此，八戎与秦人结下了血海深仇。尤其这义渠部族，死伤最多，两万精壮只逃回了五千，仇恨最大。

两百多年后，东周衰弱，西戎各族又开始杀进中原。南边的山夷、东边的东夷、北边的诸胡、西边的戎狄，四面喊杀蚕食，汪洋大海般包围了中原。义渠最为强悍，竟一路烧杀到了黄河南岸，占了两三百里大的一片荒原，宣布称“王”，要将这里作为建立“义渠国”的根基。这时，齐桓公联合诸侯，尊王攘夷，九次联合中原诸侯，对入侵中原的夷狄展开了大战。义渠部族西撤时，被刚刚即位的秦穆公率领秦军堵住了退路。一场惊心动魄的血战，义渠一族被杀得只剩下两三万人突围逃窜，又一次和秦人结下了血海深仇。

后来，中原争霸，秦穆公却全力平定西方戎狄。大大小小一百多个戎狄部族，全部被秦军打败，变成了秦国的附庸诸侯。也就是说，戎狄臣服秦国，缴纳贡赋，但依然自治。秦穆公唯独对义渠国恨之入骨，将义渠精壮三万人全部迁徙到秦国腹地，罚做奴隶民户，将其余老幼女人则全部驱赶到阴山以北的荒漠地带去了。义渠部族对秦人又记下了一笔血仇。

秦穆公之后，秦国四代衰弱，义渠部族又顽强地杀了回来，占据了泾水上游的河谷草原。直到秦献公即位，秦国整军经武，要先除义渠这个眼中钉，而后再对魏国开战。打了几次，义渠都败了，但却逃得极快，始终未伤元气。秦军一退，义渠立即卷土重来，气得秦献公哭笑不得。这时，年轻的上大夫甘龙提出了“安抚义渠，以定后方”的谋略，又慨然请命，只身前赴义渠和谈。历经三月，甘龙与义渠首领达成了“义渠称臣，秦国罢兵”的血契。秦国后方安定了，义渠也获得了休养生息。

当时，义渠占据的只有泾水上游的河谷草原。可是在秦献公无暇西顾的二十多年间，义渠又趁机占据了漆水河谷与岐山、梁山一带的山地草原，变成了半农半牧的大部族。秦孝公与商鞅二十多年间忙于变法，只要西部戎狄不生叛乱，也不会去触动他们。如此这般，义渠国安定地繁衍了五十多年，已经变成了一个富庶强盛的部族。

“我说也。”年轻人一笑，“老哥哥成算在胸，原是老伯于义渠有再生之恩，好！”

“虽说如此，还是不能大意。”中年人凝望着河谷密林中的缕缕烟柱，“戎狄凶顽，只是可用之利器罢了，不能与他认真。好了，走。”

牛车嘎吱嘎吱地下了山坡，顺着小道走向林中。只见河谷两岸的山坡上大火熊熊，围着山火的大群赤膊男女挥舞着手中的木耒铁耜欢呼雀跃，嬉闹一片。山火一熄，欢呼的人群立即扑进还冒着火星的草木灰中，挥舞着木耒铁耜猛力挖翻热土，又是一阵呼喝喧闹。中年人低声告诉年轻同伴：义渠部族认定牛是自己的祖先，是神灵，不能用牛拉车耕田，更不能宰杀，只能骑着牛打仗，拓荒种田都是人力。

“怪诞！”年轻人轻蔑地摇摇头，冷笑一声。

“别乱说。到了，看。”

前方的河谷树林已经是枯叶萧疏，一片大瓦房显露出来。房前空场上飘着一面黑色的大纛旗，依稀可见旗面绣着一头狰狞的牛头人身像。两人在林外停下牛车，徒步向瓦房走来。

突然，林中“哞”的一声低沉的牛吼，有人高声喝道：“牛，生身父母！”

“人，牛身灵性！”中年人奋力回答。

林中小道走出一名壮汉，身穿筒状的兽皮长袍，粗声大气问：“秦人么？”

“正是。”

“要做甚来？”

“要见大牛首，特急公事。”

“啊，懂了，是否甘、杜二位公子？”兽皮长袍者审视一番，显然是个知情头领。

“正是，在下甘成。”中年人一指同伴，“这位乃公子杜通。我等见过将军。”

“将军算个甚来？我是二牛！”兽皮长袍者认真纠正着自己的官号，又向树林外一瞥，脸黑了下来，“你，敢用牛神爷拉这烂车？”

“二牛大人，”甘成拱手答道，“这是头神牛，它自己非要拉着车来见大牛首。”

“噢？车里可是给大牛首的贡物？”二牛黑着脸。

“正是。药材、兽皮、刀剑。”

二牛突然哈哈大笑：“难怪难怪！当真神牛！”又转身高喝，“五牛，去将牛爷爷卸套，叫两个女人去侍候。你自己拉车到宫里来！”

“嗨！五牛遵命！”林外有人粗声答应。

“好了。你，你，随我二牛来。”头前大步带路走了。

杜通拼命憋住笑意，跟在郑重其事的甘成身后，穿过曲曲折折的林间小道。不经意一瞥，杜通却发现密林中隐藏着至少一两百身穿土黄色兽皮的弓箭手，引弓对准林间小道，心中一惊，不禁冒出了一身冷汗，四面环顾，却又不禁“噗”地笑出声来。原来林间疏疏落落的空隙处，闲走着几头壮硕的黄牛，一群男女正争相钻在牛腹下吮奶，更有几个半裸少女爬在牛脊梁上气喘吁吁，呻吟不断……甘成回身，向杜通严厉地瞪了一眼，拉起他的手大步向前。

出得树林，来到那片大瓦房前，甘成拉着杜通便向那面牛头人身的大纛旗扑地拜了三拜。领路的二牛两手圈在嘴边，向大瓦房内高声传呼：“哞！秦国老太师公子，求见大牛首！”

大瓦房内也“哞”的一声牛吼，随即一个悠远的声音应道：“进——”

甘成、杜通来到正中的大瓦房前，却见一扇整石大门洞开着，六名虎皮弓箭手雄赳赳站立门外。进得门内，幽暗一片，浑如夜晚。原来房内没有窗户，进深又深，若非一盏粗大的兽油灯吱吱冒着油烟摇曳闪烁，还真难以开目见物。甘成、杜通不由得揉揉眼睛，才看见大屋最深处有一方极大的义渠人叫做“火炕”的土榻。炕上一大张虎皮，虎皮上斜卧着一个须发花白的老人。甘成心知，这是大牛首无疑了。大牛首的火炕下有一个大洞，洞里火光熊熊，满屋子都热烘烘的。两个半裸的女奴正偎在眯着双眼的大牛首身旁，一个为他仔细地梳理白发，一个用小木槌轻叩他的小腿。火炕旁边的地上，昂首挺立着一头弯角闪亮的威猛公牛，牛身披着红布，牛头戴着铜面具，不断出蹄踩踏着伏在地上的一个裸体女人。女人辗转反侧轻轻呻吟着，似乎并不感到痛苦。

甘成还算得镇静如常。杜通却因第一次来义渠，惊讶得进了梦境一般。

“来者可是甘、杜二位公子？”火炕上的老人沙哑地悠然开口了。

“甘成、杜通，参见大牛首。”

“好了好了。老太师给我老牛带甚个好物事来了？”

“禀报大牛首，家父奉送药材一百斤、兽皮一百张、上好刀剑一百口。”

“噢，都是老牛想要的物事嘛。说，是要我出兵咸阳么？”老人依然眯缝着眼睛。

甘成拱手道：“大牛首，义渠靖难咸阳，并非家父一人之意，实是万众国人之心。商鞅新法不废，穆公祖制不复，义渠人也将大祸临头。”

“老太师可有亲笔书信？”大牛首没有理睬甘成的慷慨陈词。

“大牛首明察，家父阴书随后便到，只怕……只怕义渠无人可以整读，是故，先由甘成杜通为特使，以彰诚信。”

“嘎嘎嘎嘎嘎！”突然一阵老鸹似的长笑，大牛首道，“中原阴书算个甚？老牛懂得！敢小视我义渠么？”

杜通一直没敢插话。他当然明白“阴书”的讲究：但凡军国大事要传递秘密命令，便将一份书信的十多支竹简打乱分成三五份，由几个快马骑士分路急送，每个快马骑士只送一份，若万一被敌方截获，任谁也看不懂其中意思。收信人收齐竹简后，按照竹简背后的暗符重新整理排列，便知原意。这叫“三发一至”或“五发一至”，若无有经验的书吏，确实容易弄错顺序，导致错解密信内容。义渠蛮戎，何来此等书吏？想想生气，杜通不禁高声道：“大牛首不明事理！老太师派出公子，还不如一封阴书么？”

大牛首又是一阵嘎嘎怪笑：“你这小子，说得还算有理。好，这件事撂过，老牛也不在乎那几片竹板子。”

“大牛首明断。”甘成不失时机地奉承了一句。

“哼哼。”大牛首冷了脸，拾起了方才的话题，“甘成，你也休得欺瞒老夫。商君变法，与我诸族有约：戎狄祖制，三十年不变。我义渠，有何大祸可言？”

“大牛首差矣！”甘成连连摆手，“纵然三十年不变，大牛首的安宁时光也只剩得五年了。五年后新法推行西陲，义渠人就得用牛耕田拉车了，族奴也得废除。大牛首也只能做寻常族长，再也不是义渠封国的大牛首了。义渠人，也得编入官府户籍，男丁得从军，女子得种桑麻，一人犯法，十家连坐。到得那时，义渠封国的牛神日月，只怕要从泾水河谷消失了。”

一时间，屋内的义渠牛官都惊慌愤怒地望着甘成。

大牛首霍然坐直，推开身边女奴，冷冷一笑：“恢复了穆公祖制，义渠又有甚个好处？”

“祖制恢复之日，秦国世族元老将拥立新君。义渠国可得散关以西三百里地面，正式立国，大牛首可称义渠大公，与秦国并立于天下！”甘成慷慨豪爽，俨然一国使臣。

“只可惜呀，空口无凭，嘎嘎嘎嘎嘎！”大牛首又是一阵老鸹大笑。

杜通跨步上前：“大牛首，这是世族三十二元老的血契！”双手捧上的是一方白色羊皮。火炕上的大牛首接过，凑近吱吱冒烟的兽油灯，一片血字赫然在目。最后是大牛首耳熟能详的一片名字。大牛首端详一阵，抖抖羊皮笑道：“那我就留下这篇血契了，日后也有个了结。”

杜通急道：“大牛首，这可不行，我等还要到其他部族……”

甘成连忙抢断话头：“大牛首，旬日间我便可从狄道归来，届时留下血契为凭，如何？”

大牛首阴沉着脸沉吟道：“也好，我不怕你等骗诈。但有血契，我便发兵。否则，甭怪我老牛说了不算。”

甘成愣怔住了。按照他父子的谋划，血契“只做看，不做留”。如此重大的裂土分国的凭据，绝不能留在这些素无定性的蛮夷手里。然则这个老奸巨猾的大牛首，没有血契便不发兵，这却如何是好？他之所以要从最近的部族开始联结，就是怕万一在他们的联结还没有完成的时候咸阳突变，已经联结的部族就能立即发兵；如果不给他留下血契，这个万全谋划等于落空，岂不坏了大事？思忖片刻，甘成拱手道："大牛首如此看重血契，我等就留它在义渠。然则，我有两个约件。"

"说吧。老牛只要不受骗，就不为难你。"

"其一，若其他部族头领派人来查，大牛首须得出示血契。"

"这血契，原本是对西陲诸部的，自然应你。"

"其二，若我等尚未回程而咸阳有变，大牛首得立即发兵。"

"啪！"大牛首双掌一拍，"我义渠与秦人有五百年血仇，用得你说？一言为定！"

在义渠盘桓了一夜，甘成、杜通又详细询问了义渠的兵力与可联结的同盟部族，为狡黠的老牛首出了许多主意，第二天早晨方才离去。

一路上，杜通对留下血契有可能引发的后患忧心忡忡，絮叨几次。甘成又气又笑道："你是昏头了？不知第二步谋划么？"杜通怔怔道："第二步？第二步是何谋划？"甘成劈手一鞭，甩断了一根粗大的拦路枯枝："掌权之后，立即剿灭戎狄！秦国后院有此等鸟国，谈何穆公祖制？他留下血契，鸟用！"

杜通恍然大笑："甘兄儒士，粗话却忒妙。直娘贼！走！"

二人大笑，扬鞭催马，向西去了。

二　百骑扬威　震慑草原

西出陈仓的山道上，还有一支马队在兼程疾驰。

从整肃奔驰的阵势看，这不是一支普通的马队。但是，既没有旗号，又身着布衣便装，还押着几辆遮盖得严严实实的篷车，却又分明不是军中骑队。马队中有一辆轺车，车中站着一个又矮又黑的肥子，却是那个商於郡守樗里疾。这支奇特的马队一路疾行，不在任何驿站休整，只在偏僻无人的荒凉河谷饮马打尖，然后又是无休止地奔驰。旬日之间，马队越过葫芦水、上游渭水、祖历水、关川水、庄浪水，进入了戎狄部族聚居的陇西大草原。

神秘马队引起了戎狄牧人的惊奇，飞马跟踪，一路报到了郡守单于的大帐。

却说樗里疾料理完商君丧事后，写好了辞官书呈递咸阳，将郡署的公文、印信并一应府库钱粮打点清楚，准备回祖籍老家种田了。窝冬本来就没有甚公事，今年冬天更是冷清，樗里疾心头郁闷，除了隔三差五地找山甲饮酒，倒也悠闲地收拾妥当，准备开春后封印离去。看看过了二月头天气变暖，竟还没见罢黜君书下来，便想自顾离去。不想正在这日，官署外马蹄声疾，一骑快马堪堪赶到，报说咸阳特使到了。樗里疾生性豁达，不想将辞官弄得生硬而去，出门接了特使君书，打开一看，大大地吃了一惊——国君急命：宣他与前军副将山甲紧急赶赴咸阳！

樗里疾大是迷惑。将他当做“商鞅党羽”问罪么？君书中却只字未提商於官民与他樗里疾在冬天的作为，仿佛商於郡没有发生过任何事情一般。细细一想，国君要是拿他治罪，岂能等到今日？即或处置迟缓，派公室禁军来拘捕也完全来得及，因为他并没有逃跑的准备。是国君有所顾忌么？不会。这个新君的作为，樗里疾从远处大处看得很透，他能对商君这样的栋梁权臣动手，又何须对一个小小的郡守闪烁其词？然若非治罪，还有何种可能？莫非要升官？念头一闪，樗里疾不禁哈哈大笑，自己当真滑稽，竟在辞官归隐之时还能想到如此美事，人心，真真不可思量也。愣怔半日，樗里疾觉得还是该当走一趟咸阳，问心无愧，怕他何来！悄悄地辞官而去，日子过不安宁，心里也舒坦不了。思忖妥当，找来山甲一说，山甲也是欣然赞同。

第二日清晨，二人快马出山，直奔咸阳而来。

咸阳城的雪灾还没有彻底消弭，几乎被掩埋的四面城门，费了数万步兵之力，方才清理出来。城内街巷则大费周折，官吏、禁军、国人全部出动，铲雪堆雪运雪，整整一个冬天，咸阳才从冰封雪拥中挣脱出来。饶是已经开春，国人还是懵懵懂懂，依然沉浸在那心有余悸的惊雷暴雪之中。放眼望去，到处晃动着茫茫白色，冻干了的雪人触目皆是，漫无边际的雪原迟迟不能消融。眼看就要春耕大典，街巷却一片冷清。店铺没有开门，作坊没有工匠，官市没有生意，街上没有行人。这个生机勃勃的新国都，第一次在春天陷入了无边的沉寂。

樗里疾和山甲恰恰在这时来到咸阳，心里也是冷冰冰的不自在。进了宫门，行经车马广场，满当当一片干冰雪人。山甲不管不顾，狠狠啐了一口："直娘贼！世事咋变成了这样子！"樗里疾笑了："嘿嘿嘿，既来之，则安之，先听天由命。"前边领路的内侍仿佛没听见，自顾领着两人曲曲折折地来到一座小殿前，伸手一做请，轻捷地走了。

两人进殿，又被一个须发灰白的老内侍领进了国君书房。新国君笑着请他俩入座，却对他们在商於的事情问也没问，就展开了书案上的那张羊皮大图道："两位看看，这里是何地方？"樗里疾眼睛一瞄道："陇西，戎狄草原。"山甲只是点点头没有说话。新君嬴驷正色点头："知道就好。今日就是要派你二位做特使，到陇西去，做一件大事。"樗里疾惊讶地睁大了眼睛，一时不知如何应对，看看山甲也是木呆呆地犯迷糊。终于，樗里疾期期艾艾地拱手道："君上，这，这，合适么？我的辞官书？"

嬴驷哈哈大笑道："有甚不合适？二位都是奇能忠义之士，难道做不了特使？辞官书？我没看见过啊。"愣怔片刻，樗里疾觉得没必要多说了，看了山甲一眼，二人深深一躬："请君上明示使命。"

"好！"嬴驷亲自掩上了书房大门，回身笑道，"我说完了，你等要是还不愿去，许你辞官。"坐在了书案前，一口气秘密交代了整整一个时辰。

出宫时，已经是天色暮黑了。回到驿馆，二人一番商议，次日立即分头准备。樗里疾准备一应文事，山甲则秘密挑选骑士并做一应武备。三日后的一个夜晚，一支马队便从咸阳北阪的松林中秘密出发了。

这是一次最模糊最艰难也最没有把握的出使，使命是：拆散戎狄部族与世族元老可能产生的叛乱同盟，釜底抽薪，防患于未然。说实在话，樗里疾确实没有成算。但当他听完新君的一席肺腑之言，还是二话不说慷慨应承了下来。"赳赳老秦，共赴国难"，有商君的铮铮硬骨在前，身为商君变法的地方干员，他能推辞么？但说到底，樗里疾还是被新君嬴驷铲除复辟、维护新法的胆识征服了，有这样的国君，商君总算没有白死。

然则，如何完成这趟使命，先到哪里，后到何方，樗里疾却大费了心思。

秦国大势：关中的老秦人绝不会跟随世族反对变法；唯一的危险，就是具有动乱传统的西部戎狄部族。戎狄诸部若不动荡，铲除上层的世族力量，就变成了一件比较简单的事情。否则，秦国的半壁河山大动荡，铲除世族也就变成了投鼠忌器的棘手大事；秦国必然要花很长的时间，来消磨这些反对变法的势力；搞得不好，新法功败垂成亦未可知。然则要稳定西部，却是谈何容易。

戎狄，是春秋战国时期对西部游牧部族的一个总称。实际上，西部戎狄包括了大小一百多个游牧部族。他们的生存地域极为广阔，东起泾渭河谷，西到无边无际的草原群山，根本没有确切的边界。这还只是与秦国相关的游牧部族，若要再算上燕赵两国北部草原大漠的游牧部族，那简直是数不胜数；若再算上楚国东南部众多的山林南夷部族，华夏中原便处在了游牧部族与山林蛮族的四面包围之中。虽然这些游牧部族与山林部族落后愚昧，一般不会对中原构成真正威胁，但在特定时期，若有诱发因素，游牧部族与山林部族从四面蚕食中原，灾难也是毁灭性的。春秋初期，由于王权衰落诸侯争夺，中原自顾不暇，这种灾难总爆发了。游牧部族与山林部族从四面大举进攻中原，中原农耕文明被压缩到了仅仅剩下黄河流域与淮河流域，一时岌岌可危。当时的齐桓公联结诸侯，倡行“尊王攘夷”，放弃诸侯之间的争夺，全力消灭游牧夷族的威胁。二十余年，大小百战，入侵中原的游牧部族与山林部族，方才被全部驱赶出中原。自那次大灾难之后，与蛮夷接壤的诸侯国，便将征服游牧部族与山林部族当做了头等大事。北部的赵国、燕国，东部的齐国，南部的楚国，西部的秦国，都不遗余力地对蛮夷大动干戈。当时的秦穆公最彻底，索性放弃东进争霸的雄心，全力对西部游牧部族开战，二三十年中，征服戎狄游牧部族一百多个，基本上安定了西部地区，也为秦国打下了一片广阔的后院。从那以后的百余年间，西部戎狄部族便做了秦国属地。

毕竟，游牧部族化入农耕文明的过程是艰难缓慢的。西部地区既是秦国的后院，也始终是威胁秦国的一座活火山。穆公之后，秦国但凡有动荡，戎狄部族必然是作乱一方的借用力量。秦国为使戎狄部族彻底归化，花费了极大气力。秦献公时，为全力东出，确保后院安定，将许多功勋世族举族安插进戎狄部族区域，督导游牧部族尽速地化为真正的秦人。

这一举措的结果，一方面是安定了戎狄部族，另一方面也使秦国世族与戎狄部族产生了盘根错节的关联。有些戎狄部族，逐渐地变成了某些世族直接的部族力量，唯世族之命是从，而不知公室国府为何物。而今，有可能在咸阳作乱的，几乎包括了秦国所有的世族元老，利用西部戎狄部族的力量做最后一争，便成为秦国世族最有可能的选择。

要使戎狄部族脱离世族控制，以秦国君主之命是从，绝非一件容易的事。

樗里疾知道，新君选定自己，一大半是因了自己的戎狄血统。

樗里疾祖上，本是陇西渭源河谷的大驼族人。大约还在嬴秦部族作为殷商王朝的西部常驻军时，樗里族因给驻军牧马，渐渐地变成了半牧半农家族。后来又因与华夏人通婚，化成了完完全全的耕战农人。秦穆公时，樗里疾的祖先与戎人英雄由余一起为秦国平定西部立下了汗马功劳，一时成为陇西望族。秦出公时，樗里疾的曾祖娶了出公的一个堂妹，算是与公室联姻，成了国亲。不幸的是，秦出公命蹇时乖，做了三年国君，便被逃亡在外的公子嬴师隰（秦献公）发动政变夺去了国君大位。樗里族由此被株连，地位家道一落千丈。秦献公时，樗里疾的祖父不能做官，只好回到陇西河谷侍弄桑麻。十年勤奋，挣得个富裕小康，又兼经常为戎狄头领们排解纠纷，竟成了戎狄部族中人人敬仰的“樗里公”。但樗里疾的父亲却又很想返回秦国腹地，于是在四十多年前，又回到了陈仓山地的河谷居住。在秦国新派力量中，子车氏一族、樗里一族，算是与戎狄部族渊源最深的家族了。但是，子车氏的车英身为国尉，地位太过显赫，显然不适宜作为秘密特使。于是，樗里疾便成了最合适的特使人选。国君若不清楚樗里族的家族历史，如何会教他这个文职郡守深入陇西去完成如此重大的使命？

但是，除了少年时代的模糊记忆，樗里疾还没有回到过陇西草原。这里的一切，对于他都是陌生的。路途倒是不用他操心，秦军中熟悉陇西的骑士大有人在，加上山甲又是个人精，一路上的事务几乎不用他过问。樗里疾唯一要思谋定夺的，是权衡先后次序与对付戎狄部族的众多单于头领。

国君没有交代任何具体方略，只是反复强调了一个目标：一定要切断戎狄部族与咸阳世族的任何盟约，稳定住戎狄部族。具体的行动方略，“悉听特使决断”。国君如此放得开手，倒教樗里疾心里分外沉甸甸的。一番认真琢磨，樗里疾决定走一条“先西后东”的路子——不在东部戎狄区域滞留，直插最西部的游牧部族区，从西向东稳定戎狄部族。

这是一个超乎寻常的大胆思路。寻常人做这件事，都会由近（东）及远（西），逐一安定。这样做保险——咸阳一旦有变，距离咸阳最近的戎狄部族，不会借地利之便对秦国腹地造成压力，而远在陇西草原的戎狄要开进关中，至少得二十天左右，毕竟还有时间做防范准备。

但樗里疾却完全是另一种判断。

从大处着眼，东部的戎狄部族大多与秦国来往很早，渊源较深，虽在表面上仍然保持着原先的生活风貌，然在实际上已经缓慢地脱离了粗放的纯粹游牧，逐渐成为半农半牧的“半老秦人”。更重要的是，他们都不是游牧大部族，真正游牧部族的那种狂野好战，也在他们身上逐步消退，部族的独立战斗力也大大下降。这一带唯独值得担心的，只有一个义渠国。但若没有西部的戎狄后援，义渠国的牛头兵则根本不是秦国新军锐士的对手。

另一面，上邽、临洮以西广阔的山林河谷草原上的游牧部族，才是保持着好战传统与众多人口且有真正强悍战斗力的游牧部族。这些部族虽然也臣服了秦国，但关系却很松散，治权也相对独立得多。这里的郡守、县令都是由大部族的单于轮流担任，实际上不起甚作用，但有大事，还得国君派遣特使直接调停。秦国真正的动荡根源，正是这里的戎狄部族。秦孝公初期，六国策反戎狄，瞄准的也正是这些部族。

在这些部族中，势力最大的是四大部族：山戎、犬戎、赤狄、白狄。若遇战事，这四大部族各自均能发动两三万骑兵，在草原山林区域算得上声威赫赫。西周末年周幽王时，便是这四大部族受申侯拜请，联结义渠与其他三族共八万骑兵攻陷镐京、丰京，将西周的两座京城大火焚毁，渭水平原被抢掠一空。中原诸侯的战车兵闻风丧胆，无人与之争锋。也就是那一次，嬴秦部族受太子宜臼（后来的周平王）之命，从陇西河谷奋然起兵勤王。五万黑色骑兵与戎狄的八万骑兵在渭水平原浴血厮杀，将戎狄大军杀得尸横遍野，唯余一两万人逃回西陲。自那以后的四百多年间，西部戎狄再也没有与已经成为诸侯国的嬴秦部族展开过如此血战，相安无事了一百多年。

直到秦穆公再次起兵平定西戎，大散关与陈仓谷以西的游牧戎便归附了秦国。但在穆公之后的百余年间，由于秦国内乱迭起，国力衰弱，西部戎狄与秦国的关系也就日渐松散。秦孝公即位之初发生的西豲部族叛乱，正是秦国在西部无暇维持的结果。商鞅变法时期，为了稳定西部戎狄，秦国采取了“三十年不变西族”的国策，与戎狄维持了一段井水不犯河水的岁月。若秦国大势稳定并不断强大，西部戎狄自然可以慢慢消化，甚或可以对西部开始一体变法。然则，商鞅被杀，朝局不稳，世族发动了“请命复辟”，西部戎狄的动乱就有了一个大大的诱发因素。四大部族素有敌视中原的传统，又加上对即将来临的“西族变法”忐忑不安，野心自然会蠢蠢欲动，此时若有世族元老出面，约请戎狄发兵“靖难”，难保不会发生四百年前的镐京之变。

这就是西部四大部族的危险所在，也是樗里疾直奔草原深处的用意所在。

六天之后，樗里疾的马队看到了枹罕[1]。

枹罕，秦国最西部的一个要塞，实际上就是一座方圆三里多的夯土

[1] 枹罕，今甘肃省临夏市西南。

城堡。因为地处三条河流的交汇地带，所以成为戎狄四大部族游牧的中心区域。这地方北临黄河，南临大夏水与洮水，东临庄浪水与漓水，方圆千里，山水相连，草原广阔，是秦国西部一块水草丰茂的游牧区域。西部戎狄最有实力的四大部族，在这一区域已经生存繁衍了千余年。

樗里疾在山头遥指草原土城，对便装骑士们下令："进入枹罕，你等便是我这马商的驯马师。山甲将军便是我的家老。安住营地，不得外出滋事，违令者斩！"

"谨遵将令！"山甲与骑士们齐声应命。

"牛角号起，走马下山。"樗里疾一声令下，十名号手"呜呜"吹动号角，一名壮实骑士扯出一面写有"马商樗里"大字的黑旗，跟在樗里疾车后，不疾不徐地向灰色的小城堡而来。暮色中，又大又圆的落日挂在枯黄的草原尽头，羊群牛群马群，都在轰轰隆隆地向这座土城靠拢。有的已经在选定的避风洼地搭起了帐篷，燃起了篝火，用木栅栏圈定了牛羊，肉香和歌声也开始飘荡了起来。放眼一看，靠土城最近的是羊群牧主，外围是牛群牧主，最外围则是马群牧主，遍野烟尘中倒是颇有章法。见有吹着号角的商旅马队下山，扎定的帐篷中拥出了各色男女老幼，惊喜地高喊着："秦货来了！""马商来了！""要羊皮么？羊皮！"

尚未关闭的土城中拥出了十多个皮袍长发的戎人，迎着樗里疾的马队走来，为首壮汉老远就张开双手喊了起来："噢嗬——哪国马商？——"

樗里疾也张开双手做苍鹰飞翔状，高声回答："秦国马商。咸阳樗里——"

"啊哈！咸阳马商，好！"皮袍壮汉兴奋得双手向天高喊，"枹罕人欢迎你们！"

樗里疾知道，来者是当值郡守的迎商吏，下车深深一躬，将一袋半两钱递上："天冷辛苦，弟兄们喝酒了！"迎商吏哈哈大笑着将钱袋扔给身后："贵客心意，平分了！"回头也是深深一躬，"请贵客随我入城，营地已经安排好了。"樗里疾笑道："多谢了。当值郡守是哪一位头领啊？"皮袍迎商吏顿时没了笑脸，高声回答："山戎单于，乌坎大人！"

"单于郡守在城内驻守么？"

“马商贵客大人，乌坎单于的营地驻在外边，喏，那里。”

樗里疾心中一动道：“啊，那我们也就不住城里了。走，向马群帐篷区扎营。”说完，跳上轺车，带领马队向最外围的草原深处冲去。身后皮袍迎商吏却快马赶来，遥遥高喊：“马商大人慢走——我来带路！有狼群——”

月亮挂在湛蓝的夜空时，樗里疾马队的十多顶帐篷扎好了。骑士们虽然便装，却完全按照军法行动，扎营完毕，立即埋锅造饭。樗里疾热情地邀请带路迎商吏品尝了秦中干牛肉、烙面饼与羊羹汤，迎商吏吃得满头流汗，啧啧赞叹不已。饭后，樗里疾请求迎商吏连夜带他到山戎单于郡守的大帐去，迎商吏现出惊讶的神色道：“好马多多了！明天不行么？”樗里疾笑道：“马商讲究快捷。天一亮，单于郡守拆帐走了，岂不好几天？”

“噢——明白！”迎商吏恍然点头，“好商人。走！”

樗里疾对山甲叮嘱了几句，教他留守营地，自己带了两名骑士出帐，随迎商吏向单于郡守的大帐疾驰而去。

在臣服的游牧部族区域，秦国虽然也设置了郡县，但一直没有像秦川腹地那样设立官署与驻军。因为这些游牧部族归附秦国后，游牧生计并没有改变，若常设官署与驻军，对迁徙无定的游牧部族事实上起不了任何作用。对于秦国，这些游牧部族的归附，除了为秦国提供大部分战马与少数骑士，财货上反倒是国府倒贴。秦国重视西部区域的根本原因，是消除背后威胁与提供马匹兵源，保持一个真正安定的后院。基于这个目的，西部区域的郡县官吏，都是由国府赐封各部族头领兼任。枹罕区域草原辽阔，四大部族又不相上下，秦孝公当年西巡时就订立了一个新盟约：四大部族首领（单于）轮流做郡守，每人一年，统辖枹罕四大部族与其他小部族；四大部族各出五千骑兵，组成永远不解散的两万常设官骑，只听当年郡守的命令；其他骑兵则都是老传统，不固定地属于各部族，所谓“聚则成兵，散则为牧”。如此一来，国府省了许多人力财力，部族之间也减少了诸多冲突，头领们乐于轮流执政，牧民们也很少为水草之地大打出手，二十多年来倒是一片升平气象。

山戎单于的大帐，坐落在枹罕土城最外围的草原深处。

樗里疾快马赶到时，单于郡守的大帐里正在举行一场不寻常的聚饮大宴。

枹罕土城坐落在一片连绵大山的南麓，非但向阳避风，且有大夏水从土城南流过，天然的水草形胜之地。冬天是草原部族的休牧窝冬期，从第一场大雪开始，大大小小的部族都从水草之地聚拢到这座土城周围来了。直到来年四月，方圆数十里的大草原，各色帐篷扎得无边无际，马牛羊犬的叫声此起彼伏。冬天聚拢，对牧人们还有一个特殊用场，便是“互市”。所谓互市，一来是相互交换多余物品，二来是与东方商旅交换盐铁布帛等物。一年积攒的皮张、牲畜、干肉等，都要在冬天脱手，换来粮食、盐巴、布帛、兵器、帐篷及各种日用杂物，待得冰雪融化春草泛绿，无数帐篷便星散而去，消失在无垠的绿色草原。那时候，想要找牧人做大笔生意，当真比登天还难。东方商旅总是在秋高气爽的时节，就开始向西部进发，为的就是赶冬天的草原互市。

樗里疾祖居西戎，自然十分清楚冬天对戎狄牧人的意义。

一入草原，他便嗅到了今年冬天草原的不寻常气息。以往的单于担任郡守时，除了两万官骑驻扎土城墙外，牧民帐篷都是自选地点，杂乱无章，牛群马群羊群全然不分。非但给互市带来诸多不便，猝遇风雪或外族入侵，马队牛羊相互夺路，往往混乱不堪。今年迥然有异，土城外只驻了一千官骑马队，其余牧民均按照羊群、牛群、马群的次序，从土城向外延伸：羊群帐篷在最里层，牛群帐篷在第二层，马群帐篷在最外围。乍看之下，仅仅是整顺了一些，似乎无甚其他作用。然则樗里疾看在眼里一琢磨，便觉得大有文章。这种部署的要害作用，是大大便利了军事行动——羊群牛群行动迟缓，又是真正的财富，就驻扎在最靠近土城的最避风处；马群与官骑快速剽悍，却驻扎在最外围的草原深处。这便是不寻常处，明白是戎狄部族进入了备兵状态，一旦有事，随时可战。枹罕向西，杳无人烟，更为广袤的大漠高山中，从未出过有威胁的敌人；北边是阴山胡人，距离这里有数千里之遥，更不可能骤然南下；当此之时，戎狄部族的兵锋所指何在，已经不难看出端倪了。

樗里疾的体察没错，山戎单于的这场宴会，正是要议定东进大计。

入冬之前，山戎单于就接到了孟西白一发三至的阴书，请他们准备兵马，一旦特使到达，立即东进靖难。山戎单于曾与最亲密的犬戎单于做过秘密商议，二人都觉得这件阴书很突兀，还是先搁置一段再说。入冬不久，斥候飞骑回报——商鞅被车裂，世族元老请命复辟，咸阳陷入混乱。这个消息虽然大出意料，但却点燃了戎狄部族已经熄灭了许久的反东方火焰，人人亢奋，跃跃欲试地要做大事。山戎单于虽然只有三十二岁，刚刚继位两年，但却是个很有胆识谋略的头领。他觉得，必须在咸阳特使到达之前定下大计，才能做到动则同心，否则，牛拽马不拽，如何打仗？

大帐中聚集了四大部族的大小头领三十余人，每五人围成一圈，中间一个铁架上吊两只烤得焦黄发亮的全羊，身边是堆积如山的酒坛子。头领们大碗喝酒，短刀剁肉，高声呼喝，一片喧闹。待到人人汗津津脸泛红光时，山戎单于站起来一声高喊："静了——我有话说！"呼喝声顿时停止，目光都转向了这个年轻威猛的单于郡守。戎狄人虽然粗野狂放，但却很是尊敬主人。今夜的全羊大宴是山戎部族请客，而不是山戎单于以郡守身份动用"官货"请客，自然要对主人礼敬有加，主人要说话，头领们自然安静下来。

"小羊事一桩。"山戎单于一拍手，"咸阳新君杀了商鞅，老世族要复辟祖制，请我族群起兵，攻入咸阳，另立新君，共享秦国。去不去？放开说话。"三言两语便告完毕，大手一挥，"就这事，说！"

"哄嗡"一声，满帐头领炸开。有人不禁高喊："还羊事？马事牛事！"

戎狄习俗，大事小事均以"马牛羊"比喻，"马事牛事"是大事，"羊事"是小事。有人高喊"马事牛事"，足见头领们的兴奋重视。他们原本已经听到了各种口风，也预感到今夜有大事，却没想到果然如此，亢奋得不能自已，立即哄哄嗡嗡地嚷嚷起来。但这件"羊事"毕竟非同寻常，半天没有一个人站出来说话。乱了一阵，一头红发的赤狄老单于阴阴笑道："单于郡守，咸阳杀商君，可曾与我等商议？"

"没有。"山戎单于只说了两个字。

“好么，只要我做杀人刀，鸟！去做甚？”

“赤老单于大错了！”一山戎头领高声道，“咸阳老世族要与我共享秦国，何等肥美牛事？商议不商议，管他个鸟来！”

“肥美牛事？啊哈哈哈哈哈！”白狄单于扬着手中红亮亮带着血丝的羊肉，一头黄白须发分外显眼，“当真小儿郎也！知道么？当年我族攻入镐京，下场如何？苍鹰勇猛，啄不得虎豹皮肉！”

一时间大嚷大争起来，赤狄白狄两部族的头领们似乎不太热衷，反反复复只是喊“不做咸阳杀人刀”，实际上却是对与秦人血战几乎灭族的惨痛故事犹有余悸。山戎犬戎两部族的头领们却亢奋激动，大叫“羊换牛，不能错过市头”！当值郡守的山戎单于一言不发，听任众头领面红耳赤地争论，如此半日之间，莫衷一是。

正在此时，武士进帐禀报：“迎商吏带一咸阳马商，求见单于郡守。”

单于郡守眼睛一亮，高声道：“有请马商。”帐中头领们也是一阵惊喜，顿时安静下来。正说秦国事，便来咸阳人，探听虚实正是机会，谁不高兴？

“咸阳马商樗里氏，参见单于郡守！参见诸位单于头领！”樗里疾进得大帐，笑容可掬，一圈躬身拱手的大礼。

赤狄老单于哈哈大笑：“樗里氏？可是大驼樗里氏子孙啊？”

“回老单于：在下正是大驼樗里氏之后，樗里黑！”

“好好好！”赤狄老单于拍案笑道，“有个樗里疾，与你如何称呼？”

“樗里疾乃我同族堂兄，他做官，我经商，相互帮衬。”

单于郡守豪爽地一挥手：“老族贵客，来呀，虎皮垫设在首座，再烤一只羊来！”

一名壮硕的女仆立即捧来一张虎皮坐垫，安置在单于郡守的坐垫旁。这是四大单于的首座区域，设在大帐正中的三尺土台上。坐垫安好，立即就有一名赤膊壮汉提来一只刚刚剥去皮毛的红光光肥羊，“咣当”一声，吊在了首座中间的铁架上。石头圈内不起烟的木炭火蹿起高高火苗，肥羊立即冒出吱吱细响腾腾热气。

一通来回走动呼喝寒暄完毕，肥羊皮肉已经吱吱冒油，只是未见黄亮。樗里疾回到座前双手一躬："多谢单于郡守！"坐到虎皮垫上，顺溜地抽出腰间一柄尺把长的雪亮弯刀，径自在烤羊身上"噗噗"两刀，卸下一只滴血的羊腿，摆在面前的大盘上，然后举起陶碗高声道："樗里黑重回祖居之地，先敬单于头领们一碗！"话音落点，汩汩饮干，扬手亮碗，滴酒未下。陶碗一撂，弯刀剁下一块血丝羊肉，怡然自得地大嚼起来。

"好——""够猛子！"单于头领们齐声喝彩，一齐举碗饮干。

赤狄老单于哈哈大笑："这黑肥子！敢咥此等血肉，有老根！"

单于郡守笑道："今年一冬，东方商人没一人来枹罕互市，樗里兄孤旅西来，好胆气！"

樗里疾心知郡守话中之意，啃着肉笑道："单于郡守，东方商人今冬有一怕：怕秦国新法有变，西进互市，反被秦国截留财货。这是秦穆公老办法，果真恢复了，谁敢来也？"

"你樗里氏就不怕秦国有变么？"白狄老单于急迫插话。

樗里疾大笑："秦国不会变，有何可怕？东商多疑，樗里黑乐得独占马利！"

单于郡守盯住客人："秦国诛杀商君，世族元老复出请命，眼见就要变了，樗里老客如何说不会变？"此话问得扎实，帐中顿时安静下来，头领们的目光齐刷刷聚在这咸阳马商的身上。

樗里疾悠然一笑道："单于郡守，樗里氏原本西域大驼族，与枹罕四大部族本来一家，但有实情，樗里黑不敢相瞒。我兄樗里疾说：秦国诛杀商君，一是迫于六国压力，二是新国君怕商君权力过大。若为废除新法而诛杀商君，世族元老何须请命复辟？黑肥子临走时，国君已经书告朝野，秦国新法不变！否则，黑肥子吃了豹子胆，敢继续西来互市？单于郡守，你没有收到君书么？"

"如此说来，世族元老是违抗君命了？"单于郡守回避了君书一问。

樗里疾点头："单于郡守，明察！"

"既然如此，国君为何不诛杀世族元老？"犬戎单于骤然气势汹汹。

"君心如天心，难测难说。"樗里疾不作确定回答，更像是个商人。

帐中一个头领突然一扬手中的切肉弯刀，高声喝问："秦国新军，战力如何？"

樗里疾见此人黑发披散，粗猛异常，知是山戎部族的勇猛将领，思忖笑道："咱黑肥子在商不知兵，难以确实回答。不过，将军若想知道秦军战力，黑肥子倒有个办法。"

帐中一片亢奋，"哄嗡"一声，纷纷问何办法。四大单于也一齐盯住樗里疾，停食了酒肉。樗里疾悠然一笑道："也是天意。黑肥子这次买马，是给秦军补充战马的。后军主将特许，给我拨了一百个骑士随行，专门试马、圈马、驯马。要想知道秦军战力，与这个百人队比比，不就明白了？"

"好！好主意！""比武！""草原骑士，战无不胜！"听说与秦军较量，帐中一片鼓噪。

单于郡守思忖一阵，也觉得这是个试探秦军虚实的好主意。要想东进，毕竟两军实力对比是最重要的。风闻秦国新军练成后战力大增，曾一举战胜魏国铁甲精骑收复河西。然戎狄部族素称骑兵鼻祖，历来蔑视中原骑兵，现今的秦国纵然练成了新军，能有多精锐的骑兵？一个百人马队的较量，是决然可以看出骑兵实力的。无论怎么说，这都是一个极好的机会，既试探了虚实，又不伤和气。虽作如是想，但这个轮值郡守的山戎单于却很有心计，看着樗里疾诡异地笑道："黑老客，莫非有意带来了最精锐的骑士？"樗里疾哈哈大笑道："精锐？哪个将军会把最精锐的骑士交给商人圈马？不过，实话实说吧，他们都是老兵，对验马驯马倒真有一套。不然啊，老族人骗了我，黑肥子可要掉脑袋哟！"帐中哄然大笑，谁也没有因此而感到羞恼。

单于郡守又笑了："既非精锐，有甚比试？刀剑无情啊。"

"不是精锐，才是常情。单于的骑士胜了他们，黑肥子老戎人，脸上也有光。"

"一言为定？"单于郡守看了看四周。

"慢。"赤狄老单于站了起来，"马队比武得有个规矩。比两阵，第一阵官骑上，第二阵散骑上，死伤不论，如何？"

樗里疾略微思忖，双掌一拍：“好！有事黑肥子担了，左右只是个比武。”

一经说定，又是狂饮大嚼，樗里疾直喝得胡天胡地的呼喝喊叫，才得踉跄出帐。

四大单于与头领们却一点事儿也没有，还秘密计议了半个时辰，方才散了。

樗里疾到了黑糊糊的草地上，立即手指伸到喉咙里一阵乱抠，大大地呕吐了几阵，才被两名“马师”驮了回来。一路寒风颠簸，到得营地樗里疾已经清醒，即刻唤来山甲与骑士百夫长商议。山甲虽是步卒出身，但对马战也算通晓，更重要的是他精明过人，实战急智极为出色，是秦军中有名的“山精”，教他做樗里疾助手，为的就是比武这一着。樗里疾将事情引上了道，便教山甲们商讨应对战法。

山甲与百夫长兴奋得眼睛放光，一通计议，又找来伍长、什长一说，再会聚百名骑士布置了半个时辰。骑士们精神大振，立即分头对马具兵器检查准备，一个时辰后方才歇息。

太阳升起在山头，枯黄的草原辽阔静谧，没有风，没有霜，难得的好天气。

日上三竿时分，“呜呜”的牛角号响彻了河谷土城。草原深处烟尘大起，隐隐的旗帜招展，马蹄如雷。瞬息之间，单于郡守帐外的空旷洼地上聚来了千军万马。又一阵牛角号声，旗帜翻飞，马队迅速列成了两个大方阵。戎狄的两万官骑也是秦军装束，黑旗黑甲，在单于郡守帐外的高台下面南列开。四大部族各自的骑士，则是戎狄的传统装束，无盔无甲，长发披散，羊皮裹身，弯刀在手。旗帜分为红白蓝黑：赤狄红旗，白狄白旗，山戎蓝旗，犬戎黑旗。四面大旗下各有一万余骑士，列成了一个比官骑更壮阔的方阵。列阵之间，遥闻草原上马蹄杂沓，各部族牧民纷纷从枹罕四周赶来，聚拢在四面山头，要看这场罕见的结阵大比武。

方阵列成，四大单于登上了大纛旗旁的高高土台。单于郡守扬鞭一指台下方阵，狂放大笑：“如此军威，秦军岂非以卵击石？啊哈哈哈哈哈！”

犬戎单于雄赳赳高声道："杀死这个百人队，祭我战旗，杀进咸阳！"

赤狄老单于摆摆手："莫急莫急，比完再说，但愿我戎狄有五百年大运。"

白狄单于正要说话，却突然一指南面山口："来了来了，看！"

谷地入口处，一队铁骑如狂飙般卷地而来。当先一面迎风舒卷的黑色战旗，旗面无字，旗矛却是闪烁生光，正是秦军百人队的无字战旗。清一色黑色战马，清一色黑色铁甲，在枯黄的草原上如一团黑云压来，其声势恍若千军万马。

四面山头与草原上的万千人众肃然寂静，一时忘记了喝彩。

顷刻之间，马队已经飞驰到中央高台下列成了一个小方阵。此时，樗里疾才骑着一匹走马气喘吁吁地赶到，向高台遥遥拱手道："单于郡守——如何比法啊？——"

高台上的单于郡守摇摇马鞭作为招手礼节，高声道："老客上来看。你在下边，没有用处！"

樗里疾哈哈大笑："对也！黑肥子原本不懂战阵，他们有百夫长。"说着就上了土台，与秦军骑队一句话也没说。

单于郡守又摇摇马鞭，向四面山头与谷地巡视一圈，拉长嗓子高声喊道："父老兄弟人众军兵听了：秦军骑士与我族骑士比武，两阵。每阵，双方各出五十骑。第一阵，戎狄官骑对秦军铁骑；第二阵，戎狄勇士对秦军铁骑。明白没有？"

"嗨！"谷地方阵雷鸣般答应。

"回禀单于郡守——"秦军旗下精瘦的山甲高声道，"两阵并一阵比了，更有看头！"粗重激昂的声音充满了激奋，全场大为惊诧。

戎狄骑兵不禁大笑，一片哄嗡嘻哈之声弥漫到四面山头，连赶来观战的牧民们也笑了起来，高台上的四大单于也笑成了一团。只樗里疾一本正经道："单于郡守，他们好心，想教父老们看个热闹红火。草原如此之大，人少了，不好看的了。"

一头红发的赤狄老单于呵呵笑着："你个黑肥子，马上百骑，遮天盖地，规矩不好立，死伤了人，如何得了？"

樗里疾一副漫不经心的商人样儿笑道："他们没有和草原骑兵对阵过，高兴着呢。死也好，伤也好，我出钱抹平便是。哎，可有一样，死的人多了，你们可得给我派人赶马。"

单于郡守哈哈大笑："好！真砍真杀最来得！但有死伤人命，不要你商人出钱。按草原规矩，奖赏战死勇士！如何？"

"好！"其余三个单于一脸笑意，立即回应。

单于郡守转身向谷地挥动马鞭，高声喊道："两军听了：今日较量，不用弓箭，真砍真杀，死伤有赏！戎狄官骑与戎狄勇士各出一百骑，与秦军百骑队一阵交锋！"马鞭"啪"地一甩，"开始——"

谷地山坡上的两排牛角号呜呜吹动，官骑阵前的大将弯刀一劈，一个百骑队从大阵边飞出，眨眼便到了谷地中心。领头骑士头盔插着一支五彩翎羽，显然是一员勇士战将，而不是寻常的百夫长。与此同时，四大部族的勇士骑阵也各自飞出二十五名骑士，连成一队，尖声呼喝着飞向谷地中心。他们身裹各色兽皮，裸肩长发，弯刀闪亮，与装束齐整的秦军和戎狄官骑形成鲜明对比。

论传统战力，这些裸肩长发的勇士，才是戎狄部族的中坚力量。秦孝公与四大单于盟约建立官骑时，各部族都不愿将最精锐的勇士交给官骑，最精锐的戎狄勇士仍然保留在四大部族的"部兵"里。尽管这些骑士装束不一五颜六色，却比戎狄官骑更有骄横气焰，压根儿就没有将秦军骑士放在眼里。本来他们要百人对百人，一阵击溃秦军百人队。可单于郡守坚执要比两阵——官骑与勇士散骑各出五十骑，各自对秦军五十骑较量。不想秦军小小一个百夫长，竟然提出两阵当一阵，秦军一百骑对戎狄两百骑。戎狄骑士人人怒不可遏，决意一阵便将这些老秦人剁成肉酱。枹罕草原是他们世代生存的大本营，他们的身上本来就涌动着狂猛好战的热血，岂能在本土教秦人猖狂？

散骑勇士们呼啸卷出，在距官骑百人队一箭之地，戛然勒马，雄骏的战马齐刷刷人立嘶鸣，弯刀闪亮，骑队顿时列成了黑白红蓝四个冲锋队形。这一勒、一立、一展，尽显戎狄勇士的马上功夫，草原上一片暴风雨般的欢呼喝彩。

显然，戎狄勇士是以部族为单元，要分成四个梯次对秦军侧翼发起冲锋，以便各显其能，看谁能一举击溃秦军；相邻的官骑百人队，则列成了一个“十十方阵”，要从正面冲击秦军骑阵。

南面一箭之地，是秦军铁骑。黑色战旗下清一色的年轻骑士，唯有当先的百夫长连鬓短须，估摸当在二十五六岁。这个百人队是典型的秦军铁骑，无论是战马还是装具抑或队列，都与戎狄官骑和勇士骑迥然不同。胯下战马，都是清一色的阴山胡马，高大雄骏，丝毫不输于戎狄骑士的草原骏马；不同的是，秦军战马的马身都裹着一层黑色皮革软甲，马头则戴着包裹铁皮的软甲面具，只露出战马的双眼；马上骑士全身铁甲铁胄，人手一口闪烁生光的阔身短剑。按照秦军装备，每个骑士还当有一张硬弓与二十支长箭，今日较量不许用箭，所以他们的弓箭已经全部卸下。此刻，秦军的队形很是怪异，没有列成司空见惯的方阵，而是列成了一个由三十三个三人骑组成的大三角阵势，百夫长单人独骑，在全队的最顶端。山甲则站在一座土山包上静静观望，看不出他有甚手段发号施令。秦国新军的步兵是千卒一旗，骑兵是百骑一旗，旗手均不在兵卒骑士之内计数。所以，这百骑队实际是一百零一人。旗手是专门挑选训练的特种骑士，非但要骑术高超，而且要身强力壮，能够同时使用旗枪与短剑搏杀。战场之上，旗手只跟定百夫长冲锋，所有骑士都看战旗的走向，号令分合聚散。

戎狄官骑则还是老式军制，千骑一旗。今日特殊较量，官骑散骑均有一面战旗作为声威标志，实际上并无号令作用。

见两军列阵就绪，高台上一声令下，山坡上的两排牛角号呜呜吹动了。戎狄官骑与勇士骑队一声呐喊呼啸，同时从正面与侧翼猛扑秦军。四面山头与谷地草原，也是鼓噪喊杀，声若海潮沉雷，直要吞没撕裂秦军。

秦军百人队却没有同时发动，百夫长一瞄戎狄冲锋队形，低喝一声“二三列！”只见战旗哗啦一摆，马蹄沓沓，大三角瞬息间分为两个小三角。戎狄骑兵堪堪将近半箭之地，秦军百夫长突然高喊一声：“杀——”黑色铁骑骤然发动，两支黑三角风驰电掣般迎向两个戎狄百人队。

秦军百夫长带领的十六个“三骑锥”，迎战正面的戎狄官骑，另外十七个“三骑锥”则迎向侧翼冲来的勇士百人队。按照戎狄将领会商的战法，认为百人队是秦军最小的骑兵单元，必定是一体冲锋结阵而战，善于结阵而战的戎狄官骑从正面顶压，悍猛善战的戎狄勇士从侧面展开搏杀，秦军必败无疑。及至冲锋发动，戎狄骑兵却发现秦军竟分两路展开，等于每五十骑对他们一百骑。戎狄骑兵大为惊讶，却也更加狂傲，一片呼喝啸叫：“杀死秦人！”“一个不剩！”“秦军猖狂个鸟来！”闪亮的弯刀瞬间便包裹了两支秦军铁骑。

迎战戎狄官骑的秦军百夫长骑队，在接敌的刹那之间，闪电般排成了五个梯次，每个梯次三个“三骑锥”，最前列是百夫长、旗手与一个“三骑锥”组成的大三角。戎狄官骑则是“十十方阵”，每排十骑，共十排，卷地杀来。两相碰撞，秦军铁骑的三角队形像尖刀般锐利地插入方阵之中，三骑一组，将戎狄官骑的百人队立即分割为十几个小块搏杀起来。这种奇特打法，大出戎狄官骑意料。按照骑兵的传统战法，两军冲锋相遇之后就是展开搏杀；大军之中，寻常都以百人队为搏杀单元，百人队单独作战，却向来没有成法，只是散骑搏杀而已。戎狄部族的骑兵历史，比中原诸侯国早了许多，当中原诸侯还在笨重的车战时期，戎狄部族就依靠剽悍的骑兵屡次攻进中原。所以，戎狄部族素来自诩为骑战鼻祖，在骑兵搏杀方面历来蔑视中原诸侯，以为骑兵的取胜根本就是骑术、刀术加勇猛，没有其他。

今日，戎狄骑兵却突然遇上了从来没有见过的冲锋队形——不散不展，钉子般直插核心，当真是匪夷所思。一时之间，戎狄官骑大为混乱，不由自主地被搅成了大大小小十几个小圈子，每个圈子都是十几二十骑对秦军九骑或六骑。戎狄官骑纷乱组合间，已经有十余人负伤落马。小阵搏杀，秦军三骑一组，相互保护，配合得严密异常。戎狄官骑虽勇猛冲杀，却对这种“三骑锥”毫无章法，散开则各自为战，落单被杀，聚拢则重叠掣肘，相互碰撞，威力大减。每遇戎狄骑兵最擅长的单打独斗，就有秦骑前后包抄而形成三打一。刚刚围住一个“三骑锥”，外围就有两三个“三骑锥”杀来解围。于是战场上怪异迭起：分明是戎狄官骑多出了秦军铁骑一倍，却经常出现秦军铁骑围困戎狄官骑的搏杀圈子。戎狄官骑渐渐地丧失了反击能力，一个个纷纷落马。

不到半个时辰，戎狄官骑的百人队大部被杀，其余断腿断臂者均躺在枯黄的草地上喘息。奇怪的是，秦军百夫长并没有率领自己的五十骑来增援另外一阵，而是勒马外围，静静地看着另一场还没有结束的酷烈搏杀。这种做法，意味着秦军五十骑笃定了能够战胜戎狄的一百勇士骑，根本无须增援。

四面山头的牧民们看得气愤极了，一片山呼海啸般的嘘声口哨声。

另外一阵的搏杀，更是惊心动魄。戎狄勇士们本来就分为四队冲杀，想为各自部族争光，完全没有整体队形。秦军铁骑也根本不用强行分割，很自然地分为四个三角阵迎击，每阵四个“三骑锥”，十二骑对二十五骑，余下一个领头什长的“三骑锥”做游击策应。论个人马术、刀术与体魄强猛，戎狄勇士显然强于戎狄官骑，就是与秦军相比，也略胜一筹。但秦军的精良装具与整体配合却远远胜过戎狄勇士，结阵而战，秦军竟丝毫不显人数劣势。战马穿插，剑器呼应，极为流畅。相比之下，戎狄勇士们一旦相互间三五骑并马冲杀，总是要出现磕磕碰碰，只有不断地高声呼喝同伴“闪开！”“上！”“外边！”“我在里边！”等各种口令，彼此的呼唤声与战马的嘶鸣、跳跃纠结在一起，乱成了一团。

秦军则极少出声，但有呼叫，必是队形变换。在电光石火般的激烈搏杀中，任何一个迟滞或混乱都可能是致命的。戎狄勇士的单骑本领，在训练有素配合严密的秦军铁骑面前无从施展。在一声声愤怒的嘶吼中，裸臂散发的戎狄勇士纷纷落马，或死或伤，重重地摔到坚硬的冻土地上。失去主人的战马不断在草原上狂奔嘶鸣，绕着小小战场不肯离去。饶是如此，戎狄骑士没有一个脱离战场逃跑，重伤落马者依然奋力挥刀，砍向秦军马腿。

秦军事先议定，不杀落马伤兵。这是军令，自然不能违犯。但几次这样的袭击之后，秦军骑士队形难以保持，渐渐出现了小混乱。正在此刻，突闻小山包传来一声悠长尖厉的呼哨声，响遏行云般贯彻战场！

阵中头领精神大振，怒喝一声：“杀——杀光——”一阵愤怒的呼喝嘶吼，杀红了眼的秦军骑士们纵马驰突，剑光霍霍，戎狄伤兵与残余的骑士悉数躺倒在血泊之中。

不到一个时辰，戎狄官骑全数瓦解，勇士骑兵全部被杀。

草原上安静了下来，人山人海的山头谷地，空旷得寂然无声。戎狄人无论如何不能相信，半个多时辰内两百名骑士竟全数被伤被杀，而秦军竟只是有伤无死。

四大单于脸色铁青，狠狠盯住樗里疾，仿佛要活吞了这个满脸木呆黑黑肥肥的秦商。樗里疾却恍然大悟般叫了起来："咳呀！这新军小子们恁般厉害？单于郡守，跟他们再比！总要我族赢了才是！"

"呸！"赤狄单于怒吼，"你教戎狄丢人么？还再比?！"

单于郡守思忖良久，突然哈哈大笑道："老客啊，说好的生死不论，戎狄人没有信义么？收兵！"

当天夜里，单于郡守大帐里的灯光亮了整整一夜。

第二日，四大单于亲自宴请樗里疾与秦军百人队，连连夸赞秦军骑士"天下无双"，并向每个骑士赠送了一把戎狄短刀。单于郡守还亲自在一张白羊皮上写了"永做秦人，永守西陲"八个大字，指派特使与樗里疾同赴咸阳面见国君。

一场痛饮，秦军骑士们将自己的甲胄赠送给了戎狄的一百名勇士，人人换上了戎狄骑士的裸肩皮袍，惹得满帐笑声。樗里疾高兴极了，出了两千匹马的大价，却只"买"了五百匹战马。戎狄牧民高兴得连呼"万岁"！草原上一片欢声笑语。

十日后，樗里疾马队带着戎狄特使，赶着五百匹战马，浩浩荡荡地向东进发了。

刚过上邽[1]，樗里疾就接到雍城县令送来的秘密战报：义渠国发兵叛乱，函谷关守将司马错率军两万，正在咸阳北阪迎敌。

---

[1] 上邽，今甘肃天水西南。

三　北阪痛歼牛头兵

老甘龙第一次感到了不安。

三月头上，到了约定日期，还没有甘成的阴符传回来，甘龙的心头隐隐跳了几次。倒不是担心阴符被人截获，那东西就是一片竹板上画了长短不等颜色不同的一些线条，除了约定人自己，任谁也休想看懂。这阴符比阴书更为隐秘。阴书是“明写分送，三发一至”，能传达复杂的秘密命令；阴符则是“暗写明送，一发抵达”，不怕截获，但却只能传达简单的信号——成了还是没成、定了还是没定等。甘成办这种秘密要务特别稳妥，老甘龙从来没想过办事出了意外，诸如送阴符的人是否病倒中途等，那种意外甘成完全可以想到，而且有办法克服。甘成的阴符杳无音信，只有一个可能，有人在针锋相对地和他“对弈”，这件事本身出了意外。

老甘龙专门进宫走了一趟，任何异常也没有觉察出来。国君嬴驷和他说了半个时辰的话，只是虔诚征询世族元老们的“国是高见”。甘龙只含含糊糊地说，世族贵胄们被商鞅害得太惨了，老秦人还是怀念秦国祖制。嬴驷则忧心忡忡地说，商鞅已经死了，事情要慢慢来，欲速则不达，要老太师多多斡旋，不要逼他，等等。末了还说到要晋升赵良为上大夫，辅助老太师理乱定国，征询甘龙意下如何。老甘龙一概地含糊其辞，不置可否。他从这位新君的眼睛里看到的是无奈，是暗淡，心下长长地嘘了一口气。

按照他的预想，新君嬴驷应当是这样的，否则，便是他大大地走了眼。

虽然如此，老甘龙还是决定提前发动“穆公定国之变”。这是他定下的事变名号——托穆公之名，引进戎狄，铲除新法，再将“杀戮乱国”的罪名加于戎狄而剿灭之。那时候，秦国就是老秦世族的，谁想推翻祖制都是痴心妄想。老甘龙不图在秦国摄政，图的就是光复穆公百里奚的王道大政。本来这件大事须当徐徐图之，不能轻举妄动。但是，甘成的阴符失踪却使他蓦然警觉：目下这国君还在懵懂之中，他若转而求助变法新派，岂非一切宏图都要付诸东流？就眼下实力而言，秦国实权还是操在变法派手中，元老们虽然都恢复了爵位，但却没有一个人派定实职，纵然赵良要做上大夫是真的，也是远水解不了近渴。当此之时，只要国君一转向，一切都会毁于一旦；机会，机会稍纵即逝；没有机会，老甘龙可以等待；有了机会，片刻的犹豫，也会招致永远的悔恨。

这日夜里月黑风高，一辆东方商人的轺车随着人流驶出了咸阳北门，驶上了北阪松林。片刻之后，一骑骏马飞出密林，在料峭春风中向北方的大山疾驰而去了。

半月之后，一个惊人的消息传到咸阳——义渠国大牛首亲率十万大军杀来了。

甘龙终于松了一口气。义渠国发兵，说明西戎的狂猛骑兵也就要到了。对他来说，要思谋的只是如何引导国君清理逆党，理顺朝局，同时防范戎狄乱兵不要毁灭了咸阳，重蹈镐京之变的覆辙。老甘龙不再韬晦了，他穿起太师官服，一拨又一拨地接见元老贵胄，秘密部署着一件又一件大事。太师府俨然成了秦国轴心，声势比商君府主政时还要显赫。这次老甘龙没有进宫，他在等待，相信国君嬴驷会亲自到来，敦请他出面定国。他相信，嬴驷一定会来。那时，他的安排将震惊天下——嬴驷将像周文王为姜尚拉车一样，亲自在脖颈套上马具拉车，将他甘龙一直拉到咸阳宫门。

然则，三天过去了，嬴驷没有露面。

这日正午，老甘龙正在与杜挚、赵良、孟西白几人密商朝中大臣的任免，突然听得府门一阵沉重急促的脚步声，接着一声高宣："国君君书到——"杜挚赵良等惊讶得面面相觑。老甘龙哼哼冷笑几声："好不晓事，不用理会他。"老甘龙号称大儒，此刻说出这等有违礼法的话来，座中人人变色。正在此时，庭院中使者已经在径自高声宣读君书："大秦国君书：凡秦国臣工，闻书立即前往咸阳北阪，以壮我军声威。违书不前者，即行拘拿！"

"要我等观战？去不去？"杜挚轻声问。

"义渠大兵到了？当真快捷！"赵良显然很兴奋。

孟西白三人阴沉着脸不说话，似乎心事重重。甘龙霍然站起，走到廊柱下对使者冷冰冰道："回去，我等自然要去壮威。"

不想使者也冷冰冰回答："不行。老太师必须立即登车。"又高声向厅中喊道："里边尚有何人？立即前往北阪，否则一体拘拿！"杜挚等人闻言出来，看看使者身后刀矛明亮威风凛凛的一队甲士，甚话也没说，便出门上马向北阪去了。

甘龙思忖片刻，觉得事有异常，但一想到义渠有十万兵马，秦国充其量也就五万多兵马，心中顿时踏实，冷笑着登上轺车出了北门。老甘龙相信，尘埃落定之时，便是他与嬴驷算总账的日子，一时屈辱何须计较。

咸阳北阪的阵势，贵胄元老们做梦也想不到。

北阪，是咸阳北门外的一道山塬，也是渭水平原北边的第一道塄坎。从咸阳北门出来，一道十里长坡上到了塬顶，便是一马平川赫赫有名的咸阳北阪。其时，渭水还没有被引上北阪，塬顶除了一大片松林，便是莽苍苍平展展的林木荒原。义渠国兵马从泾水河谷南来，北阪是攻取咸阳的必经之路。秦军迎击的地点，也正是选在这里。

嬴驷接到樗里疾的快马阴书，心中底定，对义渠的叛乱决意采取根除后患的歼灭战。

还在商君赴刑之前，对世族势力高度警觉的嬴驷，就已经通过堂妹嬴华，在各个元老重臣的府邸布下了秘密查勘的眼线。去年冬天，他接到密报——甘龙的长子甘成与杜挚的长子杜通秘密北上，意图不明。嬴驷很是敏锐，立即察觉到这是世族元老要借用戎狄力量，逼迫自己废除新法复辟旧制。嬴驷没有急于行动，他在等待一个合适的时机。在樗里疾的西路出使没有分晓之前，对咸阳贵胄与义渠国，无论如何也不能有任何动作。按照嬴驷的推测，陇西戎狄安定之后，咸阳世族可能改弦易辙，义渠国也一定会偃伏下来，那时候要引诱义渠出兵从而根除后患，还真得颇费周折。反复权衡，嬴驷决定对陇西戎狄慑服的消息秘而不宣，看看咸阳贵胄与义渠大牛首如何作为。能诱发他们出动更好，诱发不成，再图分而治之。

没有想到，义渠竟举族出动，十万大军向咸阳压来！

义渠发兵，意味着咸阳世族没有将嬴驷放在眼里，要将他这个国君撇在一边，要直接摧毁秦国新法了。那些老东西想的是，只要杀死变法派大臣，宣布恢复穆公祖制，新国君还不是他们鞭下的陀螺？想到这里，嬴驷一阵冷笑，在他看来，这恰恰是一举廓清朝局国政的大好机会，也是自己露出真面目赢得秦国民心的大好机会。此中关键，在于一举歼灭义渠国的牛头兵。嬴驷没有带兵打仗的经历，说到军事上，自然要倚重伯父嬴虔、国尉车英甚至还得加上将军出身的上大夫景监。但嬴驷想得更多更远，他要在处置这场特殊动乱中培植更年轻的真正属于自己一代的才具之士，在国事板荡中聚集未来的骨干力量。樗里疾、司马错是商君生前特意推荐的两个文武人才，一定要教他们在这场板荡中显出本色，能则大用，不能则早早弃之。嬴驷虽然相信商君的眼光，但还是要亲自考量一番。毕竟，许多才具之士在风浪之中也有把持不定处。譬如赵良，也算是大名赫赫的稷下名士了，不也在风浪中不伦不类，被朝野嗤之以鼻么？自古以来，才具卓绝而又风骨凛然者，毕竟凤毛麟角。秦国所需要的，嬴驷所需要的，正是这种才具风骨之士，而不是赵良那种学问满腹却入缸必染的“名士”。唯其如此，嬴驷对樗里疾在商於的特立独行，内心很是赞赏；不过他不能公然褒奖，只能佯装不知罢了。目下，樗里疾秘密出使陇西已经大获成功，证实了樗里疾确实是一个堪当大任的能臣。那司马错如何？一个出色的将帅，在当今天下可是第一等珍宝。

嬴驷大大破例，派出快马特使，急召函谷关守将司马错星夜赶赴咸阳。

君臣五人会商时，嬴虔满脸杀气，申明必须一战彻底消灭义渠，不留任何后患。至于如何打，他教国尉车英与上大夫景监说话。车英与景监都是谨慎周密的老臣，提出集中秦国五万新军，在泾水谷口伏击义渠的万全方略。最后，嬴驷看了看刚刚三十岁出头的司马错，道：“司马将军以为如何？”

此时的司马错，只是一个函谷关守将，按军中序列，只算得一个中级将军。面前除了国君，都是秦国军中的老一代名将，在寻常人看来，这里根本没有他说话的资格。可是，见国君垂询，司马错一语惊人：“君上，司马错请兵两万，一战痛歼义渠兵。”语气却平静得出奇。一语既出，举座惊讶。嬴虔沉声斥责：“司马错，你与戎狄打过仗么，儿戏一般。”车英倒是笑了笑：“司马错素来不是轻狂之辈，请君上、太傅听听他如何筹划。”

“君上，司马错以为，国尉与上大夫之见，虽则万全，却失之迟缓。秦国新军分驻西部散关，中部蓝田、灞水，东部函谷关三处。全部集中到泾水谷口，至少得十日，定然贻误战机。其二，义渠所谓十万大军，乃举族出动，徒有其表。真正的兵卒，也就两万左右。以我新军战力，蓝田两万步骑足以痛歼，无须大动干戈。”

“决战地点？”嬴驷目光炯炯。

“咸阳北阪。最利于骑兵驰骋。”

“何时？”

“三日之后。义渠兵正好抵达。”

“好！”嬴驷没有丝毫犹豫，立即拍案定夺，“晋升司马错为前军主将，率两万新军，迎战义渠！”

嬴驷并没有将北阪之战当成一场寻常的战争，尽管从实力对比与战国传统来说，这确实是一场平淡的小仗。但在嬴驷眼里，这场北阪之战却是大大的不同寻常，根本处便在于它的震慑力与旗帜性。正因为如此，嬴驷不但率领全体官员亲临战场，形同国君亲征，而且强令所有贵胄元老必须到北阪观战。

当老甘龙来到北阪时，被一名全身甲胄的宫廷内侍领到了靠近松林的一面山坡上。这面山坡正好向北，满满站着一大片须发花白的贵胄元老，人人都阴沉着脸悄无声息。见甘龙来了，太庙令杜挚悄悄挤过来低声道：“老太师你看，王驾亲征。”老甘龙冷笑一声：“打完了再说。”手搭凉棚，眯起了老眼向山塬瞭望。

时当初夏，广阔的北阪山青草绿。秦军两万已经列好了阵势——中央是五千步兵列成的一个向内凹陷的弧形壁垒，当先的一道铁灰色盾牌，就像是一道弧形铁墙，在正午的太阳下闪烁着一片凛凛青光。弧形大阵的边缘，立着一面高约三丈的“秦”字大纛旗，旗下一架高高的云车，车上站着黑色斗篷的司马错；东边西边，各是两个五千骑兵列成的巨大的黑色方阵；步兵的弧形阵地之后，整肃排列着一百辆战车和一百面牛皮大鼓，战车上站着的却不是车战将士，而是嬴驷率领的朝中官员；战车之后，却只有一队全副戎装的内侍兵卒，竟没有任何护卫大军。

“胆子忒大！”当过戎右将军的西乞弧低声道，“一万五对十万？匪夷所思！”

“看看那边，”曾经是车兵将领的白缙指着那列战车笑道，“不要护卫大军，五千步兵能挡住几万牛头兵冲击？有热闹看。”

只有不懂打仗的老甘龙脸色铁青，一言不发。他觉得，今日这阵势很是怪异。秦国新军至少五万，连同老军加紧急征召，凑集十万大军不是难事，为何今日只摆出了一万五千新军？有埋伏么？还是去抄义渠国老窝了？大牛首啊大牛首，你可不能大意也……

正在思忖间，突闻北方沉雷滚动连绵不绝，须臾之间，那道远远的青色山梁上烟尘大起，一道黑线在烟尘下隐隐展开。随着滚滚沉雷的逼近，烟尘变成了弥漫的乌云，将正午的太阳也遮盖了。烟尘下的那道黑线越来越粗，终于变成了漫山遍野的人潮与山呼海啸般的狂野吼叫。远远望去，遍野都是牛头人身，遍野都是弯刀闪亮。当先的一大片野牛狂奔着，丝毫不比战马的速度逊色。野牛身上的骑士，也都顶着牛头，赤膊挥舞着弯刀，一片狂野呐喊。大片的野牛后边，一面血红色的大纛旗在风中舒卷，隐隐可见旗面的牛头和旗下的车队、驮队与大片红衣赤膊的长发女人；东西两翼，则是漫无边际的牛头步兵，他们纵跃跳蹿呐喊呼叫，仿佛无数的山猴，其快捷不比当先的野牛阵落后多少；最后边，则是潮水般的“农猎兵”，他们扛着斧头、铁耒、锄头、柴刀、木棍等各式各样的兵器，赶着马车（牛神是不能拉车的），呼啸呐喊，追赶着前边的大军，将无边的原野淹没得昏黄。

南面的秦军大阵静如山岳，肃杀无声，唯闻战旗的猎猎风动。

堪堪将近两箭之地，只听义渠大纛旗下一声大吼：“牛神在上，停——”轰轰隆隆的牛群竟在骤然间放慢了狂野的奔驰，涌动磨蹭到大约一箭之地，缓缓停了下来。前方的野牛骑士阵轰隆分开，中间拥出了那面大纛旗和骑在一头怪牛身上的大牛首，花白的长发散乱地披在肩上，手中一柄锃亮闪光的长大铜刀扬起，突然沙哑地大笑起来："嗨——我说老秦，就你这一疙瘩兵娃子，想挡住牛神财路么？啊——"

"敢问大牛首——"一个声音从高高的云车传来，分明还带着笑意，"你的牛头兵，列好阵势了么？"

大牛首惊讶地抬头望去："你是谁？要和牛神比试阵法？牛神打仗，只说杀法！"

"我，只是秦军一员偏将而已。"云车上的将军高声道，"和你比阵，你这牛头兵配么？大牛首听仔细了：大秦国君在此，义渠投降，迁入关中，还来得及。否则，我这万余秦军就与你野战一场，只比杀法！"

"啊哈哈哈哈哈！"大牛首仰天大笑，"迁入关中？嬴驷碎崽子想得美！牛神偏要杀光秦人，报我义渠血海深仇！"说完大铜刀一举，"牛神在上——兵娃子杀啊——""呜呜呜"的牛角号声凄厉地四面吹起，轰轰隆隆的野牛与漫山遍野的牛头人身兵呐喊着潮水般漫卷而来。

司马错在云车上看得分外清楚，令旗一劈，一百面牛皮大鼓雷鸣般响起。中央的步兵大阵岿然不动，待野牛阵冲到五六十步的半箭之地，一片尖厉的号角响遏行云。铁盾后的弓弩手"刷"地站起，长箭如暴雨般射向野牛兵。秦军步兵弓弩，都是特备的专门射穿皮革甲胄的长镞箭，野牛目标极大，箭箭没有虚发，野牛阵顿时"哞哞"惨吼，不是轰隆倒地，便是疯狂回蹿。秦军射手训练有素，每千人一个大弧形，共是五层，一层射出立即蹲身，后排续射，如此波浪起伏般衔接得毫发无差，长箭暴雨般浇了过去。野牛阵被持续密集的箭雨始终逼在一箭之外，嗷嗷狂叫着硬是无法靠近。片刻之间，五六千头的野牛阵大乱起来，自相践踏，向四面山野疯狂奔窜。

在强弩挡住野牛阵的同时，司马错两面令旗同时东西一劈，第二通战鼓再起。东西原野上，两个骑兵大三角呼啸杀出，卷向野牛阵后面的牛头步兵。这是司马错谋划的特殊战法——强弓对野牛，铁甲骑士对步兵。义渠国狂妄骄横，仗恃的就是他们那防无可防的几千头野牛，战马骑士与野牛兵正面冲锋对阵，骤然间还真是难分高下。一颠倒就大不一样，野牛阵在秦国锐士的连排步兵弩面前毫无冲击能力，散漫成习的牛头步兵则根本不懂“结阵抗骑”的战法，只是狂呼乱吼盲目拼杀，一时间分明成了秦军铁骑的劈杀活人靶。堪堪半个时辰，一两万牛头步兵锐减大半，吼叫着向来路逃去。

此时，司马错一摆令旗，身边三丈高的大纛旗大幅度地东西摆动。随着大纛旗摆动，北方山塬后突然冒出一线散开队形的黑色铁骑，倏忽之间线形扩展，就像无边的乌云从天边向义渠牛头兵与最后的农猎兵压来。南面的步兵大阵也发动起来，丢下弓弩，操起与人等高的铁盾与厚背大刀，随着战鼓的隆隆节奏，如黑色城墙般向义渠兵压了过去。南北夹击，中间又有一万铁骑猛烈砍杀，义渠部族的“十万大军”眼看就要被彻底埋葬了。

这时，战车上一直不动声色的嬴驷却突然向云车上的司马错连连摆手。司马错似乎明白国君的用意，立即下令，大纛旗缓缓摆动，十面巨大的铜锣也“嘡——嘡——”地响了起来。这是军法上的“鸣金收兵”。片刻之间，北阪原野上的秦军停止了冲锋厮杀，缓缓撤向战场边缘。

突然，百辆战车旁一骑飞出，黑色战马黑色斗篷，宛如一道黑色闪电，直插义渠大纛旗而去。遥遥可见骑士头上的铜面具与手中弯月形的长剑闪烁生光，瞬息之间逼近了那面牛头大纛旗。千军万马骤然愣怔，谁竟敢违抗军令独骑冲杀？未待四野军兵与秦国君臣缓过神来，便听义渠人海中一声苍老的惨嚎，黑色闪电又飞了回来，手中提着一颗血淋淋的白发人头！

嬴驷沉重地叹息了一声：“公伯何其鲁莽也！”

铜面具骑士提着血淋淋的白发人头，飞马绕着战场高呼：“义渠大牛首，被俺嬴虔杀了！这就是找秦人复仇的下场！义渠不降，全部杀光！说！降也不降？”

没有任何人号令，义渠人漫山遍野地跪倒哭喊：“义渠降了——降了——”

四 咸阳老世族的最后时刻

北阪之战，对贵胄元老们不啻炸雷击顶。

这些元老虽然都曾经有过或多或少的战场阅历，但在变法的年代里，都早早离开了军旅，离开了权力，对秦国新军已经完全不熟悉了。况且，时当古典车战向步骑野战转化之时，军旅的装备，打仗的方略，甚至传统的金鼓令旗，都在发生着迅速的变化。二三十年的疏离，完全可以使一个老将变成军事上的门外汉。他们熟悉义渠国这种传统野战的威力，还记得当年秦国的战车奈何不得这聚散无常的牛头兵，否则，义渠国可能也早被秦国彻底吞没了。但是，元老们却不熟悉秦国新军。在他们眼里，新军就是取缔了兵车、变成了骑兵步兵而已，能厉害到何处去？看到义渠牛头兵漫山遍野压向北阪，而秦军只有三个五千人方阵时，他们都以为一万多对十万多，义渠纵然战力稍差，也是胜定无疑。尤其是孟西白族人与那些旧时将军出身的元老们，早已经在津津评点秦军的缺陷了。

“云车上是谁？还说和人家野战？”

“义渠牛头兵，野战老祖宗。谁不知道？”

“完了完了，嬴驷这小子完了！”

“何能不完？连个大将都没有！老秦国几时弄成了这样？”

“老太师，义渠兵蛮势得很，将来难弄，谁能打败大牛首？”

那时候，这群贵胄元老已经不是老秦人，而是观战使团了。当野牛阵在“哞哞哞”的连天吼叫中压过来的片刻之间，元老们一片惊呼：“哎呀——野牛阵太狠了！”一片悲天悯人的哀叹，却分明渗透出无法抑制的狂喜。可惊呼未了，那舒心的笑意就骤然凝固了。秦军步阵弓弩的威力教他们目瞪口呆，秦军铁骑摧枯拉朽般的冲锋杀伤，使他们心痛欲裂，北方山野冒出来抄了义渠后路的那支黑色铁骑，更教他们欲哭无泪。贵胄元老们在义渠人遍野的惨叫哭喊与鲜血飞溅中，死一样的沉寂了。及至嬴虔闪电般杀了义渠国大牛首，被杀怕了的义渠人茫茫跪倒时，元老们大多都软瘫在了山坡上。

老甘龙几乎变成了一根枯老的木桩。整整一天一夜，不吃不喝不睡，一个人在后园石亭下呆呆地望着苍穹星群的闪烁，望着圆圆的月亮暗淡，望着红红的太阳升起。家老轻悄悄走来禀报说，大公子甘成被山戎单于押解到了咸阳，国君却派人送到太师府来了，大公子浑身刀剑伤痕，昏迷不醒……老甘龙依然木桩一样佝偻着，没有说话。

夜晚再次来临，老甘龙进了浴房，开始了斋戒沐浴。这是一种古礼，在特别重大的事情之前尽戒嗜欲洁净身体，此所谓“斋戒以告鬼神，洁身以示庄敬”。老甘龙本来就欲念全消，此刻更是平静，枯瘦如柴的身子泡在硕大的木盆中，淹没在蒸腾的水雾中，竟恍恍惚惚地睡去了……隐隐约约的，外边有杜挚的哭声和哄哄嗡嗡的说话声，良久方散。可是，老甘龙还是没有出来。

三日后的清晨，老甘龙素服只身来到了咸阳宫的殿下广场。他从容地展开了一幅宽大的白布，肃然跪坐，抽出一柄雪亮的短剑一挥，齐刷刷削去了右手五根指头。看着鲜血汩汩流淌，老甘龙仰天大笑，挥起右手在白布上大书——穆公祖制，大秦洪范。费力写完，颓然倒在了冰冷的白玉广场。

及至老甘龙醒来，周围已经全是素服血书的贵胄元老。他们打着各种各样的布幅，赫然大书：“弃我祖制，天谴雪灾”！“新法逆天，属国叛乱”！“贬黜世族，殷鉴不远”！如此等等。一片白衣，一片白发，倍显悲壮凄惨。

消息传开，国人无不哑然失笑，纷纷围拢到广场来看稀奇。在老秦人看来，突如其来的那场惊雷暴雪，无疑是上天对诛杀功臣的震怒，对商君的悲伤。如今，却竟然有人说这场暴雪是上天对放弃“祖制”的谴责，当真离奇得匪夷所思。看来这天象也是个面团团，由着人捏磨，到谁手里都不一样，寻思着便哄哄嗡嗡地议论，有的竟高声叫骂起老天来。

正午时分，元老们向大殿一齐跪倒，头顶请命血书齐声高呼：“臣等请命国君，复我穆公祖制——”

殿阁巍巍，没有任何声息。本来异常熟悉的秦国宫殿，此刻对于贵胄元老们来说，却如同天上宫阙般遥远。北阪大战后，国君本来要召见他们，可那时却没有一个能够清醒地站出来说话的元老。他们眼看着国君轻蔑地笑了笑就走了，那真是令人寒心的笑。今日，无论如何也不能丧节屈志，要拿出老秦人的风骨，要让朝野尽知：世族元老别无所求，要的就是穆公祖制。

嬴驷的书房，正在举行秘密会商。

对于世族元老的请命举动，嬴驷并无太大压力。他所思谋的是，如何利用处置元老请命而一举恢复自己在国人心目中的地位，如何使这场国是恩怨就此了结。要达成此等目标，就不是他一个人一道君书所能解决的了，他必须与应该参与的所有相关力量联手。

虽是初夏，早晨的书房里还是有些凉气，燎炉里的木炭火也只是稍稍小了一些。嬴驷抄起铁铲，熟练地加了几块木炭。他在这种小事上从来有亲自动手的习惯，尤其在和大臣议事的时候，内侍仆役从来不能进来，琐细事务都是自己做，显得很是随和质朴。加完木炭，他看了看在座臣子笑道："还有互不相熟者，我来介绍一番。上大夫、国尉尽皆知晓，无须多说。这位乃公伯嬴虔，这位乃函谷关守将司马错将军。刚赶回来的两位，文员乃商於郡守樗里疾，将军乃前军副将山甲。诸位奉书即到，嬴驷甚觉快慰。今日，世族元老要恢复穆公旧制。诸位之见，该当如何处置？"

樗里疾、司马错与山甲三人，一则爵位官职较低，二则刚匆匆赶到，所以都没有说话。景监、车英则因为是朝野皆知的商君臂膀，答案不问自明，所以也没有说话，只是看着国君嬴驷。殿中沉默有顷，公子虔淡淡道："人同此心。我看君上就部署了。"

"正是如此，人同此心！"樗里疾突兀开口，声音响亮得连自己也吓了一跳。

"噢？"嬴驷笑了，"人同何心啊？"

"铲除世族，诛灭复辟！"樗里疾毫不犹豫地回答。

"樗里卿皂白未辨，何以如此论断？"嬴驷还是笑着。

"嘿嘿嘿，不除世族，无以彰显天道，无以抚慰民心。"

“司马错、山甲二位将军，以为如何？”

“人同此心！”两员将军同声回答，精瘦的山甲还加了一句，“早该如此。”

“上大夫，国尉。”嬴驷轻轻地叹息了一声，“不要有话憋在心里，说。”

车英骤然面色通红，高声道：“君上，臣请亲自缉拿乱臣贼子！”

景监阴沉着脸道：“臣请为监刑官，手刃此等狐鼠老枭！”

“公伯以为如何？”

蒙着长大面罩的嬴虔身子不自觉地抖了一下，声音却很是平淡道：“为国锄奸，理当如此。”

“好。”嬴驷轻轻叩了叩书案，“山甲将军辅助国尉，樗里疾辅助上大夫，其余刑场事宜，司马错将军筹划。也该了结了。”

会商一结束，车英带着山甲立即出宫，调来五百步卒五百马队。车英派山甲带领大部军兵去世族各府拿人，一个不许走脱。自己却亲自带了两个百人队来到广场。老贵胄们正在涕泪唏嘘地向着宫殿哭喊，突闻铿锵沉重的脚步，不禁回头，却是大惊失色——车英手持出鞘长剑，正带着一队甲士满面怒色地大步逼来。

“你，你，意欲何为？”杜挚惊讶地喊了起来。

“给我一齐拿下！”车英怒喝一声，长剑直指，“国贼竖子，也有今日！”

杜挚吓得踉跄后退，正巧撞在一个甲士面前，立即被扭翻在地结结实实捆了起来。一时间，苍老的吼叫接连不断，百余名元老贵胄统统被捆成了一串。只剩下枯瘦如柴须发如雪的老甘龙，甲士们却难以下手，只怕捆坏了这个老朽，杀场上没了首犯。车英大踏步走了过来，盯住浑身血迹斑斑的老甘龙，冷冷笑道：“老太师，想甚来？”

“竖子也，不可与语。”老甘龙闭上了眼睛。

“老贼枭！”车英一声怒吼，劈手抓住甘龙脖颈衣领一把拎了起来，又重重地摔到地砖上，“捆起来！这只贼老枭，撞石柱，割耳朵，断手指，照样害人，死不了！”变法后的秦国新军中平民奴隶出身者极多，对变法深深地感恩，对旧世族本能地仇恨，今日拘拿逼杀商君的老贵族，本来就人人争先，要不是怕杀场没了主犯，岂容老甘龙自在半日？此时一听国尉命令，两名甲士大步赶上，将地上猥琐成一团的老甘龙，一绳子狠狠捆了起来。

一个月后，秦国大刑，刑场依旧设在渭水河滩。

图谋复辟的世族八十余家一千余口男丁，全数被押往渭水刑场。依嬴虔的主张，株连九族，斩草除根，杀尽老世族两万余口。可是嬴驷断然拒绝了，在这种斡旋权衡的大事上，嬴驷向来是极为清醒的。他相信，只要除掉顽固元老嫡系的成年男丁，就足以稳定大局，物极必反，太狠了只能伤及国家元气。

消息传出，举国震动。老百姓们从偏远的山乡络绎不绝地赶到咸阳，都要看这为商君昭雪的天地大刑。关中的老秦人更是拖家带口，赶大集一般从东西官道流向咸阳城南的渭水草滩。六国特使也匆匆赶来了——这是秦国的大事，但六国却都担着干系，当初逼杀商鞅，六国都是对秦国强硬施压的。如今秦国又要翻个个儿，会如何对待原先这笔旧账？山东六国心中忐忑不安，都觉得这是件摸不透的棘手事。如今的秦国不是从前了，谁愿意轻易开罪这个强邻？

时当初夏，东西十多里的渭水草滩一片碧绿，此刻变成了人山人海。聪明的商人们干脆将杂货帐篷搬到了草滩，农人们趁着看热闹，还买了夏忙农具盐铁布帛等，一举两得，生意分外红火。然最引人注目的，还是那逶迤数里的酒肆长案。咸阳的有名酒家全都在草滩摆开了露天大排案，包红布的酒坛黑压压地望不到边。其中最有声势的，是魏国白氏渭风古寓的露天酒肆，一溜三排木案长达一里余，各种名酒摆得琳琅满目，大陶碗码得小山一般。但有祭奠商君者，馈赠美酒，分文不取。人们本来就喜气洋洋，有酒更是兴奋。长案前人头攒动，洒酒祭奠者川流不息。已经是须发灰白的白门总事侯嬴，亲自督促着仆役们，为每一个祭奠商君的秦人斟酒，忙得满头大汗，却是乐此不疲。

到得午时，一阵大鼓沉雷般响起，人山人海呼啸着拥向高处的河岸土包。

一千多人犯被甲士们鱼贯押进了刑场中央。为首者，正是白发苍苍的甘龙。人犯所过之处，无不腾起一片怒吼："诛杀国贼——杀——"本想赳赳赴刑以彰显骨气的老甘龙，在万千人众的愤怒喊杀中，不由自主地低下了一颗白头。时至今日，他才知道"国人皆曰可杀"这句古语的震慑力，一股冰凉的寒气渗透了他的脊梁，一切赖以支撑的气息都干涸了。踉跄几步，他瘫倒在草地上，再也无法挪动半步了。挟持的两名甲士一阵紧张，生怕他被吓死在这里，不由分说，架起老甘龙飞步来到行刑桩前，紧紧捆在高大的木桩上，使这个最为冥顽的老枭不至于软瘫下去。

人犯就位，身穿大红吉服的监刑官景监在土台上高声宣道："大刑在即，朝野臣民，听国君训示——"

国君要出来么？这是谁也没有想到的。人山人海，顿时安静了下来。

刑台中央缓缓推出了一辆高高的云车，嬴驷的声音仿佛从天上飘向河谷草滩，从来没有这样高亢："秦国朝野臣民们：本公即位之初，国中老旧世族勾连山东六国，逼杀商君！又勾连戎狄部族，图谋复辟！赖朝野国人之力，秦国得以剿灭义渠，擒拿复辟国贼，为商君昭雪！从今日起，秦国恪守新法，永久不变！大秦国人，当万众一心，向逼杀商君的山东六国，复仇！"

黑茫茫山海般的人群振奋了。此刻，还有什么能比国君亲自出面说明真相，并为商君昭雪更能激动人心？一片连天彻地的欢呼声，顿时弥漫在河谷草滩："国君万岁！""新法万岁！""向六国复仇！复仇——"

被绑缚在刑桩上的甘龙抬起了头，目光死死盯住了高高的云车，却一句话也喊不出来。

最为震惊的还是台上观刑的六国特使，最不愿意看到的事情恰恰发生了——秦国国君当着万千国人，竟公然将诛杀商鞅的罪责推到了六国头上！当此之时，谁能辩驳得清白？更何况，当初还有"请杀商君书"留在秦国。可那是"请杀"，如何竟变成了"逼杀"？特使们慌乱地交头接耳，一个个面色苍白。看来，老秦和山东六国这血海冤仇是结定了。

又是一通大鼓，景监一劈手中令旗，高声喊道："行刑——杀——"

一片刀光闪亮，碧绿的草滩上渗出了汩汩流淌的红色小溪，渭水又一次变红了。

渭水南岸，正有一骑快马飞来。马上骑士的红色斗篷飞动如一团火焰，望着北岸刑场的人山人海，他突然勒马，哈哈大笑："好好好！"飞马向渭水白石桥飞驰而来。

五　犀首挟策入咸阳

嬴驷大为振作，大半年来压在心头的郁郁之情，冰化雪消了。

国政大局终于在谨慎斡旋中稳定了下来。诛杀商鞅、平息戎狄、铲除世族、恢复民心，一番作为环环相连，任何一件事出了差错都可能导致秦国崩溃。他居然在连贯行动中有惊无险，不能不教他感谢上苍。然最令嬴驷欣慰感奋的，还是大刑场上民众之心的回复。车裂商君后本来已经是朝野冰冷民心尽失，然则一举诛杀复辟世族的铁腕壮举，却使秦人大大出了一口恶气，复仇的快感将压抑的积怨冲洗得干干净净，最难得的民心终于安然归来，当真令人匪夷所思。嬴驷不失时机地在刑场申明了"逼杀商君"的两大罪魁，将自己完全开脱了，将民众完全征服了。这是他最为得意的权力大手笔。他知道，终会有人骂他卑鄙，可是只要能争取到民心，能使他权力地位稳固，能使他推进秦国大业，能使他成为青史留名的不朽君主，些许唾骂指责实在是微不足道的；运用权力纵横捭阖的滋味真是特异，那是芸芸众生所无法企及的一种另类境界；只要用权有道，国君永远都是天理正义的同义语——诛杀世族没有错，平息叛乱没有错，车裂商鞅也没有错。作为国君，只要坚持新法，教民众富裕邦国强盛，民众对上层权力场中的血腥牺牲就永远不会耿耿于怀。毕竟，民众是最实在的。

秦国终于真正掌握在自己手中了。可是，下一步如何？

想到往前走，嬴驷心里总有些不踏实。自己要成为像公父那样的伟大国君，就必须在自己手里将秦国变成天下第一强国，变成唯一霸主。否则，自己必将湮没在公父与商君的身影里，史册将把他变成"杀人有术，治国无方”的乖戾君主。可是，如何向前走呢？危机消除了，朝局稳定了，需要在更大的天地里把握秦国方向时，嬴驷第一次感到了自己才智的匮乏，第一次感到了茫然。公父有商君，自己有何人？说到底，只有公父与商君那样的君臣结合，才是成就大业的气象：商君全力处置国事政务，公父一力化解各种内部危机，精诚同心，相辅相成，才使得秦国在二十年余中变法成功，彻底地脱胎换骨。嬴驷思忖，在稳定朝局方面的才能魄力，自己并不比公父差，自己所缺乏者，就是一位像商君那样的乾坤大才做丞相。商君用过的那些老臣子，如上大夫景监、国尉车英者，虽忠心可嘉，却都不是乾坤之才也。

这样的大才，可遇不可求。

正在乍暖还寒的时节，景监、车英两老臣一齐呈上了辞官书，请求归隐林泉。两人的理由几乎也都一样：“内忧已除，叛乱已平，朝局稳定，老臣心力衰竭，无能辅政，请归林下，以利后进。”嬴驷一看，顿感一股压力沉甸甸地搁在了肩上。

思忖良久，嬴驷断然拍案，准许上大夫景监与国尉车英辞官退隐。甚至没有预闻伯父嬴虔，嬴驷就颁布了公室君书，赏赐两位老臣各千金，一个月内将公事交割完毕，即许离开咸阳。君书一发，朝臣哗然，以为新国君又要对“商君余党”动手。商君时起用的大臣、郡守、县令都是一阵紧张。有臣工惶惶然问计于嬴虔，嬴虔大笑道：“诸公且大放宽心，老臣请辞，新锐必进，与新法何涉耶！”

嬴虔没有料错。新君嬴驷所想，正是以老臣请辞为契机来盘整朝局。景监是上大夫，商君后期实际主持日常国政的中枢大臣；车英是国尉，掌握着军政实权；两人一文一武，执掌了秦国枢要。嬴驷要有任何出新举措，都不可能越过这两根梁柱。嬴驷不乏识人眼光，丝毫不怀疑两位老臣的忠诚，但却总觉得很是别扭。他们对商君，有一种近乎对尊神一样的景仰，处置国务言必称“商君之法”而不越雷池半步，与嬴驷更上层楼开创自己功业的宏图大志，总是有所疏离。因了知道这两人早有辞官之意，嬴驷也就没有急于动手转移权力；今见两人同时请辞，商鞅的阴影又在他心头隐隐游移，仔细思量，此事只在迟早，何不顺水推舟，自己的新朝新功也早日开始？主意一定，当即实施，而且一如当年商君说公父变法之名言“大事赖独断而不赖众谋”，竟连伯父嬴虔也没有与之商议。嬴驷向秦国朝野发出了一个威严的信号：最高权力牢牢掌握在国君手里，任何人也不能动摇。

这时，内侍报说：商於郡守樗里疾求见。

嬴驷恍然笑道：“等这黑子，黑子便来，快请他进来。”

樗里疾并没有接到召见君书，是自己找进宫的。从陇西回到咸阳，樗里疾嗅到了一股改朝换代的气息。他虽是一方诸侯，但毕竟只是地方臣子，加之疏于结交，在咸阳几乎没有一个可通肺腑的至交，与官员碰面也是无甚可说。凭着自己的直觉，他觉察到了弥漫官场的那种难以言传的惶惶之情。按照职责管辖，他照常到上大夫府邸复命，要备细禀报陇西之行的经过，要向国府提出安抚戎狄部族的新谋划。接待的吏员们却神不守舍，他请见上大夫景监，掌书却是虚于应酬不接话，硬是没听见。樗里疾心中明白，也打着哈哈离开。如此大事，总不能没有个交代，于是他只有直接到宫城请见国君了。

“樗里卿西出辛劳，居功至伟。”嬴驷一脸淡淡的微笑，却突兀问道，“闻得卿多年鳏居，何故啊？”

樗里疾实在想不到国君劈头就问这件事，笑道：“臣欲备细禀报陇西之行。”想回避开这个话题。

“陇西之行，我已尽知，回头再说。”嬴驷笑道，“今日就说你家室之事。”

“嘿嘿嘿，此事无关痛痒，何劳君上过问？”樗里疾黑脸变成了红脸。

“何谓无关痛痒？”嬴驷脸上虽笑语气却是认真，“今日，本公要助卿成婚也。”

樗里疾连忙拱手作礼：“多谢国君美意。然则，臣与亡妻情意笃厚，尚无续弦之心。再说了，嘿嘿嘿，我这黑肥子，哪家女子嫁我，都是暴殄天物。”

粗鲁的自嘲却点缀着高雅的诙谐，嬴驷不禁大笑：“樗里疾呀樗里疾，亏你说得出，黑肥子？暴殄天物？不不不，男儿鳏身，才是暴殄天物，啊哈哈哈哈……”向来不苟言笑的嬴驷，破天荒大笑起来。

“嘿嘿嘿，黑肥子殊非天物，暴了也罢。窈窕淑女，可惜了人家。”樗里疾脸色通红，说得期期艾艾，神情大是滑稽。

嬴驷更是乐不可支，笑得伏在书案上咳嗽起来，须臾平静，脸上犹是忍俊不禁道：“樗里疾不许抗命，三月后成婚。窈窕淑女，不用你黑肥子操心了。要许身国事，岂能没有家室根基？”

“君上，这这这，不是甩给黑肥子一个大包袱么？”樗里疾急得无所措辞，红着脸狠狠心道，“臣无才无行，无意做官，只想回归故土，做个隐士。”

嬴驷惊讶地看着樗里疾，突然又是大笑：“黑肥子也欲辞官？不准！你又奈何？”

樗里疾一脸沮丧，思忖一阵，嘿嘿笑道：“君上，樗里疾举荐一个栋梁大才，换下我这根绿叶朽木，国君意下如何？”

“噢？大才？姓甚名谁？现在何处？”

“此人三日内必到咸阳。国君若重用此人，便是准了臣之请求。”

“若不重用？”

“臣便甘做绿叶朽木。”

“好！”嬴驷陡然拍案正色道，“栋梁到来之前，着绿叶朽木樗里疾暂署上大夫一职，即日任事。”

“国君，这，这如何使得？”樗里疾欲待长篇大论，国君嬴驷却扬长而去。樗里疾顿时僵在厅中，懵懵懂懂，东张西望起来。正在这时，只听一阵笑声，一个戴着面纱的白发黑衣人从帷幕后走出道：“上大夫，别来无恙？”

“你？”惊讶之间樗里疾恍然大悟，“樗里疾，参见公子。”

嬴虔揶揄道：“顷刻之间有了高官娇妻。好个绿叶朽木，分明要开花了。”

樗里疾大为窘迫道：“公子何当取笑？樗里疾并未应承。”

嬴虔冷笑道：“自诩无行，却偏偏跟一班老朽邯郸学步，也闹着辞官做隐士，博取清名。还有我老秦人本色么？”

樗里疾已经平静，淡淡笑道：“言行发自本心，何须邯郸学步？”

“樗里疾，可知晓何人举荐你么？”嬴虔看他油盐不浸地蔫笑，突然正色道。

“举荐樗里疾者，可谓有眼无珠。”樗里疾淡淡顶了一句。

嬴虔一阵冷笑：“樗里疾，好大胆子！商君难道是有眼无珠之辈么？”

樗里疾大为惊讶，继而摇头大笑：“公子高明，樗里疾佩服了。”

嬴虔却没有笑，黑色面纱后面是低缓认真的语调：“樗里疾，莫以为我抬出商君糊弄你。嬴虔虽与商君有私恨，却无公仇。说到底，国君也是如此。”嬴虔深深地叹息了一声，“极刑商君，一则是私恨使然，一则是商君自请服刑使然。否则，仅是你那个商於郡，就可保商君性命无忧，加上朝野鼎沸，国君如何杀得了商君？然则，商君极心无二虑，尽公不顾私，自觉赴死方可化解秦国危机，方可维护新法。唯其如此，商君临刑之前在云阳国狱，与国君有过一次密会长谈，交代了身后一应大事。就是在那一次，商君举荐了你樗里疾，还有函谷关守将司马错。否则，国君如何能召你二人紧急入咸阳，参与攘外安内之重任？商君之心，本望你抛却私情，大局为重，做新君维护新法的股肱之臣。谁想你樗里疾，却斤斤计较于国君与嬴虔的一德之失，耿耿于商君的一己知遇之恩，在秦国最需要良臣支撑的时候，却步人后尘，仅求良心自安。如此器局，岂非大大寒了商君之心？负了国君厚望？”一席话坦率之极，赤裸裸毫无遮掩，对自己甚至对新君都作了深重的贬斥，可谓堂堂正正，大义凛然。

樗里疾不禁大为震撼，良久沉默，肃然长躬道：“樗里疾，谨受教。”

次日，嬴驷举行了平乱后的第一次朝会，颁布书令：樗里疾职任上大夫，总署国政；司马错职任国尉，掌秦国军务并统领新军；公子嬴虔仍居太傅，晋爵一级；所有郡守县令晋爵一级，原职不动。此时，靠世袭爵位在国居官的秦国老世族已经悉数清除，商君时期的变法新锐也经过了一番整肃，国中人人振作，朝局重新焕发出一片勃勃生机。

一番部署安顿完毕，正要散朝，内侍总管匆匆禀报：“宫门有一士子求见，自称魏国犀首，说有长策献于秦国。”

“犀首？”嬴驷惊讶地看着樗里疾，“可是樗里卿所说之人？”

“正是。”樗里疾道，“此人本名公孙衍，师杨朱之学，自称天下第一权变策士；曾在魏国、楚国、赵国奔走任职，屡次击败官场对手；人言如犀牛之首，锐不可当，故犀首名号多为人知，本名反倒湮灭无闻。臣与此人曾在陇西不期而遇，劝他入秦效力。”

“好！请先生上殿。”嬴驷大有顺风行船天授予人之感，很是振奋。

片刻之间，一个英气逼人的中年名士疾风般进得殿来，一领大红斗篷，散发无冠，长须连鬓，众人眼前顿时一亮。此人进殿来四面一扫，人人都领略了那双炯炯生光的眼睛。只见他快步上前，深深一躬：“山东犀首，参见秦王——”

殿中顿时一惊。嬴驷颇有不悦：“本公并未称王。先生何意耶？”

犀首朗声道：“此乃犀首献给秦国之第一策：立格王国。”

“果然犀利，要言不烦。”嬴驷淡淡笑道，“总该有一套说辞也。”

犀首站在大殿中央，拱手环视一周：“天下四王，周、魏、齐、楚。周不足论，魏正衰落，齐亦日过中天，楚则底蕴有差。唯秦之元气，旭日东升。守定一个公国，如何激励国人雄心？如何震慑山东六国？犀首断言，欲得中原逐鹿，先需正名称王！”

殿中一片沉默，对这突兀的“长策”一时反应不灵。樗里疾觉得不能总教国君直接应对而无回旋余地，一拱手笑道：“先生长策，不妨一并讲出，国君方有参酌。”

犀首傲然大笑道：“好！犀首长策乃十六字：正名称王，东出争霸，中原逐鹿，一统天下。”

“杨朱之学，拔一毛利天下而不为。先生为秦国谋划，所为何求？”樗里疾知道此人从不隐藏自己，欲弄清他的想法。

“樗里疾当真可人也。”犀首笑容中颇带揶揄之色，“人不为己，天诛地灭。杨朱一派主张利己，却不主张损人。策士为邦国谋划，邦国得利，自然要授策士以高官厚禄，此为两利不损，天下正道也。天下熙熙，皆为利来；天下攘攘，皆为利往。举凡士子，谁不为名利而来？除了高官重爵，犀首岂有他哉？”一番说辞，举殿臣工都惊讶得睁大了眼睛，人人面红耳热心头乱跳。

嬴虔却忍耐不住，冷冷笑道："然则，先生能为秦国带来何等好处？大而无当的十六个字，就换得了高官重爵？"

这在常人看来很是刻薄的问话，犀首却丝毫没有难堪，微微一笑道："十六字为纲，纲举目张。至于如何使秦国谋得大利，自当另有谋划，秦公请看——"潇洒地一撩斗篷，从随身牛皮袋中抽出一卷竹简，右手一拍，"王霸之图，俱在其上也。"

"先生可否见告？"嬴虔冷冷道。

犀首揶揄笑道："长策可白，细策不宣。此乃权变之要，太傅当真不知？"嬴驷一直在沉思默想，此刻突然拍案高声道："书命：犀首为秦国上卿。散朝。"在朝臣惊诧的目光中，神秘的犀首随着国君大步去了。

当天夜里，嬴驷召来公伯嬴虔、上大夫樗里疾、国尉司马错三人，一起为犀首接风洗尘，听犀首解说他的王霸细策，直到三更，方才将正题谈完。

嬴驷始终没有表现出犀首所期待的兴奋与震惊，凝神倾听之外只是默默思忖。倒是正题谈罢，樗里疾请犀首说说天下策士，嬴驷才高兴地不断询问起来。秦国君臣自孝公病危商君处刑以来，两三年之中危机不断，无暇旁顾，对中原情势已感生疏。犀首讲述的山东策士崛起的消息，的确使他们感到新鲜兴奋。

犀首说，近年来，诸子百家中出了一个策士流派。这个流派的士子很是奇特，各家弟子都有，无分原本所修习的学问，只是专一地钻研揣摩列国形势格局，游说诸侯，为所向往的邦国谋划王霸之策。犀首说，他自己就是"杨朱策士"，即杨子门下的策士名家。齐国的稷下学宫，敏锐地看到了策士无可限量的势头，已经有名家大师专门教习弟子"策士之学"了。其教习有两大特异处：一则，不再单一地修习某家学问，而是融诸子百家于一体，摘其强国富民与邦交纵横部分，混成策士的"合体学问"；二则，策士以锤炼辩才为增长才干的主要方式，常悬重赏激励连战获胜的辩士；稷下学宫的庄辛、鲁仲连、触龙、辛垣衍等少年锐士，已经很有策士才名了。说到末了，犀首信心十足地预言："未来之战国，将是策士之风云叱咤，不再是法家之变法称雄！”

“如此说来，目下之策士气候，尚在发轫之初？”嬴驷似在推测，又似在询问。

“不然。”犀首大手一摆，“策士气候已经形成。一则是真正的新锐策士已经出山，二则是战国变法浪潮已过，天下均势已经形成。争霸逐鹿，正当策士谋国之时。”

樗里疾笑道：“先生所言‘真正的新锐策士’可有所指？莫非先生自诩？”

犀首爽朗大笑：“非也非也。国君、诸公，可知鬼谷子其人？”

“鬼谷子谁人不知？”樗里疾悠然一笑，以问作答。

“只怕诸公只知其一，不知其二。”犀首正色道，“世人皆知鬼谷子高深莫测，前有李悝、商鞅为法家弟子，后有孙膑、庞涓为兵家弟子。然却没有人知晓，这位高人于二十年前，已经开始雕琢策士弟子了。也是两个，诸公可知？”犀首露出一丝神秘的笑意。

这个消息当真意外。众人一齐惊讶摇头。嬴驷急迫问：“两人是谁？”

“苏秦、张仪。”犀首一字一顿，分外清晰。

“苏秦、张仪？何国人氏？”嬴虔淡淡问。

“洛阳苏秦，安邑张仪。”

“先生以为，苏秦张仪，较之先生如何？”樗里疾似乎漫不经心。

“唯闻其名，未见其人，教我这天下第一策士如何作答？”犀首骤然一本正经。话未落点，座中君臣已是同声大笑。

第二章 山东雄杰

一　洛阳苏庄的故事

二月初，冰雪消融，草木泛绿。

洛阳王畿耕牛点点，沉寂的原野上终于有了些许生机。

不知从哪一年起，周王就再也没有亲自举行过春耕大典。每年都是太子或丞相代为扶犁启耕，年复一年，二月初旬的春耕大典也就成了一个虚应故事。在苍龙抬头的二月，王畿国人再也没有了“一年之计在于春”的奋发勤耕。这一片明媚的春光，也仅仅成了结束窝冬的一个节令而已。郊外王田的启耕仪式冷清寂寥，几乎没有国人再去听那肃穆祥和的《周颂》，去看那陈旧铺排的天子仪仗。家居城内的农夫们，三三两两络绎不绝地牵牛负犁，走出城门，住进井田中的茅屋，在暖和的阳光下慢悠悠地开始了公田的春耕。这是周人的古老传统，春耕必须首先从井田中央的那一块公田开始。在周室兴盛的时候，年年这一天，王室官员都要亲临王畿每一井的公田，代天子给八家启耕的农人赏赐，其乐融融的繁忙春耕就此正式开始。如今，这一切都没有了。春日原野的欢声笑语，耕耘劳作的勃勃生机，都随着洛阳王气的沉沦而淡淡地消逝了。王畿国人们只是踩着祖先久远的足迹，顺从着积淀了千百年的忠诚，依旧首先耕种着属于王室的公田。

时当正午，洛阳南门飞出三骑快马，在井田沟洫的堤道上向原野深处奔驰。

“哎——快看，天子使者，要赏耕了！”有人惊喜地喊了起来。

“我看看。咳！何以是天子使者？苏氏三兄弟。”

“别做好梦了。天子，还没睡醒也。”井台旁打水的汉子蔫蔫儿笑了。

“苏氏兄弟出城，看启耕王典么？啧啧啧！”一个女人不胜惊讶。

共耕公田的八家男女轰然笑了起来，一个老人停下犁道：“你且不去看，苏氏兄弟有闲心看那老古经？往东瞅，那是苏氏乘轩里，苏门有大事了。”

“乘轩里是官府叫的，一大片地哩！那座庄，老民都叫苏氏别庄。”一个女人笑道。

城外原野的东南处，一片柳林刚泛青绿，在枯黄的原野上鲜嫩醒目。柳林深处，掩映着一片青色砖瓦的大庄园。庄园外的土地沟洫纵横，井田中耕牛点点，歌声隐隐。庄园内炊烟袅袅，鸡鸣狗吠。在慵懒困窘的洛阳郊野，这片庄园难得的一片兴旺。

这就是洛阳国人眼热称奇的苏氏别庄。

这座庄园，坐落在乘轩里地面。里，是周室井田制的名称，大体三井（二十四家）为一里。按照周人的礼法，王城四野的土地直属天子管辖，叫做王畿。王畿之民叫做国人。那时土地广阔，人口稀少，国人都住在王城之内。只是没有国人身份的隶农，才居住在城外原野叫做“田屋”的茅屋里。直到春秋之世，城池依然是国家命脉，集中了几乎全部的社会财富与人口精华。所以，那时的战争才以攻取城池为战胜目的，每战不说占地多少，而只说“拔城”几座。每逢收种耕耘的时节，住在城里的国人才出得城外，住进原野井田的耕屋。农事结束，又回到城中居住。沧海桑田，世事变迁。到了战国之世，这种“国人居于都”的情况渐渐发生了很大变化。中原诸侯实行变法，废除了隶农制，昔日只能住在荒郊野外田屋的奴隶也大多变成了平民。平民有了自己的土地，房屋庄园慢慢好了起来，既便利耕作饲养，住着又宽敞自在。人口慢慢增加了，土地却在日渐减少，拓荒开垦便成为天下农人的家常便饭。住在城外的新平民不受出入城门的时间限制，也不受城内官署工商的无端干扰，开垦的荒地多，又可以起早贪黑地勤耕细作多养牛羊家畜，便有许多农人迅速富了起来，超过了居住在都城内的“国人”。时间长了，城池里的国人农户也渐渐醒悟，纷纷变通，在郊田中盖起了长期居住的瓦房院落，家族中的精壮人口便常年住在郊田庄园，大养牛羊家畜，随时照料田园沟洫；城池中的老宅便留下老幼病弱养息看守，活泛之人便将多余的房子改成店铺作坊，做点儿市易买卖。

于是，城池的人口慢慢发生了结构的变化——农耕人口渐渐迁出了城池，原野中出现了星罗棋布的村庄，城池渐渐变成了官署、士人、工匠、商贾聚居的处所和交易的中心。从此，土地和人口财富连在了一起。打仗也开始看重对土地的争夺了，占地多少里，得民多少户，也开始成为战胜的成果。战败者也以割让土地，渐渐取代了割让城池。

然则，在这熙熙攘攘的天下潮流中，洛阳王畿却几乎没有变化。

就像汹涌波涛中的一座孤岛，洛阳王城依然浸淫在万世王国的大梦里。国人依然住在王城之内，郊野井田里依然只有星星点点的耕屋与隶农破旧的茅屋。三百余年前，周平王东迁洛阳时，周围的王畿之地包容了方圆千里的三川地区，天下诸侯称为“千里王畿”。三百余年过去，洛阳王畿萎缩到了“方七十里”，站在洛阳城头即可一览无余，成了汪洋大海里的一叶孤舟。尽管如此，洛阳王城里的国人还是一如既往地守着祖宗的礼法，守着久远的井田，守着苍老的王城，守着“日出而作，日落而息，躬耕而食，凿井而饮”的永恒准则，淡淡漠漠地做着周天子的忠顺臣民。

在这片王畿土地上，苏氏别庄是显赫的，也是孤独的，无异于鹤立鸡群，如何不令国人眼热叹羡？在启耕公田的大典之日，苏氏兄弟鲜衣怒马地奔驰在初绿的原野，又如何不令国人啧啧侧目？但闻马蹄声中，洛阳国人特有的洪亮口音随风飘来：

“四弟，张兄此来，却是何意？”

“我如何晓得？这要二哥说。”

“休要多问，回去自然知晓。”

说话之间，三骑骏马已经消失在绿色摇曳的柳林之中。

田埂的老人摇摇头，一声深重的叹息：“世风若此，国将不国了。”躬耕垄上的农人们也纷纷跟着摇头叹息一番，无可奈何地开始了默默劳作。

苏氏别庄的主人叫苏亢，论原本身份，却也平常得很，一个专门从事长途贩运的生意人而已。那时候，生意人分为两类，行商坐贾——行走四方采购货物者叫“商”，坐地开店零售货物者叫“贾”。这苏氏一族本是殷商后裔，身体里流淌着殷商部族驾牛车奔走天下的血液，做的自然是行商。殷商王朝被周人革了命，殷商部族的平民们却远远没有上层贵族那么多仇恨与忧戚，依然是一辆牛车走天下，过着传统的商人生活。但周人礼法严格，市易皆由官营，不许私人做生意，自然也就瞧不起商人。但周王室却有罕见的冷静，一则为了消磨商人的仇恨，二则也觉得商人周流四方财货，对民生国计有好处，也就对商人网开一面，允许他们在官营市易之外继续做商人，并没有一刀硬砍，强迫商人变为耕耘的农人。这一宽松果然见效，醉心于财货积累的商人们一心奔走谋利，大大削弱了殷商贵族的根基力量。西周初年的周公旦能一举平息殷商贵族与管叔、蔡叔的叛乱，使周室河山真正安定了下来，不能说与殷商庶民根基的流失没有关联。

苏氏一门在“管蔡之乱”前就在洛阳定居了下来。那时候，洛阳还是个不大不小的城堡，仅仅因为是拱卫镐京东部的屏障而颇有名声。谁想三百多年后周平王东迁，洛阳竟做了京都王城。在“王城料民”[1]时，礼法规定：居住在洛阳城内的国人只能是周人部族。苏氏作为“商人”，本当迁出洛阳。当时的苏氏族长冒死求见周平王，陈述苏氏居住洛阳三百多年，早已成为“国人”，不当迁出。周平王为安定人心，破例下

[1] 料民，上古时期清理登记人口的专门用语。

诏：凡在洛阳居住百年以上的“商人”，均可成为“国人”。

苏氏族长犯难请命，安定了商人，也使苏氏一门名声大振，成为“新国人”的望族。但几百年下来，苏氏一门的“行商”生计却没有发达起来，依旧是个平庸的商人家族。到苏亢做了族长，继承了祖业，天下已经是大争之世的战国了。

这苏亢聪颖智慧，非但通达商道，使家业重新振兴，而且知书达理，与天下名士交往颇多。久为商旅，苏亢周游天下见多识广，深感洛阳国人的活法简直与活棺材无异，与天下大势相去甚远。他很想变个活法，活得自由自在一些，便独出心裁，一步一步地做了起来。第一步，他在洛阳城外私下买了一家“国人”荒芜的百亩弃地，盖了一座小院子做别居。半年之后，洛阳官署无人过问他的“私相易田”之罪。苏亢的胆子大了起来，也看到了王室官署无暇治民，便找那些无力耕耘荒田的“国人”私下商议，将他们井田中的“私田”一块一块地买了下来。十几年工夫，他逐步买下的“荒田”竟达两千多亩。

买田之后，不愁耕耘。每逢收种，苏亢便“买工”——付钱给住在郊野的隶农，教他们帮自己耕种收获。洛阳王畿的隶农是“国隶”，也就是官府奴隶，只归官府管辖派工。王室整天战战兢兢地防备战火，对奴隶的管束松弛得几乎是放任自流——只要不逃亡，就是好隶农，谁还来整天督导你耕作？于是苏亢有了取之不竭的劳动力，加上他厚待隶农工钱多，隶农为苏庄做工便特别踊跃。商路生意好，土地收成好，苏家就蓬蓬勃勃地发了起来。

苏庄不断扩大，苏家便成了唯一在洛阳城外拥有丰厚田业的国人。

但是，这些还并不是苏亢的最终谋划。他的大志在于改换门庭，使苏氏家族从世代商人的身份中摆脱出来，成为士大夫贵族世家。虽说商人在战国之世已经不再公然被人蔑视，但在官署与世人眼里，却终究是言利小人。苏亢在自己的经商交往中，对这种身份差别有痛彻心肺的体察。一介商贾，别说与高车驷马的王公显贵有霄壤之别，即便是清贫士子与寻常国人农夫，也常常不屑与商人为伍，更不说结交了。

有一年，苏亢到魏国安邑采购丝绸，不知哪条沟渠没有渗到，安邑官市竟要驱逐他这个洛阳商人。苏亢愤而争执，闹到了丞相公叔痤府里裁决。公叔痤官声颇好，苏亢对丞相裁决满怀厚望。谁知进得府中，那个官市小吏气昂昂进去了，苏亢却被府吏挡在院中等候，严令不许走动窥视。在北风呼啸的寒冬，苏亢整整站了一个时辰，浑身冻得僵硬，也不能到廊下避风处站立，更不要说到客厅取暖。那时候，他流下了屈辱的泪水，暗暗对天发誓，一定要教儿子入仕做官，永远不要做这种“富而贱”的商人。

后来，苏亢有了四个儿子。经过仔细审量，他教资质平庸的长子苏昌跟自己经商掌家，却将聪慧灵秀的三个小儿子送出去求学了。他给三个求学的儿子立下了规矩：若不能成名入仕改换门庭，死后不许入苏氏宗祠。

苏家的举动，是无声的告示。王畿国人有人嘲笑，有人惊叹，有人艳羡，口风相传，成为一时佳话。苏氏家族的命运能否改变，成了洛阳国人拭目以待的谜。

但是，没有等得多少年，洛阳国人便对苏亢刮目相看了——苏家三个儿子个个学问非凡，都成了洛阳名士。这三个儿子，便是纵马原野的苏氏三兄弟——苏秦、苏代、苏厉。

二　双杰聚酒评天下

三骑刚入柳林，便闻一阵爽朗大笑：“走马踏青，苏氏兄弟果然潇洒也！”随着笑声，林中小道走出一个身材高大的年轻士子，青衣竹冠，抱拳拱手间气度不凡。

马上为首青年红衣玉冠，英挺脱俗，却正是苏氏次子苏秦。他翻身下马间大笑：“闻讯即来，如何成了走马踏青？张兄好辞令。”疾步向前，四手相握，相互打量着又一阵大笑。

“苏兄别来无恙？”来者无意套了一句官场之礼。

“有恙又能如何？”苏秦当了真，揶揄反诘。

“张仪颇通医道也。”

“张仪者，医国可也。医人？啧啧啧！”

“国中难道无人乎？”

“国有人，人中无苏秦也。”

“子未入国，安知国中无苏秦？”

“子非苏秦，安知苏秦定入其国？”

两人边说边走，应对快捷不假思索，仿佛家常闲话一般。跟在后边的两个少年惊讶新奇，稍大者跺脚高声道：“慢一点儿好不？这就是名士学问？”

前行的苏秦和张仪大笑回身。苏秦笑道：“啊呀，还有两个小弟也。张兄啊，这是三弟苏代，这是四弟苏厉。三弟四弟，这就是我平日向你们提起的张兄仪者也！”

苏代苏厉拱手躬身，同声道：“久闻张兄大名，见过张兄！”

张仪一本正经道：“两位小兄莫笑，与苏兄打了十几年嘴仗，见面不来几句心慌也。”

四人哄然大笑，苏秦道：“三弟四弟，锤炼学问辩才，可得多多讨教张兄。”

“请张兄多多指教。”苏代苏厉不待张仪说话，再次大礼一躬。

张仪揶揄道：“苏氏兄弟，个个聪明绝顶，做好套子让人钻也。我，不上当。”语态之滑稽，将苏代苏厉两兄弟逗得哈哈大笑。

苏秦拉起张仪道：“走，进庄，话可是多也。”

张仪边走边感慨：“苏兄啊，我可真是没想到，洛阳王畿竟有如此美庄园。安邑郊野亦多有庄园，可挤挤挨挨，如何比得这无边旷野，一座孤庄，占尽天地风光也。”

苏秦不禁“哧”地笑了出来：“张兄，你这可真是将穷瘦当细腰也。安邑领先天下时势，数十年前城郭之外已经多有村庄，自然是炊烟相望，鸡鸣狗吠相闻，一片兴旺了。洛阳王畿破败荒凉，张兄不见其衰朽颓废之气，独见其旷野孤庄之美，真道别出心裁也。”

张仪原本是触景生情，没想到这一层，经苏秦一说，不禁慨然一叹："还是苏兄立论端正，张仪佩服。"

"佩服？只怕未必。四弟，知会家老，为张兄接风洗尘。"

苏代却道："四弟，还是先给大嫂说管用，她有绝学好菜。"说着与苏厉一起，抢先跑步进庄去了。

从外面看，苏氏庄园是个影影绰绰的谜。不太高的院墙外裹着层层高树，即或是树叶凋零的枯木季节，也根本看不见庄园房舍。面南的门房，也是极为寻常的两开间。一只高大凶猛的黄狗蹲在门道，见主人领着生人进来，霍然挺身，边摇尾巴边从喉咙发出低沉的呜呜声。苏秦笑道："黄生，这是张兄，认得了？"大黄狗"汪"的一声，蹭着张仪的衣服嗅了嗅，摇摇尾巴径自去了。张仪笑道："苏家一只狗，竟也如此通灵？啧啧啧！"苏秦笑道："此乃老父从胡地带回的牧羊犬，的确颇有灵性。张兄，这边。"

绕过一道将庭院遮得严严实实的青石影壁，第一进是一排六开间寻常茅屋，看样子是仆人住的。过了茅屋，是一片宽敞空旷的庭院，三株桑树已经发出新叶，两边茅屋的墙上挂满了犁锄耒锹等各种农具，俨然农家庭院。庭院尽头又是一排六开间茅屋，中间一道穿堂却被又一道大影壁挡住了。

走过穿堂，绕过影壁，一座高大的石坊立在面前，眼前景象大变——一片清波粼粼的水面，水中一座花木葱茏的孤岛；水面四周垂柳新绿，绕水形成一道绿色屏障；柳林后漏出片片屋顶，幽静雅致得令人惊奇。张仪惊讶笑道："里外两重天，天下罕见！"苏秦却是淡淡一笑："也无甚新奇。苏庄里外之别，就是天下变化的步幅。"

张仪恍然笑道："如此说来，外院是世伯第一步试探，内院是近十多年所建？"

苏秦点头道："张兄果然明澈。然到底也与家父心性关联，不喜张扬，藏富露拙而又我行我素。等闲人等，家父从来都是在外院接待的。"

张仪若有所思地点点头："苏世伯真乃奇人，只可惜见他不得了。"

苏秦笑道："家父与长兄，一年中倒有大半年在外奔波，我也很少见。"

说话间两人穿过柳林，曲曲折折来到一座孤立的青砖小院前。苏秦指点道："张兄请，这便是我的居所。"张仪四面打量一番，见这座小院背依层林，前临水面，与其他房舍相距甚远，确实是修学的上佳所在；抬头再看，小院门额上四个石刻大字赫然入目——雷鸣瓦釜。

张仪凝神端详："苏兄，志不可量也。"

苏秦揶揄道："你那'陵谷崔嵬'又如何说去？"两人同声大笑一阵，走进了小院。

院内只有一座方形大屋，很难用寻常说的几开间来度量。大屋中间是一方不大不小的厅堂，西首隔间很小，隐在一架丝毫没有雕饰的木屏风后面；东首隔间很大，几乎占了整座房屋的三分之二，门却虚掩着。厅中陈设粗简质朴，没有一件华贵的家具饰物。

张仪由衷赞叹道："苏兄富贵不失本色，难能可贵也。"

苏秦不禁笑道："我等瓦釜，何须充做钟鼎？"

张仪大笑："苏兄妙辞！惜乎瓦釜竟要雷鸣，钟鼎却是锈蚀了。"

苏秦摇摇头："张兄总能独辟蹊径，苏秦自愧弗如也。"

张仪听得更是大摇其头："苏兄差矣！不记得老师考语了么？'苏秦之才，暗夜点火。张仪之才，有中出新'。苏兄原是高明多了。"

苏秦默然有顷，叹息道："老师这考语，我终是没有悟透。哎，他们来了。"

脚步杂沓间，门外已经传来苏厉稚嫩的嗓音："二哥，酒菜来了——"便见苏代推开院门，两个仆人抬着一个长大的食盒走进，身后还跟着一个丰满华贵的女子。

苏秦指着女子笑道："张兄，这是大嫂，女家老。"

家老是当世贵族对总管家的称呼，张仪自然立即明白了这个女子在苏家的地位，忙深深一躬："魏国张仪，见过长嫂夫人。"

女人脸上绽出了明艳的笑容，随和一礼道："先生名士呢，莫听二叔笑话。小女子痴长，照料三个小叔自是该当，苏家指靠他们呢。这是我亲手为先生做的几个菜，来，抬进去摆置好了。"快人快语，连说带做，片刻间在客厅摆好了四案酒菜。

苏秦对张仪轻声道："大嫂古道热肠，能饮酒。"

"别奉承我。"女人笑道，"来，落座。先生西首上座，二叔东首相陪。两个小叔南座。好，正是如此。"快捷利落，免去了任何谦恭礼让。

苏氏三兄弟与张仪俱各欣然就座。张仪正待对这位精明能干的大嫂家老表示谢意，却见微笑的苏秦还是望着大嫂，便没有开口。这时大嫂已经走到最小的苏厉案边笑道："老公公与夫君不在，我自然要敬先生一爵。"张仪一瞥，已经看见苏厉的案上摆着两个酒爵，知道这位大嫂一切都是成算在胸，便也像苏秦一样微笑着听任摆布。

女子举起酒爵道："先生光临寒舍，苏家有失粗简，望先生见谅。小女子与三位小叔，为先生洗尘接风。来，干了！"一饮而尽，笑盈盈地望着张仪。

"多谢长嫂夫人。"张仪一饮而尽，苏秦三兄弟也一起干了。

女子笑着一礼："先生与小叔们谈论大事，小女子告辞。"转身又道，"四弟，我在门外留了一仆，有事尽管说。我走了，啊。"待苏厉答应一声，她已经轻捷地飘出了院子。

苏秦："如何？大嫂是个人物也。"

张仪微笑："不拘虚礼，精于事务，难得。"

苏厉天真笑道："二哥最怕大嫂，说她'言不及义'。"

"四弟差矣！那是怕么？那是烦。"苏代认真纠正，"义利两端。言不及义，必是言利之人，二哥焉得不烦？"

张仪大笑："苏代如此辞令，苏兄教导有方啊。"一句话岔过了对大嫂的品评。

"张兄，"苏秦笑道，"来，再饮一爵说话。"

"好。"张仪举爵，"三弟四弟，同干。"饮尽置爵，目光向案上一扫，见两尊铜鼎赫然冒着腾腾热气。再看苏秦三兄弟案头，也是铜鼎灿灿，张仪不禁惊叹："苏兄啊，今日只差钟鸣了。"

苏代抢先道："张兄不知，大嫂喜欢显摆贵气，二哥烦得很。今日她听说来了魏国名士，硬是将这套鼎具搬了出来，忒是俗套。如今殷实富贵之家谁没有这物事？只是洛阳国人不敢用，做稀罕物事罢了。大嫂井底之蛙，张兄见笑了。”

张仪大笑一通，煞有介事地长声吟道：“开鼎——”打开一只鼎盖，透过袅袅热气便见油红明亮香气喷鼻，不禁惊叹一声，“好方肉也！”又打开另一鼎，却见一汪雪白浓汤拥着一丛晶莹碧绿，煞是好看，“噫！这是何菜？香得如此奇特！别急，有点土香味儿，野菜么？不像。”

苏秦微微一笑：“张兄不用琢磨，你不识得的。此物乃西域野草，胡人叫做‘木须’，中原有人写作‘苜蓿’，本是胡人牧马之上等饲草。多年前，家父通商西域买马，时常在草原野炊，不耐整日吞食肥羊。有一次忽发奇想，采了大把鲜嫩的牧草和在肉汤里煮。一食之下，竟是清爽鲜香，美味无比。家父便向牧人讨了一捆老苜蓿带了回来，打下种子，在庄内种了半亩地。目下正是春日，野苜蓿鲜嫩肥绿，大嫂视若珍品，等闲人来，还不肯献上。”

张仪听得神往，不由得夹起一筷入口，略一咀嚼拍案惊叹：“妙哉！仙草也！”

苏氏三兄弟一齐笑了起来。苏厉一拍手：“张兄，我给你偷一包苜蓿种，何以谢我？”

“偷？”张仪忍住笑低声道，“得仙草种一包，我赠你秘典一册。如何？”

“好！一言为定。”苏厉转着眼珠，“大嫂管得紧，不好偷也。”

三人不禁大笑一阵，一起夹出碧绿的苜蓿品尝，尽皆赞叹不绝。笑语稍歇，苏秦悠然一笑：“张兄呵，千里迢迢从安邑赶来，为了这味野菜么？”

张仪一声叹息道：“不瞒苏兄，我是遇到了难题。家母逼我娶妻，我想避开，又不知该去何方。就想躲过来，也顺便听听苏兄高论了。”

“是么？”苏秦闻言心中暗笑，知道这个师弟机变过人却又心高气傲，即便讨教于人也要找出个“顺便听听”的理由，也不去计较，顺着话题问道，“却不知张兄志在何方？”

“我想先去齐国，若无甚乐趣，再去楚国。”张仪没有再提逃婚之事。

“张兄以为，齐国楚国堪成大事？”苏秦眼睛一亮。

“齐国，田因齐称王已经三十余年，民众富庶，甲兵强盛，国力已经隐隐然居六国之首。乃天下第一可图大业之邦，自然当前往一游。至于楚国，数十年虽无战胜之功，但其地广人众，潜力极大，也是可造之国。苏兄以为如何？”话入正题，张仪很认真。

苏秦道：“张兄难道对魏国没有心思？”

张仪道：“说起我这祖国，实在令人感慨万端。强势虽在，却屡遭挫折。被秦国夺回河西之地，又迁都大梁，朝野不思进取，一派奢靡颓废，令人心寒齿冷也。”

“我倒以为，张兄当从魏国着手。”苏秦目光炯炯，“奢靡颓废，人事也。魏国若有大才在位，整饬吏治，扫除奢靡，何愁国力不振？以魏国之根基，一旦振兴，雄踞中原，天下何国堪为敌手。张兄生乃魏人，何舍近而求远？”

“既然如此，苏兄何不前往魏国？”张仪狡黠地一笑。

“人云，良马单槽。我去了魏国，置张兄于何地？”苏秦还以揶揄的微笑。

张仪哈哈大笑：“如此说来，苏兄是给张仪留个金饭碗也。”

苏秦释然笑道：“岂有此理？原是我不喜欢魏国朝野的风华奢靡之风。张兄若得治魏，也要费大力气移风易俗，譬如商鞅在秦国之移风易俗。”

张仪思忖点头：“你我在魏国王屋山浸泡了十年，那时苏兄就说过厌烦魏国，张仪如何能忘记了？只是我已占了三个强国，苏兄却向何处立足？”

苏秦微笑：“张兄不妨为我一谋，天下之大，我欲往何方？”

张仪心知苏秦虽机变稍差，但虑事深彻，总能在常人匪夷所思处振聋发聩。这一问显然在考量自己，略一思忖便道：“苏兄志在北方，燕赵两国，可是？”

“何以见得？”

“燕国，奇特之邦也。”张仪侃侃道，“周武王所分封最古老之大诸侯国中，唯有燕国沉舟未泯，成为七大战国之一。若说根基，天下无出其右。且燕国北接胡地，东连大海，纵深广袤，国风剽悍。假以整饬，焉知不会对天下成泰山压顶之势？再说赵国，现已是三晋中最有战力的邦国，骑兵之强，天下第一；数十年来连败匈奴，扩地接近敕勒川，又吞灭半个中山国，势力大增；更兼山川险峻，西有上党之东要塞，东有大河屏障，易守难攻。君主赵语，持重勤奋，朝野气象颇为兴旺。如此之国，前途不可限量也！”张仪说得兴奋，见苏秦只是微笑摇头，骤然打住，“难道，燕赵当不得苏兄大才？”

苏秦悠然一笑：“燕赵之长，张兄寥寥数语悉数囊括，可谓精当。然则燕赵之短，张兄却未言及，此短足以抵消其长也。”

“未曾虑及，愿闻兄论。”忽然之间，张仪觉得自己对大势尚欠揣摩。

苏秦道：“燕赵两国之最大短处，在于旧制立国，未曾变法。七大战国，魏国、楚国、齐国、韩国、秦国，已经先后变法，唯独燕赵两国未曾大动。赵国由三家分晋而立国，之后陷于军争，无暇变法，算得半新半旧。燕国则旧坛老酒，几乎丝毫未动，若不是地处偏远，中间有赵国相隔，难保不被魏国齐国吞灭。未经变法，国无活力，自保图存尚可，断无吞国图霸之心力。若入此等邦国，无异于自缚手脚，岂能大有伸展？”

张仪心中已是豁然明白，暗暗叹服，口中却又追问：“难道你我不能做变法之士，像李悝、吴起、申不害、商鞅那般，成一代强国名臣？”

苏秦听得大笑：“张兄真能想入非非，佩服！”

“未曾修习法家之学，当真可惜也。”张仪自嘲地叹息一声，“苏兄莫非看好秦国？”

“张兄以为如何？”苏秦认真地点了点头。

显然没有想到这是苏秦的认真选择，张仪困惑地摇摇头：“不瞒苏兄，我对秦国素来憎恶，所知甚少。这个西陲诸侯，半农半牧，国小民穷却又蛮勇好战，忝列战国已是一奇，何有远大前程？纵有商鞅变法，也是一时振作而已，充其量与韩国不相上下。况秦国新君寡恩薄义，车裂商鞅，故步自封，岂能寄予厚望？”

苏秦丝毫没有惊讶，悠然笑道：“张兄啊，你还是没有脱开魏秦夙仇之偏见，对秦国可说是不甚了了。实言相告，我对秦国原本也无好感。

但有一个疑问始终在我心头：像商鞅这般大才名士，何以要去秦国？秦国若是愚昧平庸，又如何能重用商鞅变法二十余年？若商鞅变法果如中原所言，残暴苛虐，何以秦国竟能有如此军力，一举夺回千里河西？有此疑惑，去冬我便随家父去了一趟秦国，所见所闻，当真令人大开眼界。一进函谷关，田畴精细，村庄整齐，虽是北风寒天，田头却熙熙攘攘地修缮沟洫，渭水货船来往穿梭。可以说，当今天下任何邦国，都没有这番勃勃生机！家父乃走遍天下的老商，他指着渭水中穿梭般往来的货船，对我说：商家入国看货流，货流旺，百业兴，秦国了不得也。进入咸阳，街巷整洁，国人淳朴，人人视国法如神圣；民无私斗，官无贿赂，商无欺诈，工无作伪，道不拾遗，夜不闭户；外国商人大觉安全，倒是十有八九都将家眷迁到了咸阳。十多天中，我听到见到的犯罪者，竟全部都是东方商贾！张兄，我等也算游历颇多，你说，当今哪个国家有此等气象？”见张仪默默摇头，苏秦打住话头，“张兄以为不然么？”

虽然魏国与秦国接壤，但张仪却从来没有去过秦国。虽则如此，他坚信自己对秦国的根底还是有把握的。这番话要是别人说出来，张仪一定会不屑一顾地大加嘲笑，但师兄苏秦沉稳多思，素来不谬奖人物，他既然亲历，说出来断然无虚。但是，张仪还是感到惊讶不已，按照苏秦之说，秦国岂非大治之国？这如何可能？见苏秦看着自己，张仪若有所思地一笑：“表面大治，鲁国也曾经有过，结果如何？”

“张兄之意，我明白。”苏秦将三弟苏代斟的一爵清酒一饮而尽，慨然道，“鲁国虽曾以礼法大治，国中一度康宁繁盛，但其君臣食古不化，且内争剧烈，终至萎缩衰微。周公封邑，原本天下第一诸侯，竟至连殷商后裔的宋国也不如了，令人扼腕叹息也！然则，秦国与鲁国迥然有异，断不可同日而语。秦国新法根基空前稳固，旧世族势力二十多年没有抬头。新君嬴驷虽车裂了商鞅，但也彻底铲除了图谋复辟的世族力量，一次整肃旧世族。商君新法非但不会动摇，而且将更进一步，即将向陇西戎狄区域推行。跟随商君变法的上大夫景监、国尉车英等股肱大臣也必然隐退。新君嬴驷，将起用忠于新法的商於郡守樗里疾，函谷关守将司马错。商君时期的郡守县令，一个也不会罢黜，变法派大权在握。你说如此秦国，能是一时之治么？更有一个奇人，去冬到了秦国。张兄可知？”

张仪感到惊讶：“奇人？可是那个犀首？”

“然也！”苏秦兴奋拍案，“你们魏国的一个纵横高士，他已做了秦国上卿！”

“犀首已经捷足先登，苏兄为何还要去秦国？良马不单槽了？”张仪颇不以为然。

苏秦颇为神秘地一笑：“张兄，天下策士，可有人在你我之上？”

张仪恍然大笑：“苏兄是说，有你入秦，犀首无所作为？”

“正是。”苏秦胸有成竹，“犀首第一策就是劝秦国称王，可谓不识时务。今春没有动静，足证新君嬴驷没有采纳，所以只教他做了上卿。秦国之上卿，从来都是虚职了。”

“如此说来，苏兄入秦之心已定？”

苏秦点点头：“张兄以为如何？”

张仪慨然一叹：“我对秦国原不甚了了，苏兄如此推重，看来定然不差。然则有犀首在秦，苏兄还当谨慎为好。”

“自当如此。”苏秦笑道，“十年铸剑，一朝出鞘，天下谁堪敌手？”

张仪被苏秦激励得豪情大发，开怀大笑：“好！苏兄入秦，张仪入齐，驰骋天下！来，干此一爵！”两人同时举爵，“当”地一碰，一饮而尽。

三　洛阳试剑　苏秦成名不成功

次日，张仪匆匆走了，安邑还有许多事等着他办。

苏秦开始忙起来，除了筹划上路物事，便沉浸在书房里浏览搜集到的秦国典籍。过了几日，一切就绪，只待次日西行去秦国了。天刚暮黑，四弟苏厉来雷鸣瓦釜小院送饭，说老父从宋国回来了，估摸膳后就会来二哥处。苏秦对父亲很是敬重，正为不能向父亲辞行感到缺憾，听说父亲回来了自然高兴，连忙用饭，准备吃完饭去拜望老父。谁想就在他与苏厉走出小院时，却见父亲迎面走来。

“父亲。”苏秦看见老父疲惫的步态，心中一阵酸热，忙深深一躬，扶住了父亲。

名动洛阳的苏亢，已经是白发苍苍的老人了。他点了点头，拂开了苏秦要扶他的手，却没有说话，径自往院中走来。苏秦素知父亲寡言少语，事大事小都是只做不说，也不再多话，陪着父亲默默走进了院中。

进厅堂坐定，苏厉重新点亮了铜灯，苏秦给父亲捧来了一盅鲜绿的春茶。老人依旧只是默默啜茗。苏秦坐在父亲对面，将张仪来访以及自己的谋划说了一遍：“父亲，季子明日就要西行入秦，望父亲多加保重，莫要再奔波劳碌。苏氏已经富甲一方，商事交由大哥料理足矣，父亲早当在家颐养天年了。若再高年奔波，季子于心何安？”

季子，是苏秦的“字”，也就是举行加冠礼时取的另个别名，这个别名（字）是专供社会人群称呼的，以示对父母取的本名的尊重。但是“字”在战国史料中却不多见。苏亢喜欢呼儿子这个被自己叫做“小名”的名字，苏秦在父亲面前也多以此名自称。老人一直凝神地听着，仿佛没有看见儿子含泪的眼睛，也没有理会儿子最后的话题，若有所思沉默了许久，终是滞涩开口：“何去何从，凭你学问见识。为父唯有一想，你自揣摩：无论厚望于何国，都应先说周王，而后，远游可也。”

苏秦大为惊讶——自他离家求学，父亲从来不与他交谈政事。他偶然向父亲谈及天下大势，父亲也只是留神细听，从来不问不对。今日，老父却在如此重大的事情上提出了如此匪夷所思的“一想”，当真令苏秦莫名惊讶。苏秦深深知道，老父亲久经商旅沧桑，遇事不断则已，断则每每有成算在胸。然则，要将奄奄一息的洛阳王室做第一个游说对象，在任何策士看来都是不可想象的荒诞之举，更何况苏秦这样的名门高士？但无论如何荒诞，苏秦都没有立即回绝。他了解父亲，他要再想想。

老人已经站了起来，看着茫然若有所思的儿子，淡淡地说了一句：“祖国为根，理根为先。”说完径自走了。

这一夜，苏秦无法入睡，索性到庄园中转悠去了。

春寒犹在，夜空碧蓝深邃，星光闪烁，隐藏着天地间无穷的隐秘。

苏秦仰望星空，终于找到了那颗暗淡的大星。那是填星[1]，是洛阳周王室的国运之星。在占星家眼里，填星乃是黄帝之星、德政之星、“执绳而制四方”的中央之星。这颗填星晨出东方，夕伏西方，每年停留（填）在二十八宿的一宿中间，二十八年填完二十八宿，完成一个周天，活似一个至尊老人在众多儿孙家轮流居住，故此叫了填星。填星的常色极为明亮，几与北极星不相上下，填于任何星宿之中，都可以一眼认出那灿烂的光华。可是，目下这填星隐隐约约地填在东方房四星之中，暗淡发红，几乎要被湮没。苏秦虽然不精于占星之学，但跟随那位博大精深的老师修学十余年，耳濡目染，对星象基本变化的预兆还是清楚的。老师曾说，填星在周平王东迁洛阳后就渐渐暗淡了，近百年以来，填星更是回填女四星即暗。而女四星，恰恰便是中原洛阳的星宿座。天象若此，地上之周室也确实已经失去了德政，如同湮没在茫茫天宇中的填星一样，已经湮没在战国大争的汹汹潮流之中了。

这样的王国，值得去殉葬么？

苏秦并不完全相信此等颇见神秘的占星学，他修习的是实实在在的策士谋略之学。要说天象，他更欣赏赵国年轻士子荀况说的“天行有常，不为尧存，不为桀亡”。但因为对星象学有所了解，反而是经常在夜里总要习惯性地抬头端详夜空，一看便知天下将有何种“预言”流传。师弟张仪淡漠此道，经常嘲笑他在山顶观星是“苏秦无事忧天倾”，经常取笑地问他，“苏兄啊，可知上天要将我填到哪个坑里啊？”苏秦则总是微微一笑：“学不压身。我还想做甘德、石申[2]的学生，要不要再做一回师兄弟？”

遐想之中，一阵寒风扑面，苏秦顿时清醒过来。老父要自己先入洛阳，肯定有他的道理。父亲是久经沧桑的老商旅，不可能对洛阳周室的奄奄待毙视而不见。既然如此，老父之意究竟何在？

“祖国为根，理根为先”——老父最后的话猛然跳了出来。苏秦心

[1] 填星，古占星学又称决星、卿魄，即土星。

[2] 甘德、石申，战国著名星象学家，最早记载了彗星现象。

中不禁一亮——入洛阳游说，意不在于周王重用，而在于向天下昭示气节！生为王畿子民，在祖国奄奄待毙时不离不弃，敢于做救亡图存的孤忠之士，传扬开来，这是何等高洁名声？殷商末年的伯夷、叔齐二人没有任何功业，生平只做了一件事，那就是在殷商灭亡后不食“周粟”，饿死在首阳山上，于是乎名满天下了。

看来，老父的心思颇有殷商遗老的印痕，由对伯夷叔齐的敬重而生发出对儿子的唯一要求。虽然是个很老派的谋划，若公然与新派名士商讨，一定会引来满堂嘲笑。但细细一想，这个很老派的谋划，却恰恰符合了权力场亘古不变的名节要求。从古至今，无论是官场庙堂还是山野庶民，人们都敬重忠诚气节，都蔑视反复无常。交友共事、建功立业、居家人伦、庙堂君臣，一个“忠”字，一个“义”字，从来都是第一位的品行名节。庶民不忠不义，毁掉的是家人友人；臣子不忠不义，毁掉的是邦国命运。唯其如此，“忠臣义士”成为当世诸侯取士用人的一个基本准绳。所谓“德才”二字，德之基点便在于忠义两则。尽管战国之世，对“义”的推崇更甚于“忠”，但“忠”的重要也是显而易见的。大争之世，哪个国家都有倏忽间兴亡倾覆的可能，谁不希望自己的朝臣庶民尽皆忠义之士？人同此心，心同此理，岂有他哉！而一个游说天下建功立业的士人，最容易被人怀疑为朝三暮四的无行才子，若在大动之前已证明了自己的高风亮节，无异于获得了一方资望金牌，岂非事半功倍？

思忖之下，苏秦对老父的“一想”不禁刮目相看了。他想改变次序，先行入洛阳觐见周王，视情形再定入秦之事。可是，觐见周王呈献何等兴国大计？总是要有一番说辞的，没有惊世之策，岂有名节效果？苏秦又是久久地仰望星空，要在明暗闪烁的群星中寻找那个闪光的亮点。

突然之间，他放声大笑，对着星空手舞足蹈了。

三日后，苏秦骑了一匹寻常白马，布衣束发，出得苏庄向洛阳王城走马而来。

真正的王城是城中之城，坐落在洛阳正中，几乎占了整个大洛阳的一半。三百多年前周平王东迁时，洛阳城已经是函谷关外拱卫镐京的要塞重镇了。那时候，洛阳就属于天子直辖的王畿，而没有分封给任何一个诸侯国。经过东周初期近百年的不断扩建，洛阳已经堪与当年的西周镐京相媲美了。就地理而言，洛阳虽不如镐京那样居于关中而易守难攻，但也算是天下上佳的形胜之地——北面大河，南依嵩山，三川环绕（洛水、伊水、汝水），八津拱卫（黄河与三川的八处渡口），沃野千里，沟渠纵横，较之关中却是更加广阔丰饶。尤其是经过戎狄之乱，洛阳更显出了它优于镐京的最突出之点：与西部戎狄有着较远的距离，更为安全可靠。西面的关中与函谷关，恰恰成了抵御戎狄的坚固屏障。那时候王权尚盛，中原安定，主要的威胁在于西部的游牧部族。如此情势，洛阳就显得特别适合于做京师王畿。春秋中期，戎狄动乱，大举入侵中原，东周都城洛阳虽然经受了巨大的冲击，终究岿然不动，最根本之点就在于洛阳地处中原，诸侯勤王极为便捷。于是，齐桓公的“尊王攘夷，九合诸侯”才能极有成效，全部将戎狄驱逐出中原腹地。

那时，国人无不惊叹天子神明——东迁洛阳，挽救了周室。

然则，沧桑终是难料。戎狄消退了，诸侯却迅速坐大，王权也无可奈何地衰落了下去。原本远离夷狄安全可靠的中原，却翻腾得惊天动地，洛阳王畿也变成了惊涛骇浪中的一叶扁舟。百余年下来，诸侯变着法儿蚕食，洛阳的千里王畿渐渐萎缩得只剩下了城外七八十里的“王土”了。

洛阳国人伤心之余，又每每怀念四面要塞的镐京，说东迁洛阳毁了周室。

就这样背负着周王朝的兴衰荣辱，走过了三百多年，洛阳老了，如同她的王室主人一样老了。高厚拙朴的城墙，坚固巍峨的箭楼，尽皆年久失修，城砖剥落，女墙破裂，钟鼓锈蚀，楼木朽空。昔日旌旗招展矛戈生辉的四十里城头，如今竟只有些许老兵在懒洋洋地转悠，宽阔的护城河堤岸也是杂草丛生，淤塞得只剩下一道散发着腐腥味儿的溪流。那座幽深的城门，终日洞开着。护城河上宽大破旧的吊桥，也是终日铺放着，竟至断了铁索埋进了泥土，变成了固定的土木桥。城门洞外，则站着一排衣甲破旧的老卒，对进出人等不闻不问，泥塑的仪仗一般。

洛阳的衰老，令苏秦感到震撼。

身为王畿国人，进出洛阳自是家常便饭。然而，苏秦对洛阳却从来没有仔细品味过。少年离家求学，洛阳在他的记忆中只是一座硕大的古老城池，一片金碧辉煌的王城宫殿。出山归来，进出洛阳不知几多，却也熟视无睹，从来没有留意过洛阳的变化。十多年修学游历，苏秦对天下潮流时势了如指掌，对大国新城的兴旺气象也颇为熟悉，临淄、安邑、大梁、新郑、咸阳、邯郸、郢都、蓟城，所有这些著名都会，他都能如数家珍般评点一番，唯独对王城洛阳却不甚了了。在他的心目中，周室天子已经是昨日大梦，洛阳王城已经是过眼云烟，留下的，只是一道古老神秘的天符，混沌得几乎没有任何的具体感知。

今日，当苏秦以名士之身进入洛阳，要对周天子献上振兴大计时，才发现自己对洛阳是何等生疏。一路行来，仔细打量，感慨万千。在当今天下，唯有洛阳完整地保留了古老的《周礼》规范："农人井田，工贾食官"，一切都由国府料理。如今的王室国府，再也没有力量承担这细致繁冗的管治了。井田、作坊、官市、店铺，一切都在松弛地溃烂着。目下正是春耕时节，农人一出城，街巷就冷清得幽谷一般，连平日最热闹的官市也人迹寥寥，只有打造日用百器的作坊街传出叮叮当当的锤锻声，使人感到这座城池的些许生气。苏秦油然想到了临淄齐市与咸阳南市，那真是市声如潮，绵延数里的汪洋人海，摩肩接踵，挥汗如雨，置身市中，当真是一片生机勃勃。两相比较，洛阳是一座令人窒息的古墓。寻常时日，总是振振有词地评说洛阳王室的奄奄待毙，实际上却并无真实体察，如今身临其境，用心品味，方实实在在地感到了这个辉煌王朝的垂垂老矣。

进入王城，苏秦已经不再惊讶了。只是他没有想到，觐见天子竟如此的容易。王城宫墙外，无所事事的守军对有人觐见天子似乎感到很诧异，问了姓名国别，听说是洛阳国人，领哨将军挥挥手叫过城门内一个小内侍："领他进去便是。"

走过宽阔幽深的门洞，是天下闻名的王场。

这片包围在高大楼宇中的广场，全部用三尺见方的白玉岩铺成，两边巍然排列着九座大鼎，中间形成宽约六丈的王道。这便是象征王权神器的九鼎？那时候，九鼎是王权的标记，具有无上的神圣与权威，如同后来的传国玉玺一样，谁拥有九鼎，几乎是名正言顺地拥有天子权力。九鼎代表着天下九州，鼎身铸刻了本州地貌，铸刻了人口物产与朝贡数字。这巍然九鼎立于王城，曾经意味着“普天之下，莫非王土，率土之滨，莫非王臣”的皇皇威权。百余年来，诸侯国举凡向王权挑战，第一件大事便是图谋取得九鼎。从楚庄王问鼎中原之后，九鼎便成了天下大国密切关注的王权神器。刀兵连绵的大争之世，人们之所以还能记得洛阳，十之八九，是因为洛阳有至高无上的天赋权力的象征——矗立在这里的九鼎。

逐一凝望着丈余高的巍然大鼎，苏秦眼前油然浮现出使节云集山呼万岁的盛大仪典，不禁一声深重的叹息。宫殿依旧，九鼎依旧，这里却变成了空旷寂凉的宫殿峡谷，白玉地砖的缝隙中摇曳着泛绿的荒草，铜锈斑驳的九鼎中飞舞着聒噪的鸦雀，檐下铁马的叮咚声在空洞地回响，九级高台上的王殿也在尘封的蛛网中永久地封闭了。

再也没有昔日的辉煌，再也不是昔日的洛阳了。

王城里的周显王很有些烦闷，总找不出一件要做的事来。

他二十三岁即位，已经做了三十二年天子，算是少见的老王了。即位之初，他曾经雄心勃勃地要振兴周室，做一个像周宣王那样的中兴之主。试了几回身手，却都是自讨没趣。先是蕞尔小诸侯梁国与王畿争夺洛阳之南的汝水灌田，屡次挑衅，挖断了王畿井田的干渠。显王大怒，亲自率领两千兵马与一百辆战车兴师讨伐。谁想梁国附庸于韩国，“借”了韩国五千铁骑，竟将王师杀得大败而归。

后来又是“东周”、“西周”两个自家封邑大打出手，搅得洛阳王畿鸡飞狗跳，国人不敢出城。周显王破天荒地在王殿举行了三公（太师、太傅、太保）并卿大夫议国朝会，决意取缔先祖周考王留下的这两块封邑，将洛阳王畿统一到天子治下。谁想这些白发苍苍的老臣竟没有一个赞同，反而都替“东周”、“西周”请命，喋喋不休地说：分封制乃周礼根本所在，不能悖逆祖制。显王哭笑不得，便坚持要将“东周”、“西周”的朝贡礼品增加两倍。谁知天子刚一出口，三公大臣一齐亢声死谏，说从三皇五帝到商汤周武，诸侯朝贡历来都是量力而行，若像战国一样将贡品变为赋税，王道德政何在？吵闹了一整日，王制丝缕也不能擅动，气得周显王拂袖要去。

谁知走也不行。司寇硬是拉住天子衣袖犯颜直谏，责以“我王有违礼法，朝会失态”。周显王无可奈何地长嘘一声，只得坐下来听老臣们聒噪，直到散朝也没说一句话。

从那以后，一百余里的洛阳王畿，便固定裂为三块：东周四十里，西周三十里，天子七十里，整天搅闹得不可开交。东周欲种稻，西周不放水；西周要灌田，东周就掘堤；天子要例贡，两周就一齐叫苦。

大事不能做，周显王就想在小事上来一番气象，一搭手，还是不行。

显王通晓古乐音律，要将王室的钟乐《周颂》重新编定演奏。消息传出，一班公卿大夫与东周公、西周公联袂进谏，坚称“礼乐天授，不能擅改”。无可奈何，只得作罢。后来，周显王又想改制王室禁军的礼仪与侍女内侍的服装。还没动手，便“朝野”哗然，似乎天要塌将下来一般。再后来，周显王想将王殿与九鼎广场整修一番，与尚商坊官员计较商议。不料尚商坊官员搬出了《王典》，说触动神器要举行祭天大典、天子沐浴斋戒一月，方可择吉动工。天子府库空空如也，何来财力举行祭天大典？周显王只好叹息一声作罢。

百无聊赖，周显王想起了鲁国孔子的话：“饱食终日，无所用心，难矣哉！不若博弈可乎？”便整日与几个内侍侍女消磨在围棋案前打棋博彩，倒也优游自乐。谁知又是好景不长，股肱老臣与袭爵幼臣一齐发难，辞色肃然地责备天子“嬉戏玩物，徒丧心志，不思振作，何颜得见先祖”。一气之下，周显王烧掉了棋枰，砸碎了棋子，蒙头大睡了三天三夜。

天下之大，无奇不有。一个真命天子，竟至一件事也做不得。

“饱食终日，无所用心，难矣哉！”

叹息之余，周显王觉得孔子老头儿是个知己了。

虽则如此，周显王毕竟豁达，很快就将天子生涯简化为一日三件事：吃饭、睡觉、观乐舞。食不厌精，脍不厌细，饿了就吃，吃得极少，时间却长得惊人。睡觉则全无规则，困了就睡，零零碎碎一日总能睡个几十次。乐舞则是十二个时辰内将《风》、《雅》、《颂》一首挨一首奏将过去，不奏完不算一日结束。周显王不圈不点不评，只是听只是看，往往是长夜竟日的乐舞声中，天子已经沉沉睡去。待舞女乐师们睡着了，周显王却醒了过来，睡眼惺忪地品评着东倒西歪的各种睡态，高兴了便摸摸这个翻翻那个，不亦乐乎地独自大笑一通。

岁月如梭，倏忽间过去了三十二年。

一个英气勃勃的王子，变成了白发皓首的老天子，周显王总算习惯了这饱食终日无所用心的活法儿，渐渐地，那种"难矣哉"的心境也淡漠了，一切都变得自然平淡起来。

今日，周显王却有些不耐。他在梦中朦朦胧胧听到了钟鼓乐舞和肃穆清雅的《周颂》，"执竞武王，无竞维烈，不显成康，上帝是皇……斤斤其明，钟鼓喤喤……降福简简，威仪反反……"在那追念先祖功业的悠远歌声中，他莫名其妙地哭醒了，泪流满面，泣不成声，吓得乐师舞女们齐齐匍匐，不敢抬头。

"起去起去，不关尔等事。"周显王挥挥手，破例地点了一首《秦风》："奏那个那个，噢，对了，《蒹葭》。"当高亢悠远而又略带苍凉的乐曲奏响时，周显王低声和着这首著名的情歌，"蒹葭苍苍，白露为霜。所谓伊人，在水一方……"渐渐地，他又朦胧了迷糊了，扯起了悠长的呼噜声，睡得分外香甜。

"如何？不奏乐了？"周显王突然睁开了眼睛，习惯了和乐入睡，竟被这突然的寂静惊醒了。

"禀报我王，洛阳名士苏秦求见。"一个领班侍女恭敬地回答。

"有人求见？"周显王斜倚卧榻，不禁失笑，"谁？哪个名士？"

"禀报我王，洛阳苏秦。"

"苏秦何人？洛阳还有名士？"周显王念叨着，打了个长长的哈欠，"那就，宣他，进来也——"

"小臣启奏：我王当更衣正冠，升殿召见，方有王室礼仪。"领班侍女躬身劝谏。

"罢了罢了。"周显王不耐地挥挥手，"教他进来。"

“谨遵王命。”女官飘然出门。

顷刻间，廊下传来老内侍尖锐的长调：“洛阳苏秦，进殿——”随着锐声长调，一阵脚步声传来，清晰有力，毫无拖泥带水的沙沙声。

周显王耳力敏锐，一听之下竟离开卧榻大枕，坐正了身子，挥手让乐师舞女们退了下去。

随着女官走过了幽暗的长廊，苏秦眼前豁然明亮，却又十分的惊讶。青天白日之下，这座大殿竟是灯烛齐明，红毡铺地，四面帐帷，虽然空荡荡的，但显然是一座富丽时新的寝宫。在洛阳王城衰颓幽暗的古典贵族的气息中，这座小小寝宫显得极不协调，倒像是哪个诸侯的国君寝宫。略一打量，发现中央高高的帐帷中一张长大的青铜卧榻，上面坐着一位宽袍大袖的老人，须发灰白惺忪疲惫。

女官眼波示意，苏秦恍然大悟，深深一躬：“洛阳苏秦，拜见我王——”

周礼定制：士之身份与百工、农人等同，不能觐见天子，即或敬贤破例，也须匍匐大拜，山呼“万岁”。然时世变迁，战国之世，士人已经迅速成为天下变革的主要力量，地位大长，成为一个新兴的文明阶层。于是，天下有了“士不拘礼”一说。名士晋见各国君主，躬身拱手便算是大礼了。苏秦游历天下，读书万卷，又是洛阳国人，自然知道觐见天子的礼仪，可是他却没有以周礼参拜。苏秦心思，是想试探这个深居简出的周天子，对外界天翻地覆的变化究竟知道多少，自己的说辞该定到何种尺度。

周显王却只慵懒地一笑：“苏秦啊，有事么？坐。”家常若和善老人。

那位唯一站在“殿”中的女官，向正中一个乐师的坐台一指轻声道：“先生，请坐。”

苏秦正襟危坐，觉得那坐台还留有余温，不禁飞快地闪过一个念头，这里方才有人。暗笑之间心神一定，肃然拱手道：“苏秦敢问我王，醉死梦生，可是天子日月？”

“先生明言，天子又能如何？”一言未了，周显王打了两三个哈欠。

苏秦精神一振：“天子之道，兴国为本。王室衰败，天子岂能无所作为？苏秦以为，目前危局尚可挽回，若运筹得当，定可中兴大业，恢复王权。”

“先生高论。”周显王没有丝毫惊讶，嘉许地点了点头。

苏秦顿时觉得泄气。按照他设想的对策过程，一个尖锐问题的提出，君主一定会大感兴趣，追问如何中兴，说辞自然就喷发而出。然则这个天子根本没有提问的兴趣，一副万事都明白万事都无动于衷的样子，当真大煞风景。但苏秦的沮丧瞬间便消失了，这是出山后第一次游说，原本就没有指望有成，试剑沽名而已，何须当真？能见到天子陈说对策，这就是成功，何能半途而废？定定神，苏秦侃侃道：“苏秦乃我王子民，素怀赤子报国之心，中兴王业，更是责无旁贷。苏秦的方略是：策动天下二十三个小诸侯结成盟约，以周室为盟主，组成联军，与七大战国并立。而后利用战国间之利害冲突，逐一分化削弱。如此五十年内，王权定可中兴！此乃聚众抗强之大略也。我王明察，二十三诸侯结盟，国土约占天下三分之一，人众将近千万，可征发兵士八十余万，任何一个战国都不足以与之抗衡。长久相持，周室王权当再度统领天下！”

“好——谋略。”周显王说话间又打个哈欠揉揉眼睛，看着面前这个英挺俊朗的名士，仿佛来了兴趣，随和地笑道，“先生，你想过没有，以何结盟天下小诸侯？粮食、财货、兵器、衣甲、战车、马匹、铁材、铜材、金钱，王室有么？没有这等物事，如何做得盟主？再说，二十三小诸侯天各一方，被各个大战国挤在旮旯缝隙之中，稍有动静，辄有灭顶之灾，谁敢作仗马之鸣？”摇摇头苦笑一声，“苏秦，你尚欠火候也。”

苏秦一怔，亢声道：“瓦全何如玉碎？只要天子举起王旗，诸多难题当迎刃而解。”

“玉已成瓦，想做玉碎，难矣哉！”周显王摇头摆手，显然不想再说下去。

苏秦无计可施，叹息一声便想告辞。周显王却招了一下手，让女官扶他下了那张特大的青铜卧榻，踱着步子慨然道：“苏秦啊，看你也非平庸之士。原先有个樊余，也劝过我振作中兴。非不为也，实不能也。人力能为，何待今日？子为周人，便是国士。找个大国去施展吧，周室王城已经是一座坟墓了，无论谁在这里，都得做活死人。”说罢一声深重的叹息。苏秦默然，扑地一拜，起身拱手告辞。

“先生，且慢了。”周显王眼睛有些湿润，“王室拮据，赐先生轺车一辆，望先生为周人争光。”说罢，深深一躬。

苏秦大为惊讶，连忙扑地拜倒：“天子大礼，苏秦何敢当之？谢过我王赏赐！”

“汗颜不及，何须言谢？”周显王摆摆手，吩咐女官，“燕姬，你带先生去，尚商坊青铜轺车。”便回过身去了。

那位女官向愣怔的苏秦微微一笑：“先生，请。”

苏秦恍然醒悟，跟着女官走出了灯烛殿堂，走出了幽暗的长廊。乍到阳光之下，两人同时捂了捂眼睛。待苏秦放开手，却惊讶得说不出话来——这个女子竟是如此之美！一领翠绿的曳地丝裙，一片雪白的搭肩直垂在腰际，一根玉簪将长发拢成一道黑色的瀑布，身材修长纤细却又丰满柔软。如此简单的衣着，如此单纯的色调，在她身上却显出了一种非常高雅的仪态，当真令苏秦不可思议。看那女子，也在默默地注视着自己，含蓄的笑意充盈在嫣红的脸庞。

“苏子，请向这厢。”女子轻声礼让。

一声“苏子”，苏秦心头蓦然一阵热流。这不经意的称谓改变，在苏秦却有一种微妙的震颤。按当世习惯，称“先生”乃完全的敬意，“子”虽用于卓然大家，但在非礼仪场合，却有着敬慕亲切的意味。这种微妙，非其人其时不可以言表。心念一闪，苏秦拱手道：“敢问女官，如何称谓？”

“我叫燕姬，祖籍燕人。苏子直呼可也。”女子嫣然一笑，领步前行。

“燕姬辛劳，苏秦多谢了。”

“敢问苏子：洛阳城外，今夕何年？”

苏秦愕然止步，随即恍然叹息道：“天上宫阙，竟不知今夕何年？洛阳之外，早已经天地翻覆了。今岁是：齐王二十三年，魏王三十七年，楚王六年，秦新君二年，韩侯元年，赵侯十六年，燕公二十八年。纪年已乱，不知燕姬想知道哪国纪年？”

“方今燕国，情势如何？”

“燕国大而疲弱，法令国制没有变革。然则，尚算安定。”

“苏子离周，欲行何方？”

苏秦慨然道：“天子不振，我欲去一个最具实力的国家，一展胸中所学。”

说话间不觉已到了王城府库。这是一座有上千间坚固石屋的城中之城，除了粮食，所有的朝贡物资及王畿尚坊制品都收藏在这里。周平王东迁初期，这座天下第一府库当真是满当当盈积如山，铜币、衣物、兵器、车辆等，多有锈蚀腐朽而白白扔掉者。沧桑巨变，这座天子府库像刺破了的皮囊，倏忽间瘪缩了下来，只剩下大约十分之一的石屋有物事可放了。整个王城，只有这里驻守着数百名老军。箭楼下，府库城堡的大石门紧闭着，只留了一车之道的小门供人出入。城堡外矗立着一座司库官署，不时有侍女内侍出入领物，倒略有些人气。

燕姬将一面小小的古铜令牌交司库验看，宣明了赏赐苏秦的王命。

老司库满面通红，尴尬地笑着：“我王不知，封赠赏赐用的青铜轺车，唯余六辆了。还都是轮破辕裂，如何是好？”燕姬倒是坦然，淡淡道：“古云：雷霆雨露皆王恩。天子赐车，原不在富丽堂皇。苏子以为如何？”苏秦不禁暗暗钦佩这个美丽女子的见识，她完全知道“王车”对于他的意义，由衷笑道：“燕姬所言极是，天子赏赐，原在奖掖臣民。”

老司库说声“如此请稍等片刻”，便进了府库石门。大约半个时辰，咣当咣当的车声驶出了石门道，驾车的两匹白马瘦骨嶙峋，确实是毫无气象。老司库脸上流着细汗，将古铜令牌与锈迹斑驳的轺车一起交到燕姬手中。

燕姬看看苏秦，递过马缰马鞭：“可会驾车？”

“尚算不差。”苏秦躬身一礼，从燕姬手中接过马缰马鞭，“苏秦告辞。”

“莫忙，我送你出王城，许多路不能走了。”燕姬笑笑，“你得先牵着马走。”

古老的青铜轺车在石板地面咣当咯吱地响成一片。苏秦富家名士，对高车骏马熟悉不过，生平第一次挽如此破旧的王车，竟有些局促起来，不知如何应对身旁这位美丽的女子，更不知该不该对这般王车评点一二，一时竟无话可说。燕姬似乎毫无觉察，默默行走间突然问道：“苏子家居何街？”

“洛阳城北乘轩里，苏庄。”

燕姬惊讶了：“如何？苏子不是国人么？”

苏秦笑道：“女官有所不知，方今世事大变，国人出城别居已成时尚，只洛阳尚算罕见。苏氏老宅在城内官市坊，已经做了店铺，无人居住了。”

“郊野孤庄，定然是清爽幽静了。”燕姬一句赞叹，神往之情油然而生。

突然之间，苏秦觉得面前这个高贵美丽的女子封闭在这古老幽暗的城堡之中，直是暴殄天物，脱口而出道：“惜乎女官身在禁地，否则，苏秦当邀女官一游天下。”

“王城里的树叶，都难绿也。”燕姬望着枯枝丫杈的老树，幽幽一叹。

“树犹如此，人何以堪？”苏秦慨然止步。

燕姬抬头望望王城宫墙：“苏子，今日一别，后会有期。”

“人间天上，何得有期？”苏秦怅然了。

燕姬淡然一笑道：“若得有期，苏子莫拒人于千里之外。”说罢飘然去了。

苏秦怔怔地凝望着那个美丽的背影消失在高高的宫墙之内，良久不能移步，蓦然之间，觉得自己在这里长久伫立很不得体，跳上轺车咣当咯吱地去了。出得洛阳，已是日暮，眼见夕阳残照，金碧辉煌的壮丽王城化成了红绿相间的怪诞色块，大片乌鸦在宫殿上空聒噪飞旋，隐隐的编钟古乐夹杂其中，一派庄严的沉沦，一派华贵的颓废。苏秦不禁感慨中来，猛然打马一鞭，破旧沉重的轺车咣当叮咚地去了。

四 安邑郊野的张家母子

离开洛阳，张仪星夜赶回了安邑。

和苏秦相比，张仪不能那么洒脱地不管不顾。

张家祖上本是附庸农户，隶农身份。还在魏文侯任用李悝变法的时候，张仪的曾祖有幸成了第一批脱籍的自由庶民，分到了两百亩私田。曾祖勤奋力耕，晚年时已经成了殷实富户。其时吴起正在魏国招募士兵，准备与秦国争夺河西之地。张仪的大父[1]投军做了“武卒”。吴起训练的魏武卒是步兵，必须身穿铁片连缀的重铠、手执长矛、身背强弓与三十支长箭并携带三天干粮干肉，连续疾行一百里且能接战方算合格，是魏军最精锐的攻坚力量。武卒的地位与骑士同等，是很难得的荣誉。在魏国变法前，隶农子弟是没有资格做骑士与武卒的。大父本是苦做农夫，做了武卒，感念新法功德，在军中任劳任怨勇猛作战，几年后便被赏罚严明的吴起晋升为千夫长，十年后又做了统辖万卒的将军。张家从此成为新兴贵族。后来，吴起受魏国上层排挤，离开了魏国，大父再也没有晋升。

再后来，父亲一辈弃武从文，做了魏武侯时期的一个下大夫，主司盐业。谁想在魏武侯死后，父亲却莫名其妙地卷入了混乱的权力漩涡，成了公子罃政敌中的一员。后来公子罃战胜即位，成了魏王，父亲一党惨遭涂炭。虽说是职位最小的“党羽”，父亲还是被放逐到离石要塞做了苦役。没有三年，父亲便在苦役折磨中死去了。那时候，父亲还不到三十岁，母亲正是盈盈少妇，他们唯一的儿子张仪才只有三岁。大难临头，母亲没有丝毫的慌乱，她卖掉了安邑城内的府邸，埋葬了父亲，安顿遣散了绝大部分仆役，搬到了安邑郊外的僻静山谷。迁出后，母亲切断了与官场的所有“世交”，也切断了与族人的一切往来，带着几个义仆，在几乎与世隔绝的山谷里艰难谋生。

---

[1] 大父，春秋战国时期对祖父的正式称呼。

那时，母亲最大的事，是为小张仪寻觅老师。

也是遇合凑巧。两年后，幽静的山谷居然撞来了一位云游四海的白发老人。老人在山溪边遇见了唱着《诗》采药的小张仪，问答盘桓了大半个时辰，老人带着小张仪找到了张家简朴幽静的庄园。老人说了他的名号，母亲喜极而泣大拜不起。老人只说了一句话："此子难得，乃当世良才也。"便带走了小张仪。倏忽十三年，张仪没有回过家，母亲也没有到山里找过他。

张仪出山归家，堪堪四十岁的母亲已经是白发苍苍的老妪了。偌大庄园，只有一个老管家带着三个仆人料理。张仪心痛不已，决心搁置功业，在家侍奉母亲颐养天年。谁想母亲却是个刚强不过的女子，见张仪守在家里不出门，便知儿子心思。一日，母亲命小女仆唤来张仪，开门见山问："张仪，你修学十余年，所为何来？"

"建功立业，光耀门庭。"张仪没有丝毫犹豫。

母亲冷笑："你习策士之学，却离群索居，如何建功立业？"

"母亲半世辛劳，独自苦撑，虽是盛年，却已老境。儿决意在家侍奉母亲天年，以尽人子孝道。"张仪含泪哽咽着。

母亲正色道："论孝道，莫过儒家。孟母寡居，孟子却游说天下。孟子不孝么？孟母不仁么？你师名震天下，你却不识大体，拘小节而忘大义，有何面目对天下名士？"

"儿若离家游国，高堂白发，凄凄晚景，儿于心何安？"沉默半日，张仪还是坚持着。

"你随我来。"母亲拄着木杖，将张仪领到后院土丘上那间孤零零的石屋，推开门道，"这是张氏家庙。你来看，张氏祖上原是隶籍，自你曾祖开始小康，大父为将，乃父为官，至今不过四代。张仪，你对着张氏祖宗灵位说话，你这第四代张氏子孙，如何建功立业？"

看着石屋内三座木像并陪享祭祀的历代尊长，惊讶之中，张仪对母亲产生了深深的敬意。他从来没有来过这座家庙，也不知道这后院有一座家庙。按照礼法，立庙祭祖是诸侯才有的资格，寻常国人何谈家庙？苏秦可谓富裕大家了，可庄园里也没有家庙。凝神端详，张仪明白了，这家庙一定是母亲搬出安邑后建的，而且就是为了他建的。

张氏几遭灭门大祸，男丁唯余张仪，还不能留在身边；建家庙而激励后人，决意守住张氏根基，这便是母亲的苦心。张仪望着白发苍苍的母亲，不禁悲从中来，伏地跪倒，抱住母亲放声痛哭。母亲毫不动容，顿顿手杖道：“张氏一族是重新振兴，还是再次沦落，全系你一人之身，这是大义。孝敬高堂，有心足矣，拘泥厮守，忘大义而全小节，岂是大丈夫所为？”

张仪思忖半日，起身一礼：“母亲教诲，醍醐灌顶，张仪谨遵母命！”

从那日开始，张仪重新振作。第一件事，就是赶赴洛阳会见苏秦。他与苏秦做了十多年师兄弟，山中同窗修习，游历共沐风雨，虽非同胞，却是情同手足。去年夏日，二人一起出山，商定先各自回归故里，拜见父母并了却家事后再定行止。半年过去了，自己蜗居不出，安邑几个世交子弟邀他去大梁谋事，他也都拒绝了。如今要定策士大计，张仪第一个想见的，不是那些张氏“世交”的膏粱子弟，而是苏秦。在张仪心目中，只有苏秦是自己的知音，如同俞伯牙的琴中心事只有钟子期能够听懂一样。苏秦非但志向远大，且多思善谋，与他谋划大业，真是一件令人愉快的事情。

离开苏庄，张仪很是振奋。他已经有了自己的明晰计划——先谋魏，次谋齐，再谋楚。三国之中，总有自己一展抱负的根基之地。更重要的是，他与苏秦达成的默契——各谋一方，只有呼应而没有倾轧。苏秦说得好：良马单槽。有此一条，两人都感到了轻松。同别士之间的竞争，他们都不屑一顾。两人都觉得，只有对方才是自己势均力敌的对手，只要他们之间不撞车，纵横天下就没有对手。苏秦不久就要西行入秦，自己也要立即奔赴大梁。不久，两人的名声就会传遍天下，岂非快事一桩？

快马疾行，天未落黑时张仪回到了安邑郊外的山谷。

看着儿子风尘仆仆却又神色焕发，母亲脸上的皱纹第一次舒展开来。她默默地看着张仪吃饭，待他狼吞虎咽地大嚼完毕，淡淡笑道：“仪儿，要走了？”

“回母亲，儿明日要去大梁，归期尚是难定。”

母亲笑了："尚未出门，何论归期？娘是说，要送你一件礼物。"

"礼物？"张仪一笑，"一定是上好的酒囊饭袋了。"

"就晓得吃。"母亲疼爱地笑笑，笃笃笃顿了几下手杖，一个清秀少年走了进来，向母亲躬身一礼："见过主母，见过公子。"母亲喟然一叹："仪儿，这孩子叫绯云，是娘给取的名字。六年前，这孩子饿昏在山谷里，娘救了他。他无家可归，娘又收留了他。这孩子聪慧伶俐，帮着娘料理家事，也粗粗学会了识文断字。你孤身在外闯荡游历，娘就教绯云给你做个伴当。"

"母亲……"张仪心头一阵酸热，"儿不能尽孝侍奉，原已不安。绯云正是母亲帮手，儿万万不能带走，再添母亲劳累。"

"傻也。"母亲笑道，"庄中尚有几个老仆，不用娘操持。娘想过了，儿既为策士，周旋于诸侯之间，难保没有不测。绯云跟了你，缓急是个照应。这个孩子，难得也。"

"母亲……"张仪知道母亲的性格，她想定的事是无法改变的。

三日之后，张家的一辆轻便轺车上路了。

轺车是母亲按照父亲生前爵位的规格，在安邑作坊打造的。桑木车身，铁皮车轮，只要一马驾拉，简朴轻便却又很是坚固。车盖规格只打了四尺高，是中等爵位的轺车，既实用又不显张扬，倒很合乎张仪布衣之士的身份。按照官场规矩，这种轺车应由两马驾拉，再有一名专门驾车的驭手。但战国以来名士出游，但凡有车者都是亲自驾驭。如此，轺车可以打造得更加轻便，只趁一人之重一马之力。母亲打造的这辆轺车也是此等时尚规格，宜于一人一马，若加一驭手，轺车便显滞重。但令张仪惊讶的是，这个青衣短打布带束发的小绯云仿佛没有重量，扭身飘上车辕，张仪在车厢中竟没有任何感觉。也不见他扬鞭，马缰只轻轻一抖，轺车便轻灵上道，辚辚飞驰，不颠不簸很是平稳。张仪不禁脱口赞道："好车技。"少年回眸一笑："公子过奖了。"蓦然之间，张仪注意到这个小仆人竟是如此一个英俊少年，清秀明朗，双眸生光，一头长发黑得发亮，若再健壮一些，当真是个美男子。张仪高声道："绯云，你有姓氏么？"

“没有。”绯云答了一声，没有回头。

华夏族人的姓氏，原本不是人人都有。夏商周三代，只有世家贵族才有姓氏，且多以封地、封爵或官号为姓，如同一个部族的统一代号。寻常国人有姓者很少，隶籍庶民就更不用说了，都是有名无姓。春秋时期，礼崩乐坏，身份稍高的“国人”也都有了姓，或从族中官吏尊长，或从原本的封国，或从自己所赖以谋生的行当，譬如铁工就姓了“铁”，不一而足。战国以来，变法此起彼伏，各种奴隶纷纷成为自由平民，姓氏也就普及起来了。张仪的“张”姓，就是曾祖脱去隶籍后从了“老国人”中的姻亲定的姓，至今已经四代。现下还没有姓氏的，就是那些还没有脱去隶籍的官奴与山野湖海的隶农、药农、渔人、猎人等所谓贱民。而这些人在魏国已经很少，燕赵楚三国则依然很多。如此说来，这位俊仆倒有可能不是魏国人，而很可能是逃离本土到魏国谋生的饥荒游民。心念及此，张仪也就没有再问，他不愿意这个英俊少年伤心。

大梁、安邑是新旧两个都城。两地之间的官道宽阔平坦，轻便轺车马不停蹄，一天一夜便可到达。但张仪原非紧急军情，神色疲惫地急吼吼赶道，反倒有失名士气度，自然就不想赶得紧。日暮时分，渡过大河，他便想在南岸的广武歇息一夜。绯云自然是听他安排，主仆二人在广武城外一家可以喂马的小客栈住了下来。

安顿好马匹，绯云问：“公子，往房间里送饭吧，外边人多。”

张仪笑道：“人多好啊。走，外边。”

两人来到客栈大堂，只见宽大简朴的厅堂座座有人。绯云正在皱眉，正好侍者收拾完窗口边一张案儿，走过来殷勤地请他们入座。一落座，绯云便向侍者吩咐道：“一荤一素，两份汤饼。”侍者连声答应着去了。张仪惊讶道：“绯云，你如何知晓广武的汤饼名吃？”绯云笑道：“学的。主母教了我许多。”说着看看窗外，只见厅堂外的大院子里蹲满了人，尽是布衣短打，一边嚼着干饼一边呼噜呼噜地喝着菜汤，一片热气腾腾。绯云诧异道：“这地方忒怪吔，城小，却车多人多，挤得像个水陆码头吔。”

张仪笑了：“这广武，虽是大河南岸的一座小城，却因东南数十里有一座著名的敖仓，便生出了商旅大运。敖仓是魏国的最大粮仓，每日进出运粮的牛车马队络绎不绝。但敖仓周围十里之内都是军营，不许车马停留。缴粮调粮的车马队，只有到最近的广武城外歇脚打尖。时间一长，这广武便成了敖仓的连体根基。你看，广武最大的怪异处，是城外繁华，城内冷清。窗外吃喝的，是各郡县的车役挑夫；厅堂里用饭的，十有八九都是押运的县吏。”

绯云不由得肃然起敬：“公子懂得真多，绯云长见识了。”

张仪哈哈大笑，觉得这个俊仆当真聪慧可人。

此时饭菜酒已经上齐，一方正肉，一盆青葵，两碗羊肉汤饼，小小一坛楚国的兰陵酒。绯云对侍者说：“你去，我来。”利落地打开酒坛，给张仪斟满一碗捧到面前：“公子请。只此一坛。”张仪恍然，心知母亲怕自己饮酒误事，教绯云时刻提醒自己，感慨笑道：“一坛三斤，只饮一半，余下的留在路上便了。”绯云大约没想到公子如此好侍候，意外地高兴。张仪大饮一碗，连连赞叹，教绯云也来一碗。绯云连连摇头，说自己从来不饮酒。张仪慨然道：“大丈夫同路，如何能滴酒不沾？这楚国兰陵酒甜润清凉，醉不了的，来！”绯云无奈，皱着眉喝下一碗，一时满面潮红，呛得连连咳嗽。

张仪不禁笑道：“满面桃花，绯云像个女儿家。”绯云大窘，脸更加红了。

第二天太阳上山，张仪的轻便轺车驶出广武客栈，直上官道。经过敖仓时，忽见敖仓军营的马道上尘土飞扬，直向官道而来。绯云怕前行赶得太急，跟在后面又要吃落土，便停车靠在道边，要等敖仓马队去远了再走。片刻之间，马队从军营中冲来，当先一面幡旗在烟尘中迎风招展，旗上分明大书一个“先”字。

张仪惊喜，霍然站起高喊：“先兄——张仪在此！”

喊声方落，马队骤停，当先一辆轺车拐了过来。车盖下，一个高冠红服长须拂面的中年人遥遥拱手笑道：“张兄好快！我正要去大梁先期周旋也。”

张仪已经下车，走到对方车前拱手笑道：“不期而遇先兄，不胜欣慰。本说下月去大梁，怎奈家母催逼，早了日子，先兄见谅。”

来人也已下车，拉住张仪笑道：“无妨无妨。好在我只是引见，无须多费周折。成事与否，全在张兄自己了。”

“自当如此。张仪不会连累你这个敖仓令担保举荐。”

“哪里话来！张兄国士，我区区小吏，何有资格担保举荐？”

两人一齐大笑，敖仓令道：“张子，并车同行如何？”

张仪拱手道：“不必了。先兄官务在身，多有不便。到得大梁，张仪自来府上拜访。”

“张子既不想张扬，先轸也不勉强，大梁见。”回身登车，扬尘而去。

待敖仓令的马队走远，张仪方才登车缓行，向大梁辚辚而来。这个敖仓令先轸，祖上本是晋文公时的名将先轸。似乎应了一句古老的谶语，“名将无三世之功”，先氏后裔竟弃武从文，始终没有大进。先轸也只做了个司土府辖下的敖仓令，算是个有实权而无高位的中爵。虽然如此，先氏的声望犹在，先轸在大梁依旧是魏国闻人。张仪的父亲也曾在司土府任事，与当时做司土府都仓廪的先轸父亲同事，有通家之好，所以张仪与先轸也算得是世交了。后来张氏罹祸，搬出安邑，两家往来也就中断了。张仪年少入山，与这先轸从未谋面，自然也不认识了。但张仪从王屋山修习归来，在大梁安邑的士大夫中已经有了名士之誉，先轸慕名拜访，世交又自然恢复了。先轸为张仪引见了诸多“朋友”，都是当年司土府官吏的后裔，自嘲是大梁的“司土党”。叙谈世交情谊之余，众人纷纷鼓动张仪来大梁做官。张仪只是高谈阔论，并没有接这个话题。在他心目中，魏国虽是祖国，但吏治太腐败，正是自己这种才具之士的天敌，所以并没有想留在魏国。再则，他对凭借朋党裙带谋官谋事素来厌恶蔑视，自然也不想过深卷入到“司土党”里去。

洛阳之行，与苏秦一夜长谈，张仪大受启迪，重新审视了魏国，觉得自己不应该放弃在魏国的努力。无论如何，魏国的强大根基犹在，若能根除侈靡腐败而重新振作，统一六国还是比其他战国有利得多。有了这一番思谋，便在从洛阳回家的途中取道大梁，似乎无意，拜会了一个“司土党”，酒酣耳热间透露了自己想在大梁谋事的想法。张仪的本心，是给自己原先的婉拒打个圆场，不想无端开罪于“司土党”，并没有请

“司土党”斡旋引见的意思。谁知对方是个官场老手，世故老到，认准了是张仪放不下名士身份而做出的委婉含蓄姿态，其实就是要“司土党”给他修桥铺路。“司土党”中若有了张仪这等名士身居高位，自然是势力大涨，所以对张仪的清高也毫不计较。

消息传开，便有了“司土党”首吏——敖仓令先轸回大梁为张仪斡旋之事。

凡此种种，张仪都蒙在鼓里。张仪走的是当世名士的路子，直接求见君主，无须任何人从中引见。这种方法简单扎实，既能充分体现名士天马行空特立独行的风骨，又对君主的识人眼光与用人胆略有直接考量的效果；成则一举公卿，不会陷于任何官场朋党；败则飘然另去，不会将大好光阴空耗在无休止的折冲斡旋之中。这是春秋战国以来，实力派名士不约而同的路子。孔子、孟子、范蠡、文种、吴起、李悝、商鞅，以及他们身后的诸多名士，几乎无一例外地采取了这种做法。张仪一身傲骨，如何能狗苟蝇营于朋党卵翼之下？因了这种想法一以贯之，坚定明确，所以张仪从来没有求助于人的企图，与谁都是海阔天空；不合多了一番心思，想消除一个无端对手，却引出了一场额外的“援手”；偏偏张仪浑不知晓，见了敖仓令先轸也还是左右逢源地虚应故事，使先轸不得要领，悻悻而去。

一路消闲，夕阳衔山时到了大梁。

北门外，早有敖仓令先轸带了“司土党”几个实权官员在迎候，要接张仪到先轸府上接风洗尘。此时，张仪才觉得事情有些拧，好在他心思灵动，略一思忖，吩咐绯云驱车去安置客栈，而后在先轸府外等候自己，他则与先轸同乘一车去赴酒宴。这便是委婉地与“司土党”保持了距离，显示了自己的独立。“司土党”本来已经商定，张仪住在先轸府，觐见魏王谋官一事，由“司土党”合力斡旋，如今见张仪如此做派，一时颇感难堪，气氛不由得别扭起来。

张仪一拧，接风酒宴便显得客气拘谨起来。虽然张仪做出浑然不觉的样子，照样海阔天空，然却闭口不谈大梁觐见之事。这在对方，觉得大失体面，人人尴尬，自不想再与这个不识抬举的名士着实结交，酬酢便冷淡了下来。直到酒宴结束，也没有人提及引见举荐之事。不到初鼓，接风洗尘告罢，没有一人送张仪前去客栈。张仪毫不在乎，一一打拱辞行，跳上绯云的轺车大笑着扬长而去了。

回到客栈，绯云已经事先关照客栈侍者备好了沐浴器具与大桶热水。张仪在热气蒸腾的大木盆中浸泡，心中却思谋着明日的说辞对策，“接风”酒宴的些许不愉快，也烟消云散了。沐浴完毕，绯云捧来一壶冰镇的凉茶。张仪咕咚咚牛饮而下，胸中的灼热酒气荡涤一去，顿感清醒振作，吩咐绯云自去歇息，自己从随带铁箱中取出了一卷大书，在灯下认真琢磨起来。绯云知道这是公子每日必做的功课，不再多说，掩上门出去了。

这是一本羊皮纸缝制的书，封面大书“天下”两个大字。大皮纸每边一尺六寸有余，摊开占了大半张书案。竹简时代，这种羊皮纸缝制的书算是极为珍贵的了，只有王侯公室的机密典籍与奇人异士的不传之秘，才用这种极难制作的羊皮纸缮写。面前的这本《天下》，是老师积终身阅历，并参以门下诸多著名弟子的游历见闻编写的，书中记载了七大战国与所存三十多个诸侯国的地理、财货、国法、兵制、吏治、民风等基本国情，颇为翔实。更重要的是，各国都有一幅老师亲自绘制的地理山川图，要隘、关塞、仓廪、城堡、官道路线等无不周详。在当世当时，只有鬼谷子一门有能力做如此大事。因为，非但老师本人是五百年一遇的奇才异士，所教弟子也尽皆震古烁今的经纬之士。别者不说，独商鞅、孙膑、庞涓三人，就足够天下侧目而视了。这本《天下》，就是包括了苏秦张仪在内的这些学生们的心血结晶，如何不弥足珍贵？临出山前，老师特意教他与苏秦各自抄写了一本《天下》，作为特别的礼物馈赠两人。抄完书的那天，老师亲自在封皮题写了书名，又在扉页写了“纵横策士，度势为本”八个大字，便送他们出山了。

张仪将《天下》中的七大战国重新浏览一遍，对献给魏王的霸业对策已经成算在胸，思谋一定，倦意顿生，上得卧榻呼呼大睡了。

清晨起来，张仪精神奕奕。绯云笑道：“吔，公子气色健旺，要交好运了。”张仪揽住绯云肩头笑道：“绯云，不要叫公子，我又不是世家膏梁子弟，听得不顺。”绯云惊讶：“吔，教我如何称呼？”张仪略一思忖道：“共车同游，就呼我张兄可也。”绯云面色涨红：“如何使得？坏了主仆名分吔。”张仪揶揄道：“不知晓礼崩乐坏么？你只管叫就是。”绯云嗫嚅道：“张兄……我，等你回来中饭？”

张仪大笑：“便是如此了。中饭我不定回来。你收拾好行装车辆，也许，就要搬到大地方了。”说罢扬长而去。

五　张仪第一次遭遇挑衅

大梁王宫今日特别忙碌。

魏惠王要出城行猎。陪猎大臣及内侍、禁军从五更就开始忙起来。这是迁都大梁以来魏惠王首次出猎，王宫上下特别兴奋。车辆、仪仗、马匹、弓箭、帐篷、酒器、赏赐物品、野炊器具等，忙得上下人等穿梭般往来。天一亮，丞相公子卬进宫检视。他是魏王族弟，又是围猎总帅，逐一落实细务后又调拨各路军马、指定各大臣的陪猎位置、确定行猎路线、委派各路行猎将军、宣布猎物赏赐等级等，又是大忙一番。一切妥当，刚好太阳升起到城楼当空的辰时，只等魏王出宫，行猎大军便要浩浩荡荡地开出。

“大王出宫——”大殿口老内侍一声长呼，魏惠王全副戎装甲胄，大红斗篷，后边跟着婀娜多姿的狐姬走出了长廊。殿外车马场的王子大臣军兵内侍齐声高呼：“魏王万岁！王后万岁！”魏惠王步履轻捷，矜持微笑着向三军与大臣招手，似乎从来都是这般欣然。

三年前丢失河西之地，而后迁都大梁，魏惠王一直很是郁闷。庞涓战死，龙贾战死，公子卬竟被商鞅俘虏了一回。魏国非但丢失了占据六十多年的大河西岸土地，而且连河东的离石要塞与包括函谷关在内的崤山，也一并让秦国占了去。安邑屏障顿失，简直就在秦军的铁蹄之下。无奈之中，提前迁都大梁，举国上下很是灰溜溜了一阵。好在迁都大梁准备了好多年，本来就在筹划之中，也算是朝野尽知，没有引起很大的混乱。再说，魏国的本土也还算完整，丢失的都是祖宗夺取的秦国土地，所以还没有动摇根本。要在其他缺乏根基的邦国，遭逢这“失地千里，丧师迁都”的重大打击，引起内乱逼宫都是经常有的。开始，魏惠王倒也是心惊胆战了好一阵子，后来见国人权臣尚算安定，便渐渐地缓了过来。回头一想，暗自好笑，自己平定内乱于危难之中，振兴国威三十年之久，纵有小败，何至国人不容？如此一想，负罪歉疚之心顿消，精神又振作了起来，图谋好好地搜罗几个吴起商鞅那样的名士大才，将失去的霸业再夺回来。

魏惠王决意要重振雄风，蜗居书房，宣来丞相公子卬很是谋划了一阵子。公子卬盛赞魏王“宵衣旰食，为国操劳”。魏惠王大是欣慰，立即觉得身为一国之君须得张弛有度。于是，公子卬的行猎主张当即被欣然采纳。于是，就有了这场“将大长国人志气”的狩猎举动。

“禀报我王——”掌宫老内侍气喘吁吁跑来，“孟子大师率门生百人，进入大梁，求见大王。”

魏惠王大为皱眉，觉得这老夫子来得实在扫兴。但这孟子乃儒家大师，算得上是天下第一老名士了，若因行猎不见，传扬开去可是大损声望，魏国正当用人之际，如何拒绝得如此一个招牌人物？思忖有顷，魏惠王对公子卬无可奈何地笑笑：“撤销行猎，仪仗迎接孟夫子。”片刻之间，早已准备好的行猎鼓乐手列队奏乐，王宫中门大开，魏惠王率领陪猎大臣迎出宫来，一切就便，快捷非常。

然这声势，却使孟子大吃了一惊。

孟子在列国奔波多年，来魏国也不知多少次了。儒家的为政主张已经是天下皆知，无论大国小国，虽然无人敢用儒家执政，却也没有哪个国家敢无故开罪于这个极擅口诛笔伐的学派。时日长了，孟子也明白了此中奥妙，打消了出仕念头，将游历天下看做了讲学传道的生涯。各国君主也看出了奥妙，对孟子师生也不再心怀芥蒂，而乐得为自己博个礼贤下士的名望。如此一来，儒家竟与各国君臣奇妙地融洽了起来，举凡所过国家，都是一番祥和隆重的礼遇，比起当年孔夫子的惶惶若丧家之犬，可要气派堂皇多了。国君不问政事，孟子也只谈学问，留下了许多脍炙人口的问答篇章。

这次，孟子回归鲁国故里，路经大梁，本没有想拜见魏惠王。毕竟，孟子对这些徒有声势而不涉实际的应酬也有些不耐。但在路上却听到一个消息：魏惠王要出大梁行猎三日。孟子突发心思：既然魏惠王要出猎，不妨前去拜望，既免去了应酬之苦，又还了魏惠王平素对孟子礼敬有加的情谊，岂不妙哉？这一手也是孔子首创。当年，孔子不想与阳货交往，又脱不得礼仪，故意在阳货不在家时前去“回拜”，结果自然是两全其美。今日之拜见魏惠王，正与孔老夫子见阳货有异曲同工之妙，孟子还真有些小小得意。

孟子熟知各国礼仪，知道魏国行猎的王制是“卯时出城，无扰街市庶民”，便吩咐大弟子万章教车队缓行，赶辰时到达大梁即可；此时魏王出城已经一个时辰，正好“全礼”而归，不误自己的行程。孰料人算不如天算，偏偏魏惠王因迁都大梁后首次出猎，宣布改了王猎规制，变作“辰时出城，以利庶民观瞻”，意在教国人看看王室的振作气象。不想恰恰遭逢了孟子前来拜会，就势行事，大张旗鼓地开中门率群臣迎接孟子。这一番意外，如何不教正在悠然自得的孟子大为惊讶。

“孟老夫子，别来无恙啊？”魏惠王遥遥拱手，满脸笑意。身后的大臣们也是一齐躬身作礼：“见过孟夫子！”

孟子远远地听见鼓乐奏起，就已经下车了，及至看见魏惠王君臣戎装整齐地迎来，就知道自己算计不巧触了霉头，心中大是别扭。但孟子毕竟久经沧海，立即换上了一副坦然自若的笑容迎了上去，长躬到底：“孟轲何能，竟劳动魏王大驾出迎，孟轲无地自容也。”

魏惠王娴熟地扶住了孟子：“当今天下第一名士光临大梁，为大魏国带来文昌隆运，本王敢不尽地主之谊乎？”说完顺便拉起孟子的左手，环顾左右大臣：“诸位臣僚，到大殿为孟夫子接风洗尘。孟老夫子，请。”便与孟子执手走向富丽堂皇的王宫正殿。孟子的学生们也压根没想到会有这场突如其来的隆重礼遇，一个个被礼宾官员们“侍奉”得方寸大乱。最后总算是纷纷聚合到大殿，开始了接风酒宴。

礼宾应酬，魏惠王向来喜欢铺排大国气度，场面宏大，极尽奢华。这次又是借行猎之势接待天下大宗师，自然更不会省略。钟鼓齐鸣，雅乐高奏，灿烂的舞女教孟子眼花缭乱。酬酢反复，礼让再三，孟子依然淡淡漠漠，一副若有所思的神态，没有往日高谈阔论的兴致。魏惠王是应酬高手，很善于找话题，见孟子落落寡欢，便关切地问起孟子在齐国的境况。孟子见问，不胜感慨，说已经辞了稷下学宫的馆爵，准备回鲁国兴办儒家学宫了。

魏惠王大为兴奋，立即力劝孟子来魏国兴办学宫，职任学宫令，爵同上卿。

孟子淡然一笑："孟轲两鬓如霜，老骥不能千里，望大王恕罪。"

魏惠王哈哈大笑，连连劝慰孟子不要歉疚，并慨然许诺，将资助孟子在鲁国兴办学宫。这是一件实事，孟子倒是着实感谢了一番，气氛便渐渐融洽热烈起来。

猛然，魏惠王心中一动，离席起身，恭恭敬敬地向孟子一躬："孟夫子领袖天下士林，敢请为魏国举荐栋梁大才，魏罃不胜心感。"

孟子大是意外，这是魏惠王么？他也想起了求贤？

战国以来，天下名士十之八九出于魏齐鲁三国。鲁国以儒家、墨家发祥地著称。齐国以门类众多号称"名士渊薮"的稷下学宫著称。魏国则以治国名士辈出著称，李悝、乐羊、吴起、商鞅、孙膑、庞涓等皆出魏国，若再加上后来的犀首、张仪、范雎、乐毅、尉缭，魏国简直可以称为名将名相的故乡与摇篮。虽然群星如此璀璨，魏国的光芒却是一天天暗淡了下去。魏国涌现的大才，除了魏文侯、魏武侯两代用了一个李悝、大半个乐羊、小半个吴起而使魏国崛起于战国初期以外，从魏惠王开始，魏国就再也留不住真人才了。

孟子很清楚，举凡天下才士，莫不以在魏国修学若干年为荣耀。事实上，魏国才是真正的名士渊薮。魏国若要着力搜求人才，完全可以悉数网罗天下名士于大梁。然则，天下事忒煞奇怪。魏惠王的魏国竟成了名士的客栈，往来不断，却鲜有驻足。孟子本人也是终身奔波求仕的沧桑人物，如何不知其中就里？要他荐举贤才原也不难，非但自己门下尽有杰出之士，就是法家兵家，孟子也大有可荐之名士大才。譬如稷下学宫的邹衍、慎到等第一流的名士，以及后起之秀荀子、庄辛、鲁仲连等。可魏惠王能真心诚意地委以重任么？礼遇归礼遇，那与实际任用还差着老远。有魏罃这样的国王，公子卬这样的丞相，谁要给魏国荐贤，那必是自讨没趣。但无论如何，公然的求贤之心，孟子却是不好扫兴的。

思忖有顷，孟子肃然拱手道："魏王求贤，孟轲钦佩之至。然则，孟轲多年来埋首书卷，与天下名士交游甚少，急切间尚无治国大才举荐，惭愧之至。"

"既然如此，日后但有贤才，荐于本王便是。"魏惠王极有气度地笑着。

殿中一人突然站起："启奏我王，臣有一大贤举荐！"

"噢？"魏惠王一看，竟是敖仓令先轸。他素来不喜欢小臣子抢班奏事，先轸虽是名将之后，毕竟只是个司土府低爵臣工，何来大贤可荐？但方才公然向孟子求贤，此刻也不好充耳不闻，于是矜持地拉长了声调："谚云：物以类聚，人以群分。敖仓令职司细务，也有大贤之交？却是何人也？"

"启奏我王。"先轸走出一步拱手高声道，"臣虽职司低微，然因先祖之故，与名士贤才尚有交往。臣所举荐之人，乃齐国稷下名士惠施。此人正游学大梁，机不可失。"

"惠施？何许人也？噢——想起来了，他不是在安邑做过几天外相么？才情如何？"魏惠王恍然转向孟子，"若是名士，孟夫子定然知晓也。"

孟子见魏国官场有人荐举惠施，自然明白是惠施想重回魏国下力斡旋所致，心下便对这种有失名士身份的做法大不以为然。但孟子在公开场合不能计较这些，惠施毕竟还不算徒有虚名之辈，微笑答道："惠施乃宋国人，久在稷下学宫致力于名家之学，持'合同异'之论，确是天下名士也。"

魏惠王素知孟子孤傲，他说是名士，那一定是大名士无疑，欣然笑道："好啊！我大魏国正是用人之际。先轸，明日即带惠施随同行猎，本王自有道理。"

“谨遵王命！”先轸兴奋了，应答得格外响亮。

正在此时，正殿总管老内侍匆匆进殿道：“禀报我王，名士张仪求见。”

“又是名士？”魏惠王不耐地皱起眉头巡视大殿，“张仪何许人也，谁知道？”

丞相公子卬等几位重臣齐声回道：“臣等不知。”

末座中的先轸与左右对视会意，也齐声答道：“臣等不知。”

“举朝不知，谈何名士？赏他五十金罢了，本王要就教孟夫子，不见。”

“魏王且慢。”孟子摆摆手，脸上露出一丝莫测高深的笑意，“这个张仪，虽则未尝扬名于天下，然孟轲却略有所闻。他与苏秦同出一隐士门下，自诩纵横策士。魏王不妨一见，或能增长些许见识。”

“好。孟夫子既有此说，见见无妨。”魏惠王大度地挥挥手，“教他进来。”

片刻之间，一个年轻士子悠然进殿，举座目光立即被吸引了过去——一领黑色大袖夹袍，长发松散地披在肩上，头上虽然没有高冠，高大的身材却隐隐透出一种伟岸的气度；步履潇洒，神态从容，在贵胄满座的大殿中非但丝毫不显寒酸，反有一股逼人的清冽孤傲之气。士子从容地躬身作礼道：“安邑士子张仪，参见魏王。”

魏惠王大皱眉头，冷冷问：“张仪，你是魏人，却为何身着秦人衣色？”

这突兀奇特的一问，殿中无不惊讶。孟子不禁感到好笑，身为大国之王，妇人一般计较穿戴服色，真乃莫名其妙。此时却见张仪不卑不亢道：“张仪生地乃魏国蒲阳，与秦国河西之地风习相近，民多黑衣。此无损国体，亦不伤大雅。”

“此言差矣！”丞相公子卬深知魏惠王心思所在，觉得由自己出面更好，便指着张仪高声道，“魏秦，世仇也！目下正当大魏朝野振作，图谋复仇之际，魏国子民便当恶敌所好，尚我大魏本色。一介士子，就敌国服色而弃我根本，大义何在！”

张仪满怀激切而来，迎头就碰上这令人啼笑皆非的一问，心中顿时腻味，及至听得这首座高冠大臣振振有词的滑稽斥责，不禁哈哈大笑道："公之高论，当真令人喷饭。若以公之所言，秦人好食干肉，公则只能喝菜汤；秦人好兵战，公则只能斗鸡走马；秦人好娶妻生子，公则只能做鳏夫绝后了；秦人尚黑衣，公也只能白衫孝服了？"

话音未落，大殿中已哄然大笑。魏惠王笑得最厉害，一口酒"噗"地喷到了下首公子卬的脸上。公子卬面色涨红，本想发作，却见魏惠王乐不可支，顿时换了一副面孔，竟也一脸酒水地跟着众人哈哈大笑起来，于是禁忌全消，大殿中笑声更响了。

魏惠王向孟子笑道："孟老夫子，如此机变之士，常伴身边，倒是快事也。"

孟子带着揶揄的微笑："魏王高明。此子，当得一个弄臣也。"

张仪本傲岸凌厉之士，长策未进却大受侮辱，不禁怒火骤然上冲，欲待发作，脑海中却油然响起老师苍老的声音："纵横捭阖，冷心为上。"瞬息间便冷静下来。又正色拱手道："魏王为国求贤，大臣却如此怠慢，岂非令天下名士寒心？"

魏惠王哈哈一笑道："张仪，孟夫子说你乃纵横策士，不知何为纵横之学？"

"魏王。"张仪涉及正题，精神振作，肃然道，"纵横之学，乃争霸天下之术。纵横者，经纬也。经天纬地，匡盛霸业，谓之纵横。张仪修纵横之学，自当首要为祖国效力。"

"经天纬地？匡盛霸业？纵横之学如此了得？"魏惠王惊讶了。

孟子冷笑着插了进来："自诩经天纬地，此等厚颜，岂能立于庙堂之上？"

"孟夫子此话怎讲？倒要请教。"魏惠王很高兴孟子出来辩驳，自己有了回旋余地。

孟子极为庄重道："魏王有所不知。所谓纵横一派，发端于春秋末期的狡黠之士。前如张孟谈游说韩魏而灭智伯，后如犀首游说楚赵燕秦。如今又有张仪、苏秦之辈，后来者正不知几多。此等人物朝秦暮楚，言无义理，行无准则；说此国此一主张，说彼国彼一主张，素无定见，唯以攫取高官盛名为能事。譬如妾妇娇妆，以取悦主人，主人喜红则红，主人喜白则白；主人喜肥，则为饕餮之徒；主人喜细腰，则不惜作践自残；其说辞之奇，足以悦人耳目，其机变之巧，足以坏人心术。此等下作，原是天下大害，若执掌国柄，岂不羞煞天下名士！”孟子原是雄辩之士，一席话慷慨激昂义正词严，殿中一片默然。

魏国君臣虽觉痛快，却也觉得孟子过分刻薄，连死去近百年的“三家分晋”的功臣名士张孟谈也一概骂倒，未免不给魏国人脸面。然则，此刻却因孟子对的是面前这个狂士，便都不做声，只是盯着张仪，看他如何应对。

事已至此，张仪不能无动于衷了。他对儒家本来素无好感，但因了敬重孔子孟子的学问，所以也就井水不犯河水，今日见孟子如此刻薄凶狠，不禁雄心陡长，要狠狠给这个故步自封的老夫子一点颜色。只见张仪悠然转身对着孟子，坦然微笑道：“久闻孟夫子博学雄辩，今日一见，果是名不虚传也。”

“国士守大道，何须无节者妄加评说。”孟子冷峻傲慢，不屑地回过了头去。

突然，张仪一阵哈哈大笑，又骤然敛去笑容揶揄道：“一个惶惶若丧家之犬的乞国老士子，谈何大道？分明是纵横家鹊起，乞国老士心头泛酸，原也不足为奇。”

此言一出，孟子脸色骤然铁青。游历诸侯以来，从来都是他这个卫道士斥责别人，哪有人直面指斥他为“乞国老士子”？这比孔子自嘲的“惶惶若丧家之犬”更令人有失尊严。孟子正要发作，却见张仪侃侃道：“纵横策士图谋王霸大业，自然忠实与国，视其国情谋划对策，而不以一己之义理忖度天下。若其国需红则谋白，需白则谋红，需肥则谋瘦，需瘦则谋肥，何异于亡国之奸佞？所谓投其所好，言无义理，正是纵横家应时而发不拘一格之谋国忠信也！纵为妾妇，亦忠人之事，有何可耻？却不若孟夫子游历诸侯，说遍天下，无分其国景况，只坚执兜售一己私货，无人与购，便骂遍天下，犹如娼妇处子撒泼，岂不可笑之至？”

“娼妇处子？妙！”丞相公子卬第一个忍不住击掌叫好。

“彩——”殿中群臣一片兴奋，索性酒肆博彩般喝起“彩”来。

魏惠王大感意外：这个张仪一张利口，与孟老夫子竟是棋逢对手。好奇心大起，笑问张仪：“有其说必有其论，‘娼妇处子’，却是何解啊？”

张仪一本正经道：“鲁国有娼妇，别无长物，唯一身人肉耳。今卖此人，此人不要。明卖彼人，彼人亦不要。卖来卖去，人老珠黄，却依旧处子之身，未尝个中滋味。于是倚门旷怨，每见美貌少妇过街，便恶言秽语相加，以泄心头积怨。此谓娼妇处子之怨毒也。”

“啊——”殿中轻轻地一齐惊叹，臣子们一则惊诧这个年轻士子嬉笑怒骂皆成文章，二则又觉得他过分苛损，大非敬老之道。

魏惠王正自大笑，一回头，孟老夫子竟簌簌发抖欲语不能，顿时觉得有点儿不好收拾。孟夫子毕竟天下闻人，在自己的接风宴会上被一个无名士子羞辱若此，传扬开去，大损魏国。想到此处，魏惠王厉声道：“竖子大胆，有辱斯文！给我轰了出去！”

“且慢。”张仪从容拱手，“士可杀，不可辱。孟夫子辱及纵横家全体，张仪不得不还以颜色，何罪之有？魏王莫要忘记，张仪为献霸业长策而来，非为与孟夫子较量而来。”

魏惠王愈发恼怒：“阴损刻薄，安得有谋国长策？魏国不要此等狂妄之辈，轰出去！”

“既然如此，张仪告辞。”大袖一挥，张仪飘然而去。

绯云在客栈忙了大半日，先洗了张仪昨夜换下的衣服，趁晾衣的空隙收拾了行装，清理了客栈房钱，直到晌午过后还没来得及吃饭。一想着公子要在大梁做官，绯云就兴奋不已。在张家多年，绯云深知老夫人对公子寄托的殷殷厚望，大梁之行一成功，公子衣锦荣归，那张家就真的恢复了祖先荣耀。老夫人可搬来大梁，绯云自己也能在这繁华都市多见世面，岂非大大一件美事。渐渐地日头西斜，衣服晒干了，张仪还没回来。绯云想，迟归是吉兆，任官事大，岂能草草？如此一想，便将行装归置到轺车上，赶车到客栈门前等候张仪，免得到时忙乱。

正在等候，张仪大步匆匆而来。绯云高兴地叫了一声：“张兄。”却见张仪一脸肃杀之气，不禁将后面的话吞了回去。张仪看看绯云，倒是笑了："走，进客栈吃饭，吃罢了上路。"

"你还没用饭？那快走。"绯云真是惊讶了，将轺车停在车马场，随张仪匆匆进了客栈大堂。

刚刚落座，一个小吏模样的红衣人走了进来，一拱手问："敢问先生，可是张仪？"张仪淡淡点头："足下何人？"红衣人双手捧上一支尺余长的竹筒："此乃敖仓令大人给先生的书简。"张仪接过，打开竹筒抽出一卷皮纸展开，两行大字赫然入目："张兄鲁莽，咎由自取。若欲入仕，我等愿再作谋划。"张仪淡漠地笑笑："烦请足下转复敖仓令：良马无回头之错，张仪此心已去，容当后会。"红衣人惊讶地将张仪上下反复打量，想说话却终于没有开口，径自转身走了。张仪也不去理会，自顾默默饮酒。绯云灵动心性，看样子知道事情不好，一句话不问，只是照应张仪饮酒用饭，连自己也没吃饭都忘记了。

从客栈出来，已是日暮时分。绯云按照张仪吩咐，驾车出得大梁西门，却不知该去哪里，便在岔道口慢了下来。

"绯云，洛阳。"张仪猛然醒悟，高声笑道，"教你去看个好所在，走！"

绯云轻轻一抖马缰，轺车顺着官道向正西辚辚而去。见张仪似乎并没有沮丧气恼，去的又是自己做梦都不敢想的王城洛阳，绯云也高兴起来，高声道："张兄，天气好吔。晚上定有好月亮，赶夜路如何？"

"好！"张仪霍然从车厢站起，"月明风清，正消得闷气。"于是扶着伞盖铜柱，望着一轮初升的明月，挥着大袖高声吟哦起来，"北冥有鱼，其名为鲲。鲲之大，不知几千里也！化而为鸟，其名为鹏。鹏之背，不知几千里也！怒而飞，其翼若垂天之云……水击三千里，抟扶摇而上者九万里也！"

"张兄，这是《诗》么？好大势派！"

张仪大笑道："《诗》？这是庄子的《逍遥游》。'天之苍苍，其正色邪？其远而无所至极邪？'大哉庄子！何知我心也？"

绯云一句也听不懂，却莫名其妙地被那一串"三千里"、"九万里"、"水击"、"垂天"一类的很气派的词儿感染得笑了起来，飞车在明月碧空的原野，觉得痛快极了。

六　函谷关外苏秦奇遇

从洛阳王城回来后，苏秦一直闷在书房里思忖出行秦国的对策。

自觉胸有成算，他走出了书房，却发现家人似乎都在为他的出行忙碌。苏代苏厉两个小弟为他筹划文具，上好的笔墨刀简装了一只大木箱，还夹了一叠珍贵的羊皮纸。在外奔波经商的大哥也回来了，从洛阳城重金请来两名尚坊工师，将周王特赐的那辆轺车修葺得华贵大方，一望而知身价无比。利落的大嫂与木讷的妻子给苏秦收拾衣物，冬衣夏衣皮裘布衫斗篷玉冠，满当当装了一只大木箱。

“好耶！二叔终归出来了，看看如何？”大嫂指着衣箱笑吟吟问。

“有劳大嫂了，何须如此大动干戈？”举家郑重其事，苏秦很是歉疚。

“二叔差矣！”大嫂笑着转了一句文词儿，“这次啊，你是谋高官做，光大门楣，不能教人家瞧着寒酸不是？你大哥老实厚道，就能挣几个钱养家。苏氏改换门庭，全靠二叔呢！”

苏秦不禁大笑：“大嫂如此厚望，苏秦若谋不得高官，莫非不敢回来了？”

大嫂连连摇手，一脸正色：“二叔口毒，莫得乱说。准定是高车驷马，衣锦荣归！”

“好了好了，大嫂等着。”苏秦更加笑不可遏。大嫂正要再说，苏代匆匆走来道：“二哥，张仪兄到了，在你书院等着。”

“噢？张兄来了？快走。”苏秦回头又道，“相烦大嫂，整治些许酒菜。”

“还用你说？放心去。”大嫂笑吟吟挥手。

到得雷鸣瓦釜书院外，苏秦远远就看见散发黑衣的张仪站在水池边，一辆轺车停在门外；一个少年提着水桶，仔细梳洗着已经卸车的驭马，倒是一派悠闲。苏秦高声道：“张兄好洒脱。”张仪回身笑道：“如何有苏兄洒脱？足未出户，已是名满天下了。”两人相遇执手，苏秦笑道：“张兄来得正好，我后日便要西入函谷关了。走，进去细细叙谈。这位是？”张仪招招手笑道：“我的小兄弟。绯云，见过苏兄。”绯云放下水桶走过来一礼："绯云见过苏兄。"苏秦惊讶笑道："啊，好个英俊伴当。张兄游运不差。走，进去饮酒。"绯云红着脸道："我收拾完就来，两位兄长先请了。"

过得片刻，又是大嫂送来酒菜，苏代苏厉相陪，加上绯云共是五人。酒过三巡，寒暄已了，张仪慨然道："苏兄，我一路西来，多听国人赞颂，言说周王赐苏兄天子轺车。不想这奄奄周室，竟还有如此敬贤古风？苏兄先入洛阳，这步棋却是高明！"

苏秦释然一笑道："你我共议，何曾想到先入洛阳？此乃家父要先尽报国之意，不想王城一行，方知这个危世天子，并非'昏聩'二字所能概括。一辆轺车价值几何？却并非每个国君都能办到。在我，也是始料未及也。"

"一辆天子轺车，愧煞天下战国！"张仪拍案，大为感慨。

苏秦心中一动，微笑道："轺车一辆，何至于此？张兄在大梁吃了闭门羹？"

张仪"咕"地大饮了一爵兰陵酒，掷爵拍案道："奇耻大辱，当真可恨也！"将大梁之行的经过详说一遍，末了道："可恨者，魏王竟然不问我张仪有何王霸长策，便赶我出宫。一个形同朽木的老孟子，值得如此礼遇么？"

苏秦素来缜密冷静，已经听出了个中要害，慨然拍案道："张兄何恨？大梁一举，痛贬孟子，使魏王招贤尽显虚伪，岂非大快人心？依我看，不出月余，张仪之名将大震天下！"又悠然一笑，"你想，那老孟子何等人物？以博学雄辩著称天下，岂是寻常人所能骂倒？遇见张兄利口，却落得灰头土脸。传扬开去，何等名声？究其实，张兄彰的是才名，实在远胜这天子轺车也。"

张仪一路行来，心思尽被气愤湮没，原未细思其中因果，听得苏秦一说恍然大悟，开怀大笑道："言之有理！看来，你我这两个钉子都碰得值。来，浮一大白！"说着提起酒坛，亲自给苏秦斟满高爵，两人一碰，同时饮干，放声大笑。

这一夜，苏代、苏厉等早早就寝。苏秦与张仪依然秉烛夜话，谈得很多，也谈得很深，直到月隐星稀，雄鸡高唱，二人才抵足而眠，直到日上中天。

第二日，张仪辞别，苏秦送上洛阳官道。拙朴的郊亭生满荒草，二人饮了最后一爵兰陵酒，苏秦殷殷道："张兄，试剑已罢，此行便是正战了，你东我西，务必谨慎。"

"你西我东，背道而驰了。"张仪慨然笑道，"有朝一日，若所在竟为敌国，战场相逢，却当如何？"

"与人谋国，忠人之事。自当放马一搏。"

"一成一败，又当如何？"

"相互援手，共担艰危。生无敌手，岂不落寞？"

张仪大笑："好！相互援手，共担艰危。此苏张誓言也！"伸出手掌与苏秦响亮一击，长身一躬，一声"告辞"，大袖一挥，转身登车辚辚而去。

送走张仪，苏秦回庄已是日暮时分。

连日来诸事齐备，明日就要启程西去了。苏秦想了想，今夜他只有两件事：一是拜见父亲，二是辞别妻子。父亲与妻子，是苏秦在家中最需要慎重对待的两个人。父亲久经沧桑，寡言深思又不苟笑谈，没有正事从来不与儿子闲话。所以每见父亲，苏秦都必得在自己将事情想透彻之后。对妻子的慎重则完全不同，每见必烦，需要苏秦最大限度的克制，须得在很有准备的心境下见她，才维持得下来。

一路上苏秦已经想定，仍然是先见父亲理清大事，再去那道无可回避的敦伦关口。

苏庄虽然很大，父亲却住在小树林中的一座茅屋里。母亲于六年前不幸病逝了，父亲虽娶得一妾，却经常与妾分居，独守在这座茅屋里。从阴山草原带回来的那只牧羊犬黄生，成了父亲唯一的忠实伙伴。黄生除了每日三次巡嗅整个庄园，便亦步亦趋地跟在父亲身后，任谁逗弄也不去理会。父亲若商旅出家，黄生便守候在茅屋之外，不许任何人踏进这座茅屋，连父亲的妾和掌家的大嫂也概莫能外，气得大嫂骂黄生"死板走狗”。苏秦倒是很喜欢这只威猛严肃的牧羊犬，觉得它的古板认真和父亲的性格很有些相似。

踏着初月，苏秦来到茅屋前，老远就打了一声长长的口哨。几乎同时，黄生低沉的呜呜声就遥遥传来，表示它早已经知道是谁来了。待得走近茅屋前的场院，黄生已经肃然蹲在路口的大石上，对着苏秦发出低沉的呜呜声。苏秦笑道：“好，我站在这里了。”话音刚落，黄生回头朝着亮灯的窗户响亮地“汪汪”了两声，接着听见父亲苍老的声音：“老二么？进来。”苏秦答应道：“父亲，我来了。”黄生喉咙呜呜着让开路口，领着苏秦走到茅屋木门前，蹲在地上看着苏秦走了进去，才摇摇尾巴走了。

“父亲，”苏秦躬身一礼，“苏秦明日西去，特来向父亲辞行。”

父亲正坐在案前翻一卷竹简，“嗯”了一声没有说话。苏秦知道父亲脾性，也默默站着没有说话。片刻之后，父亲将竹简合上：“千金之数，如何？”

“多了。”虽然突兀，苏秦却明白父亲的意思。

“嗯？”父亲的鼻音中带着苍老的滞涩。

“父亲，游说诸侯，并非交结买官，何须商贾一般？”

“用不了，再拿回来。”父亲的话极为简洁。

“父亲，”苏秦决然道，“百金足矣。否则，为人所笑，名士颜面何存？”

父亲默然良久，喟然一叹，点了点头：“也是一理。”

苏秦知道，这便是父亲赞同了他的主张，撇开这件事道：“父亲年高体弱，莫得再远行商旅。有大哥代父亲操劳商事，足矣。儿虽加冠有年，却不能为父亲分忧，无以为孝，唯有寸心可表，望父亲善纳。”

父亲还是“嗯”了一声，虽没有说话，眼睛却是晶晶发亮。良久，父亲拍拍案头竹简：“最后一次。可保苏氏百年。大宗。须得我来。”说完这少见的一段长话，父亲又沉默了。

苏秦深深一躬，出门去了。与父亲决事从来都是这样，话短意长，想不透的事不说，想透的事简说。苏秦修习的艺业，根基是雄辩术，遇事总想条分缕析地分解透彻，偏在父亲面前得滤干晒透，不留一丝水汽，不做一分矫情，否则无法与父亲对话。曾有好几次，苏秦决定的事都被父亲寥寥数语颠倒了过来，包括这次先入洛阳代替了先入秦国。事后细想，父亲的主张总是更见根本。苏秦少年入山，对父亲所知甚少，出山归来，对父亲也是做寻常商人看待。包括国人赞颂父亲教他们三兄弟修学读书的大功德，苏秦也认为，这是光宗耀祖的人之常心罢了，并非何等深谋远虑。可几经决事，苏秦对父亲刮目相看了。这次，父亲居然能赞同他“百金入秦”而放弃了“千金”主张，当真是奇事一桩。父亲绝非只知节俭省钱的庸常商人，只有确实认同了你说的道理，他才会放弃自己的主张。在平常，这几乎是不可能的，今日居然变成了事实。虽然，苏秦还没有体验过说服诸侯的滋味，但在他看来，说服一国之君绝不会比说服父亲更难，今晚之功，大是吉兆。

怀着轻松平和的心情，苏秦来见妻子。

这座小院落，才是他与妻子的正式居所。父亲秉承了殷商后裔的精细，持家很是独特。每个儿子加冠成婚后，便在庄园里另起一座小院居住，不配仆役，日常生计是各对夫妇独自料理。从大账上说，苏氏是一个整体大家。从小账上说，苏氏却是一个个小家，恰似春秋诸侯一般。如此之家，省去了诸多是非纠纷，非常的和谐。苏秦从来不理家事，只觉得父亲是为了省却麻烦，也不去深思其中道理。

将近庭院，苏秦看见了灯光，也听见了机杼声声，顿时放慢了脚步。

母亲病危将逝时，父亲做主给他娶过了妻子。那时候，苏秦还在山中修习，父亲没有找他回来奔丧守孝，他自然也无从知晓自己已经有了明媒正娶的妻子。妻子，是洛阳王城里一位具有“国人”身份的工师的女儿，端庄笃厚，勤于操持，很是得老父亲与掌家大嫂的欢心。及至苏秦归来，面对这个比自己大两岁的生疏女子，其尴尬是可想而知的。按照苏秦挥洒独行的个性，很难接受这个对自己相敬如宾的陌生妻子。然则，这是母亲临终时给自己留下的立身“遗产”，是父亲成全母亲心愿而作出的选择，如何能休了妻子而担当不孝的恶名？对于苏秦这种以纵横天下诸侯为己任的名士，名节大事是不能大意的，身负“不孝”之名，就等于葬送了自己。当年，吴起身负“杀妻求将”的恶名，天下无人敢用。“不孝”之名，几与“不忠”同恶，一个策士如何当得？反复思忖，苏秦终于默默接受了这个妻子。但苏秦却常常守在自己的雷鸣瓦釜书院，极少“回家”与妻子行敦伦之礼。仿佛心照不宣一般，父亲、大哥、大嫂与所有的家人，都从来不责怪或提醒苏秦，甚至妻子自己，也从来不到书院侍奉夫君。在苏秦的真实生活中，似乎根本没有一个妻子的存在。

如今要去游说诸侯，不知何年归来，全家上下视为大事。唯独妻子依然故我，只是默默地帮着大嫂为苏秦整理行装，见了苏秦也依然是微笑作礼，从来不主动问一句话。苏秦突然觉得心有不忍，也从家人欲言又止的语气与复杂的眼神中，悟到了他们对自己的期待。夫妻乃人伦之首，远行不别妻，也真有点儿说不过去……

机杼声突然停了，妻子的身影站了起来，走了出来，却掌着灯愣怔在门口：“你？你……有事么？”

“明日远行，特来辞别。”苏秦竭力笑着。

妻子的眼睛亮晶晶地闪烁着，手中的灯却移到了腋下，她的脸骤然隐在了暗影中：“多谢……夫君……”

“我，可否进去一叙？”苏秦的心头突然一颤。

“啊？”妻子的胸脯起伏着喘息着，“你，不是就走？夫君，请……”

借着朦胧的月光和妻子手中的灯光，苏秦隐约看见院子里整洁非常：一片茂密的竹林前立着青石砌起的井架，井架前搭着一片横杆，上面晾满了浆洗过的新布；井架往前丈余，是一棵枝叶茂盛的桑树，树下整齐摆放的几个竹箩里传来轻微的沙沙声；东首两间当是厨屋，虽然黑着灯，也能感到它的冷清；西首四间瓦屋显然是机房和作坊，墙上整齐地挂着耒锄铲等日常农具，从敞开的门中隐约可见一大一小两架织机上都张着还没有完工的苎麻布；上得北面的几级台阶，是四开间三进的正房。第一进自然是厅堂，第二进是书房，第三进便是寝室。轻步走进，苏秦只觉得整洁得有些冷清，似乎没有住过人的新房一般。

妻子将他领到厅堂，局促得满脸通红：“夫君，请，入座。我来煮茶，可好？”

苏秦还没有从难以言传的思绪中摆脱出来，迷惘地点点头，便在厅中转悠。妻子先点起了那盏最大的铜灯，厅堂顿时亮堂起来；又匆匆出去找来一包木炭，跪坐在长大的案几前安置好鼎炉、陶壶、陶杯，开始煮茶。苏秦已经稍许平静下来，坐在妻子对面默默地看着她煮茶。明亮的灯光照着窘迫的妻子，苏秦有些惊讶了。这个他从来没有正眼细看过的妻子，竟然很美。五官端正，额头宽阔，体态婀娜丰满，稍厚的嘴唇与稍大的嘴巴配在满月般的脸庞上，显得温厚可人；一身布衣，一头黑发，不加丝毫雕饰，却自然流露出一副富丽端庄的神态。若在春日踏青的田野里，如此一个布衣女子唱着纯情的《国风》，洒脱无羁的苏秦说不定便要追逐过去，忘情地唱和盘桓……

"啊！"妻子低低地惊呼了一声。窘迫忙乱的她，被鼎炉烫了手指。

苏秦恍然醒过神来，不禁关切道："如何？我看看。"拉了妻子的手便要端详。妻子却紧张地抽了回去，歉意笑道："茶功生疏了，夫君见谅。"

这一下，苏秦也略有尴尬，笑道："擦少许浓盐水，会好一些。"

"夫君，你如何知晓此等细务？"

"山中修学，常常游历，小疾小患岂能无术？"

"啊——"妻子抬头望着苏秦，"那……夫君须得珍重才是。"

苏秦笑笑："这个自然。"却再也不知道该说何等话了。看着妻子紧张得额头上渗出了晶晶细汗，脸颊上也有慌乱中沾抹上的木炭黑印，苏秦心中一动，猛然想用自己的汗巾给她沾去汗水，拭去木炭灰。手已触到汗巾，看着妻子正襟危坐一丝不苟的神色，却又无论如何拿不出手来，沉吟再三道："不要煮茶了，说说闲话了。"

"夫君初归，当有礼数，岂能简慢？"妻子低头注视着鼎炉，声音很轻。

"一日，能织几多布？"苏秦找着话题。

"一日丈三，三日一匹。"

"家道尚可，何须如此辛劳？"

"家道纵好，亦当自立。夫君求学累家，为妻岂能再做累赘？"

"一朝功成名就，自当报答家人。"苏秦既感歉疚，又生感慨。

妻子却只默默低头，轻轻叹息了一声。

“你信不过苏秦？”

妻子摇摇头：“居家唯求康宁，原本无此奢求。”

平平淡淡的一句话，苏秦顿时生出索然无味之感。从总角小儿开始，苏秦就是个胸怀奇志的孩童，与木讷的哥哥迥然有异。在他五岁时，父亲用殷商部族的古老方法为两个儿子做“钱卜”——这是殷商部族试验小儿经商才能的一种方法——根据总角小儿朦胧冒出的“天音”，决定给他请何等商人为师。聪敏灵动者大体学行商（长途贩运），木讷本分者大体学坐贾（坐地开店）。父亲拿出五十金，放置在厅中长案上，将两个儿子唤到面前，指着灿灿发光的一盘金饼问：“给你兄弟每人五十金，如何用它？”八岁的哥哥红着脸道：“置地，建房，娶妻。”小苏秦却绕着金饼转了一圈，童声昂昂道：“华车骏马，周游天下！”父亲不禁大为惊讶，觉得小儿志不可量，才产生了后来与寻常商家迥然相异的种种苦心。十多年修学游历，在旷世名师的激励指点下，苏秦心怀天下志在四海，成了雄心勃勃的名士。与张仪一样，他最喜欢读庄子的《逍遥游》，常掩卷慨然：“生当鲲鹏九万里，纵南海折翅，夫复何憾！”他最瞧不起的，便是那种平庸自安的凡夫俗子，常嘲笑他们是“蓬间雀”。寻常与人接触，他本能地喜欢那种纵然平庸但却能解悟名士非凡志向，并对名士有所寄托的俗人。譬如大嫂，对苏秦奉若神明般地崇拜，口口声声说二叔要带苏家跳龙门。苏秦就不由自主地有几分喜欢，连大嫂的聒噪也觉得不再那么讨人嫌。苏秦最厌烦的，就是那种自己平庸但还对名士情怀不以为然，对名士也淡然无所依赖的俗子。

想不到，妻子恰恰是这样一个人。

她恪尽妻道，恪守礼数，安于小康，不追慕更大的荣华富贵，对夫君可能给她带来的鱼龙变化，也显然有一种淡漠。片刻之间，苏秦对妻子那种因生疏而产生的一种神秘一丝敬慕一缕冲动，也烟消云散了。蓦然之间，他觉得妻子很熟悉，熟悉得已经有些厌倦了。

“还有诸多预备，我告辞了。”苏秦站了起来。

妻子正在斟茶，窘迫地站了起来：“夫君……礼数未尽，请，饮杯茶，再走。”

“好。”苏秦接过陶杯，呷了一口滚烫的茶水，放下杯子道，“善自珍重，我走了。”

妻子默默送到门口，脸庞依然隐没在灯影里：“夫君……可有归期？”

“成事在天，难说。”大袖一挥，苏秦的身影渐渐隐在朦胧的庄园小道里。

那一点灯光，却在门庭下闪烁了很久很久。

天色一亮，苏秦的轺车驶出了洛阳西门。

两个时辰后，苏秦渡过洛水，沿大河南岸的官道向函谷关进发了。苏秦是两匹骏马驾拉的青铜轺车，堪称高车骏马。三弟苏代认为，天子赏赐的轺车不能没有良马相配，说动大哥，在将轺车修葺得焕然一新后，又买了两匹雄骏的胡马驾车。按照苏代的做法，大哥还要给苏秦配一名高明的驭手以壮行色。可这些都被苏秦坚执拒绝了。按照苏秦本意，这辆天子轺车虽然铜锈斑驳，轮厢松动，然却是六尺车盖的大臣规格，气魄自在，只需将车轮车厢修葺坚固即可；目下既然已经整修得灿烂如新，也不可能复旧了，也只好作罢。再有骏马驭手，搞成天子特使一般的气象，便太过招摇了，若使风习质朴的秦人侧目而视，岂不弄巧成拙？所以，苏秦坚持自己亲自驾车，不要驭手，也不要童仆。

如今一上官道，这高车骏马大大显出了非凡气度——车声辚辚纯正，马行和谐平稳，高高的青铜车盖下，苏秦的大红斗篷随风飘摇，掠过商旅的队队牛车，引来路人惊叹的目光与时不时的喝彩，当真是洒脱名士。

日暮时分，到得函谷关外。但见两山夹峙，关城当道，车辆行人皆匆匆如梭，要忙着在闭关之前进关出关。苏秦第一次经函谷关入秦，不禁驻车道边，凝神观望。这时的函谷关已经回到秦国将近十年，关城整修得雄峻异常，关门只有一洞，城墙箭楼却有百步之宽。关城上黑色的“秦”字大旗随风招展，女墙垛口的长矛甲士钉子般一动不动。关下门洞前百步之遥，伫立着两排甲士，一名带剑军吏一丝不苟，认真地盘查着出入车辆行人的货物与照身帖，一边不断正色拒绝着华贵商人塞过来的钱袋，并高声宣示：“秦法不容贿赂，商贾勿得犯法！”道边有几家客栈店铺，门前已挑起了风灯。其中一家风灯上大书“渭风古寓”，显然是最讲究的一家，时有准备安歇在城外的行人车马，纷纷驶进了客栈。

观望一番，苏秦觉得井然整肃，不禁油然生出一股敬意。

“苏子别来无恙？”

苏秦回头，却见自己车后站着一个面戴黑纱通体黑衣的人，不禁大为惊讶道：“足下可是与我说话？”

“函谷关下，有第二个苏秦么？”

好熟悉的声音！苏秦猛然醒悟，一跃下车道：“你是？燕……”

“嘘——”黑衣人摇手制止，“敢请苏子移步，到客栈说话。”

“好，我将车停过去。”

“函谷关下，道不拾遗。不晓得么？”

苏秦兴奋歉然地一笑，将马缰丢开，便跟着黑衣人来到道边那家最大的渭风古寓。虽是道边客店，却也整洁宽敞，毫无龌龊之感。穿过两进客房来到后院，院门有两名带剑军士守护，见了黑衣人肃然躬身，苏秦不禁惊讶莫名。进得大门，只见庭院中赫然搭着一座军帐，帐外院中游动着几名甲士。苏秦大惑不解，却也不问，跟着黑衣人一直走进了正房。

“苏子请入座。”黑衣人招呼了一句，进了隔间，片刻出来，却变成了发髻高挽红裙曳地的美丽女子。站在厅中，默默微笑地看着苏秦，脸上一片红晕。

“燕姬？”苏秦惊叹着站起来，“你如何到得这里？欲去何方？”

“莫急。”燕姬嫣然一笑，对门外高声道，“给先生上茶。”

一个侍女应声飘入，轻盈利落地托进铜盘将茶水斟妥，又轻盈地飘了出去。恍惚之间，苏秦仿佛觉得又回到了洛阳王城那陈旧奢靡的宫殿。

侍女退去，燕姬在苏秦对面跪坐下来，一声叹息道：“苏子，我已奉王命，嫁于燕公了。”

苏秦恍然大悟，怔怔道：“噢——赐亲北上？省亲南下？”

“天子特使赐亲。北上。”燕姬淡淡笑道，“周礼废弛，他们又都与我相熟，苏子莫得拘泥。燕姬等在这里，就是要见你一面。”

苏秦总有一种恍惚若梦的感觉。自从洛阳王城与这位天子女官不期而遇，直觉这个女子非同寻常，镶嵌在自己的记忆里挥之不去。一夜，苏秦梦见自己高车骏马身佩相印回到了洛阳王城，飘飘若仙的燕姬飞到了他的车上，随他云里雾里地隆隆去了……倏忽醒来，兀自怦怦心跳，觉得自己梦见这遥远飘忽的女官实在荒唐。想不到今日竟能在函谷关外与她相逢，更想不到，此时的她已经成了燕国国君的新娘。

一个美丽的梦中仙子，倏忽之间变成了实实在在的世俗贵夫人。那缥缈的梦幻，在苏秦心底生成了一种空荡荡的失落，化成了一声难以觉察的轻声叹息："汉之广矣，不可泳思。江之永矣，不可方思……"

骤然之间，燕姬的双眼朦胧了。苏秦轻声吟诵的《国风》，她自然是听见了。那本是洛阳王城的布衣子弟唱出的失意情歌，歌者追慕春日踏青的美丽少女，却因身份有别而只能遥遥相望。那第一句便是"南有乔木，不可休思"——南方的树木啊，虽然高大秀美，却不要想在她的树阴下休憩……当年，这首真诚隽永的情歌一传进王城，打动了无数嫔妃侍女的幽幽春心，燕姬自然也非常熟悉，而今，苏秦喃喃自语般地吟诵，在燕姬听来却是振聋发聩。

燕姬缓缓起身，走到厅中琴台前深深一躬，打开琴罩，肃然跪坐，琴弦轻拨，歌声随着叮咚琴音而起：

南有乔木　不可休思
汉有游女　不可求思
汉之广矣　不可泳思
江之永矣　不可方思
……

苏秦的恍惚迷离，在美妙的琴音歌声中倏忽散去了。他从琴音歌声中品出了燕姬的同一番心曲——君之于我，亦是"南有乔木"。心念及此，苏秦大感慰藉，空荡荡的心田忽然便有一层温暖弥漫开来。燕姬款款走来，似乎方才的一切都已经随着琴声歌声消失了。她跪坐案前，平静地微笑着："苏子，我在此相候，为的是问君一言，请君三思而答。"

苏秦认真地点点头。

“你可愿去燕国？”

苏秦惊讶地看着燕姬，良久沉默了。倒不是这个问题不好回答，而是想不到燕姬如何能想到这样的去向？莫非是她向燕国国君推荐了自己？不可能。未曾入燕，何得进言？那莫非是周天子借“赐亲”之机向燕国举荐了自己？依周王个性与处境，也不大可能。但无论如何，苏秦对功业大事还是有决断的，他思忖着摇摇头道：“燕国太弱，了无生气，不能成就王霸大业。”

“苏子评判，自然无差。”燕姬毫无劝说之意，“日后，苏子若有北上之心，我当助君一臂之力，谅无大碍。”燕姬说完自己的意思，默默看着苏秦。

苏秦慨然一叹：“燕姬有如此襟怀，苏秦刮目相看了。然则，苏秦只能去秦国。只有秦国，堪当大业。”

“若秦国不用苏子？”

苏秦爽朗大笑：“我有长策，焉得不用？燕姬但放宽心也。”

“既然如此，云游到燕，苏子须来会我。”

“从今而后，苏秦可能再没有云游闲暇了。”突然之间，苏秦觉得自己不能心存旁骛，留恋这样一个诸侯夫人，平静笑道，“若当出使燕国，也无由会晤国君夫人也。”

燕姬默然有顷，却淡淡笑道：“苏子车马太过奢华，留一匹马与我，可否？”

“大是。”苏秦连连点头，“我一路颇觉不安。干脆，换我一辆轺车如何？”

“这有何难？”燕姬很高兴，她本来想委婉地帮苏秦纠正有损名士高洁的气象，不想苏秦如此痛快自责，便可想见高车骏马定是家人所为，心念及此，燕姬多了一分欣慰，起身拍掌，对门外走进的一个内侍总管吩咐道：“将店外道边那辆华车赶进来，换一辆王车，再留下一马，车上行囊妥为移过。仔细了。”

“谨遵夫人命。”内侍总管快步去了。

燕姬轻松笑道：“函谷关日落闭关，鸡鸣开关，苏子可与我做一夜之饮，如何？”

“恭敬何如从命。”苏秦愉快地答应了。

燕姬命人打开了天子赏赐的一坛邯郸赵酒，请渭风古寓烹制了一鼎肥羊炖与几样秦菜，特以纯正的秦风筵席做了二人的告别小宴。更重要的，当然是为了给苏秦壮行。两人默默饮得几爵，醇洌的赵酒使他们如醉如痴，你一言我一语地说将开来。绵绵不断而又感慨良多，话题宽泛，却又似乎紧紧围绕着某个圆圈，说得很多很多，不觉雄鸡三唱，函谷关的开关号角已经悠扬回荡了。

苏秦酣畅大笑，向燕姬慷慨一拱，跳上青铜轺车，辚辚进入了函谷关。

第三章 西出铩羽

一　新人新谋弃霸统

第一次，嬴驷遇到了令他难以决断的微妙局面。

上卿犀首郑重上书，提出了完成秦国霸业的具体方略——立即称王，一年内攻取三川，三年内吞灭三晋，五年内统一中原，十年内廓平四海。就嬴驷本心而论，很是赞赏犀首方略横扫山东六国的大气魄，果真如此，他也是成就千古大业的一代英主了。一想到梦寐以求的辉煌，嬴驷就有一股本能的冲动。可是仔细揣摩，总觉得有些虚处。毕竟，嬴驷在磨难之际对秦国境况有过长期的踏勘思索，认定秦国在商鞅变法之后虽然国力大长，但与扫灭六国所应当拥有的实力，还有不小距离。基于这一判断，他确实没有立即奋起与山东六国决战的想法。然则，犀首作为天下名士，绝非轻言冒进之辈，他能提出如此方略，自当有所依据。莫非是当局者迷，自己低估了秦国力量？或者山东六国腐朽透顶，确实已经不堪一击，而秦国君臣却闭锁不知？反复思忖，嬴驷不能决断。

最后，他想出了一个办法：下诏太傅嬴虔、上大夫樗里疾、国尉司马错三人在三日之内，各自上书对犀首方略作出评判。嬴驷之所以不召集朝会议决，是因为将如此经国大策骤然交朝会众议，纷纷扬扬，传到山东六国反而打草惊蛇。万一此策可行，反而教山东六国有备无患，岂非大大轻率？再则，朝会之上，大臣易于受人诱导启发，更有许多臣工量势附和，反而不容易将事情利害说透。单独上书，则上书者必要有深彻思索，且可免去当面相争的诸多顾忌，利害剖陈必然彻底。若三位股肱大臣上书相合，见诸朝会便是一场激励朝野的定策部署，与朝议论争大不相同。嬴驷还有一个心思，就是想留下凭证，测试谁在这迷茫难决的歧路口见事更深透眼光更远大，更可作为秦国未来的真正栋梁。

三日之中，嬴驷忐忑不安。兹事体大，关乎他毕生功业能否登峰造极，实在令他不能闲适以对。虽然他表面上一如既往地沉静稳健，但贴身内侍却从他进食减少、寝枕梦呓、书房长踱中觉察到了他的焦躁，一个个谨小慎微，不敢弄出些微声响，偌大宫廷沉寂得如同幽谷一般。焦急的等待中，嬴驷隐隐约约地希望自己原先的判断有错，希望看到三位大臣异口同声地赞同犀首的宏大方略，自己便能放手一搏，真正统一华夏，成为与夏禹商汤周武齐名的一代圣王。

新君嬴驷的不安没有持续到第三天，一卷书奏先行送到，是太傅嬴虔的上书。

嬴虔的上书很短，主张也很明确：东出函谷关非今日提出，先君孝公已有此图谋；犀首所议，势在必行，无须自疑多议；然后是慷慨请战："臣尚在盛年，思及昔日国耻，每每热血沸腾，愿自领一军，东出函谷关与三晋首战，立我大秦国威！"

嬴驷读罢，觉得不得要领，不禁叹息了一声。公伯嬴虔在三十年前就是秦军猛将，也颇具政事头脑，若非他的坚实支持，公父当初的即位以及后来的变法，都是不可能稳当的。包括自己诛杀商鞅、平定叛乱、肃清世族、站稳根基，如果没有公伯的鼎力支持，同样不可能顺利。然则，公伯就像大多数老秦元勋一样，耿介固执，恩怨分明，任何时候说起与中原诸侯的仇恨，都是咬牙切齿；任何时候说出关作战，都踊跃万分，既不想能不能打胜，更不问打得是不是时候。老秦部族长期奋战自保，做诸侯立国后，又遭遇山东诸侯蔑视而长期挣扎图存，数百年的闭锁奋争传统，使老秦臣工大多养成了褊狭激烈的个性——疏离于天下大势之外，耿耿于秦国苦难之中，但凡对外，人人莫不喊打。公伯的上书也大体上循了这条路子：先君图谋——国耻所在——热血沸腾——坚请一战。

嬴驷的特殊阅历，使他能够清楚看到老秦人的这种缺陷，如此做法，图小霸足矣，图天下差矣。从长远谋划着眼，他所需要的并不是这种盲目喊打的一片呼应，而是高屋建瓴洞悉天下的行动方略，从而决定秦国究竟该不该在这时候大打出手。看来公伯并没有冷静下来。也许，在这件事情上，他永远不可能冷静下来了。

第四日清晨卯时，上大夫樗里疾的书奏送到了，嬴驷立即闭门展卷：

> 臣启国君：犀首之策，大长秦国志气，实堪称道。然臣扪心静思，以为尚有可商榷处：其一，山东六国，其势未衰：齐国实力大增，已取代魏国而成第一强国。魏楚两国实力尚在。赵韩燕三国，大弱之后正图恢复，亦未病入膏肓。其二，秦国实力，只可谓强出任何一国，不可谓以一敌六。若仓促东出，敌国相援，以一敌二尚可，以一敌三则胜算极小。其三，秦国内治尚有诸多难事：人口不足以扩充大军，良田不足以长资军食，新法尚未在陇西、北地及收复之失地生根。大战一起，绵绵无期，倾国之力，能否持久，臣不敢断言。有此者三，大业似当徐徐图之，不可期盼于朝夕之间。至于秦国目下之攻守方略该当如何？臣尚无成算定策，容臣思之而后奏。臣樗里疾上。秦公二年四月初三

“可惜……”嬴驷掩卷叹息了一声。

樗里疾的上书是一面性的，只对犀首方略提出了“商榷”，实际上是从三个方面否定了犀首的“称王东进，统一六国”的方略。这几条清楚明白，切中要害，往出一摆便立即显出了犀首方略的缺陷。以嬴驷对秦国的透彻了解，自然掂出了沉甸甸的分量。应该说，樗里疾的眼光还是

足以胜任治国大任的。

但是，樗里疾却没有提出秦国应该采取的大谋方略，使嬴驷总觉得空荡荡的。如果既不采纳犀首方略，却又拿不出自己的方略，往前走还不是盲人瞎马？嬴驷需要的，也是秦国朝野需要的，是一套能够振作国人激励士气指引大道的兴国方略。譬如在公父时期，商君提出的“变法强国，雪我国耻”，一直激励秦国朝野发奋了二十多年。如今到了一个新生代，国家已强，国耻已雪，自然需要新的目标激励国人，激励自己。若无此急迫，当时犀首只说出了十六个字，嬴驷如何能当殿封他为上卿？樗里疾毕竟久居郡县之职，缺乏对天下大势的鸟瞰洞察，也不能求全责备于他。

又是久久地陷入沉思。嬴驷以为，对司马错的上书也不能期望过高。樗里疾身为一代才士，尚且不能筹划出切实大计；司马错毕竟军人，纵是名将之后，又岂有此等筹划全局之才？看来，此事还得与犀首商议，请他像商君那样：先行将秦国勘察一遍，再重行谋划，也未尝不可……

“禀国君：国尉府呈来司马错上书。”傍晚时分，长史捧着一卷竹简轻步走进书房。

“噢？”嬴驷稍许感到了意外。天已暮黑，三日限期已到，司马错竟有了上书？嬴驷一阵兴奋，要立即看看这个国尉如何说法。内侍挑亮大灯，又在书案顶端放置了一座一尺多高的铜人座灯，书房分外明亮，嬴驷立即打开了竹简：

臣启君上：犀首方略，倚重军争，看似远图，实为近谋。近谋者，必以当下国力为根基。秦国新军尚未扩充，以五万之众欲吞灭天下，难矣哉！秦国元气虽成，然不足以对抗六国之力。以臣确算，欲东出大战，非三十万精兵不能言胜。而扩充军力、训练士卒，非两年不能完成。另则，秦国目下之可耕良田，唯关中近百万亩，余皆山地广漠，无以提供数十万大军长期征战之军粮。故此，犀首之谋，近不可行。

秦国方略，可作两期：前三年预期，后十年动期。三年之内，韬晦猛进，暗拓国土，充实国力，整军经武，是为预期方略。三年之后，大举东出，远图可谋。不积跬步，无以成千里。不思寸功，无以成大业。愿君上冷静思之。臣司马错谨上。秦公二年四月初四

“啪！”嬴驷合上竹简。

“哗——”嬴驷又不自觉地打开竹简。

整整一个时辰，嬴驷一动不动地反复琢磨。终于，他霍然起身道：“备车出宫，国尉府！”

国尉府的后园很是奇特。司马错正在这里忙碌。

四棵大树上挂着八盏风灯，照得树下一片“山川”沟壑分明。司马错手中拿着一支丈杆，凝神绕着这片“山川”踱步鸟瞰，不断用丈杆度量着山头、道路、河流，念出一串串数字，等旁边的一名司马记录完毕，又是一阵沉默审量，时而摇头，时而点头。

从来没有想到自己会做国尉，司马错的梦想，是成为驰骋疆场的一代名将。战国时期的国尉，并不是实际上的三军统帅，而只是处置日常军务的武职大臣。寻常时日，国尉在丞相府节制下要做的是：征召兵员、训练新兵、筹备军资军食、打造兵器装备、统筹要塞防务等，并不领兵打仗；遇有战事，统兵出征的上将军才是真正的军队统帅；国尉府，只是统帅的后方官署而已。按照传统，国家的上将军一职平常是可设可不设的，只在战事来临的时候才选定任命。但进入战国之世，大仗连绵，军争不断，上将军便逐渐成为常设重职，其爵资与统摄国政的丞相同等，足见其地位显赫。初期魏国的吴起和继任的庞涓，便始终是上将军；后来的齐国上将军田忌，燕国上将军乐毅，赵国大将军廉颇与李牧，楚国上将军项燕，秦国的三代上将军白起、王翦、蒙恬等，都是在统兵大战中涌现出的赫赫名将。司马错想做的，正是这样的名将，而不是操持兵政的国尉。

然则，命运却偏偏教他做了国尉。

司马错很是沉默了一段，不想将国尉做得出色，总想给自己统兵出

战留下退路。几次议事，却发现国君并没有将自己当做寻常军政臣子对待，而颇有倚重之意。司马错猛然悟到，自己错了。眼下，秦国统兵出战的资深上将军唯有嬴虔，可嬴虔是老军时期的名将，对如今的步骑野战已经很生疏了，加之闭门十三年足不出户，要胜任新军统帅几乎已经不可能。当此之时，自己必然会成为秦国的统兵将领，然则自己资望尚浅，且没有统兵大战的皇皇军功，骤然授予上将军大任，在素有军争传统的秦国，必然引起非议；国君先授自己爵位较低的国尉之职，既不误事，又无非议，可谓用人独到，自己如何能懈怠军政？

一旦豁然，司马错便开始了对秦国军争大略的深究谋划。

司马错出身兵家，祖上本为齐国的田氏部族。先祖田穰苴，本是春秋时齐景公的名将，百战沙场，军功卓然，封为齐国司马。田穰苴晚年写了一部兵法，传抄传读者皆以习惯的官称冠名，呼为《司马穰苴兵法》[1]。这是春秋时期的第一部兵法，比后来的《孙子兵法》早了数十年。子孙以此扬名，便也姓了司马。后来，司马一族在齐国动荡中沉沦式微，辗转曲折地迁徙到了洛阳王畿，以示对田氏夺政的不满和对天子王室的忠诚。

谁知世事多变，王畿迅速萎缩，司马一族的小城堡在三家分晋后又成了韩、魏争夺的目标。为了避战，司马一族又迁徙到了函谷关外的大河南岸。后来，魏国吞并了秦国的河西地带，司马一族便被魏国官府迁徙到了函谷关内做“镇抚之民”。秦献公时，秦国一度反攻到函谷关，将魏国“镇民”全数迁徙到秦国腹地。司马一族便在渭水南岸定居了。

到司马错出生，司马一族已经是三代秦人了。司马错十九岁应召从戎，加入秦国新军，从骑士做到什长、百夫长、千夫长。在商鞅收复河西的大战中，司马错独领千骑夜袭大河东岸的离石要塞，一举成功，拔掉了魏国在河东的最大根据地；又马不停蹄地长途奔袭函谷关，从魏国手中接收了秦国最重要的隘口要塞，切断了魏国华山大营的退路。商鞅对这位青年千夫长的用兵才能大为惊叹，立即破格晋升司马错为函谷关

[1] 根据今人考证，《司马穰苴兵法》与流传的《武经七书·司马法》不是同一部兵书。

守将。在秦国历史上，镇守函谷关为秦军第一要务，守将历来由公族大将担任。而今，这一重任交付给堪堪三十岁的司马错，足见商鞅对司马错之器重。非但如此，临刑前，商鞅还将司马错郑重推荐给新君嬴驷，终于使这颗将星冉冉升起。

司马错要谋求的，是一条扎实可行的用兵之路。

他的谋兵思路深受先祖兵法影响，最大特点是不“就兵论兵”，而是“据势论兵”。《司马穰苴兵法》共有四篇，分别是《形势篇》、《权谋篇》、《阴阳篇》、《技巧篇》。其中只有《技巧篇》一篇是纯粹论兵，其余三篇都是论述战地用兵之外的广阔基础。这是司马兵家独有的深邃兵谋。司马错从少年时代浸淫于先祖兵法，心无旁骛，思考用兵之路从来与人不同。这次是他第一次担当大任，第一次从一个国家的角度寻求用兵出路，自然对兵事之外的整体形势尤为关注。他的第一举措，是吃透国力。除了国尉府的典籍，他又在上大夫府、长史府作了不厌其烦的查询，对秦国的土地、赋税、人口、国库、生铁、粮食、马匹、兵器等，都一一了然于胸。第一步做完，他立即有了清醒的判断——三年之内，秦国没有同时击败两个战国的能力，也就是没有全面东出争雄的能力。

既然如此，秦国在三年之内应当如何动作？兵事上是否无可作为？

按照寻常思路，全面东出，就要冒以一敌六的风险，如果没有抗御至少三国联兵的实力，就当稳妥采取守势，待实力具备时再鱼跃而出。然则，司马错的过人之处正在这里，他不想教秦国装备精良的五万新军三年无事，空耗大量财货粮食。对于秦国这样方兴未艾的强国，又在刀兵连绵的大争之世，精兵闲置三年是无法忍受的。对于一个名将，三年无战也是无法忍受的。他要谋划一条出路，出奇制胜，打能打之仗，缩短积聚国力的时间。

犀首入秦之前，他的思路已经大体上酝酿成熟。但是他多谋深思，不喜欢在“大体有致”的时候和盘托出。犀首一番慷慨长策，激发了他更加认真地揣摩自己的方略。

别出心裁的司马错，在国尉府后园修造了一大片缩小的秦国边境地形。这种缩小，时人谓之“写放”，也就是以原比例缩小建造，堪称古典仿真地形。写放成就，司马错便整天站在这片“山川”前凝神发怔。国君的君书送到他手里时，他的思路已经到了用兵的细枝末节。直到国君限定的第三天午后，他才开始坐在书案前动笔上书。书简送走，他又来到后园对这些细枝末节做最后的核查。司马错的稳健，正在于清醒冷静，深谙再宏大巧妙的谋兵方略，如果没有细枝末节的精确算计，同样会招致惨败这样的基本道理。

“禀报国尉：国君驾到，已进大门！”一名军吏匆匆走来急报。

司马错一惊，来不及细想，丢下手中丈杆向外迎去，尚未走到后园石门，却见国君只带着一名老内侍迎面走来。

“国尉司马错，参见国君！”

“免礼了。”嬴驷笑着虚扶了一把，“灯火如此明亮，国尉在做灌园叟？”

司马错不惯笑谈，连忙答道：“臣何有此等雅兴？臣正在度量‘山河’。”

“噢？度量山河？”嬴驷大感兴趣，大步走到风灯下，略一端详便惊讶地“啊”了一声，“国尉，这不是秦楚边界么？”

“国君好眼力。这正是秦国商於与楚国汉水地区。”司马错从军吏手中接过丈杆指点着。

嬴驷心中一叹，此地使他饱受磨难，焉得不熟？仔细再看：“西边呢？”

“这一片是巴国，这一片是蜀国，这道横亘的大山是南山。”

嬴驷目光炯炯地盯住司马错：“国尉揣摩这片奇险边地，却是何意？”

“臣想谋划一场秘密战事，可立即着手。”司马错语气很是自信。

“秘密战事？尚能立即着手？”嬴驷不禁大为惊讶。

“君上，臣虽不敢苟同犀首上卿的大战方略。但秦国数万精锐新军，亦当有所作为，不能闲置空耗。为此，臣欲在两年之内谋划两场奇袭，拓我国土，增我人口，充实国力。”司马错显然深深沉浸在既定思虑之中，竟忘记了请国君到正厅叙话。

嬴驷更是专注，盯着一片“山川”头也不抬：“奇袭何处？这里么？”

司马错手中的丈杆指向秦楚交界处：“君上请看，这条河流是楚国汉水，南与江水相距千里。江汉之间，虽是山地连绵，然却温暖湿润，土地肥沃，比我商於郡富庶许多。汉水之南二百三十六里，便是房陵，楚国西部重镇。更要紧者，房陵的房仓储粮三百六十余万斛，几与魏国的敖仓相匹。臣以为，第一战可奇袭房陵，夺过这片宝地。”

“有几成胜算？”嬴驷的声音喑哑了。

“八成。”司马错硬生生咽回了“九成”两个字，坦然道：“其一，房陵与我接壤，用兵便利。楚国向来畏惧魏齐两国，而蔑视秦国，其最大的粮仓，不敢建在毗邻魏国的江淮之间，也不敢建在毗邻齐国的泗水之间，甚至也不敢建在江水下游的江东地带，只因东南的越国虽已成强弩之末，却素来与楚国不和。这房陵地带，僻处两江之间的山谷盆地，与郢都所在的云梦大泽相距仅六百余里，水路运粮很是便利。房陵北面是秦国的商於郡，穷山恶水，多少年来不驻守军马。楚国认为这里最安全，便在这里修建了最大的粮仓。”

嬴驷怦然心动：“家门有大仓，好！再说。”

“其二，房陵守备虚弱，是楚国弱地。”司马错长杆一圈秦楚边界，“天下皆知，秦国的用兵路子历来是东出函谷关。楚国从来没有想过秦国会打到房陵，所以军备松懈之极，房陵只有三两万辎重兵，主要用于协助粮食吐纳，防卫战力很弱。其三，时间对我军极为有利。郢都大军要驰援房陵，山地行军，至少须十日方能到达。旬日空余，对于秦军来说，足以占领房陵所有关隘要塞。其四，楚国援军不足惧。楚国没有新军骑兵，车兵与水军又无法施展，能开到的只有步兵，而楚国的步兵恰恰最弱，战力与秦国锐士不可同日而语。有此四条，臣以为胜算当有八成。”

这一番透彻实在的侃侃论述，嬴驷立即掂出了分量，不禁大喜过望。但他素来深沉，面上却是振奋中不失冷静：“两成不利，却在何处？”

“举凡战事，皆有利弊两端。”司马错的丈杆又指向了那片连绵山川：“其一，山地不利于骑兵驰骋，须得步兵长途奔袭；若遇急风暴雨、山洪暴发等紧急险情，我军兵员可能锐减。其二，奇袭贵在出其不意，若有泄密，大为不利。”

一言提醒了本来就很机警的嬴驷，笑着拉住司马错的手：“还是到厅中说话，墙太薄。”

司马错恍然道："臣粗疏无礼，君上恕罪。"趁着拱手作礼很自然地抽出了手，恭敬地将嬴驷让在前边，"君上请。"

来到正厅，嬴驷坚持教司马错与自己一案对坐，灯下咫尺，促膝相谈，直到雄鸡高唱东方发白，犹自意兴未尽。司马错又详述了第二场奇袭战，目标是巴蜀两个邦国，方略是夺得楚国房陵后就地屯兵休养并训练山地战法，一旦准备妥当，立即轻兵奔袭。嬴驷本来不谙兵事，但他素来细心多思，一连串提出了十多个具体困难，询问司马错如何解决。司马错虽然谋划缜密，还是对国君的细致入微深感惊讶，便一一对巴蜀国情、巴蜀地形、道路选择、兵士装备、粮草供应、作战方式、双方兵力战力对比、占领后如何治理等，作了详尽回答。嬴驷听得极为认真，很少插话，更没有点头摇头之类的可否表示。

"此两战若开，需要多少兵力？"这是嬴驷的最后一问。

司马错知道国君的担心所在，明白答道："两场奔袭战，臣当亲自为将，只需两万步兵锐士足矣。新军三万铁骑，分驻函谷关、武关、大散关，只做相机策应，重在防备北地胡人南下掳掠。至于山东六国，臣以为彼等自顾不暇，两三年内决然无力觊觎秦国。"

嬴驷一阵大笑，登上轺车辚辚去了。

三日后，嬴驷在咸阳大殿朝会上宣布：国尉司马错巡查关隘防务时日较长，离都期间，国尉府公务交由上大夫樗里疾一并署理。国中大臣，谁也没有在意这个变动。国尉视察防务，本来就是分内职责所在，况乎秦国收复河西之地后也确实需要大大整肃各个要塞隘口，自然需要花费时日，岂能朝夕就了？

犀首却觉察到了此中微妙，心中大是不安。

他来秦国，献上的是"称王图霸，统一天下"的大计。按此大计方略，秦国应扩整大军准备东出，才是目下急务。而扩整大军，正是国尉职责所在，是国尉最不能离所的重大时刻；而今国尉却突然去视察"防务"，实在莫名其妙。视察关隘防务虽说也是正常，然则此举此时与"霸统"大计南辕北辙，却是极不正常。莫非秦国要采取守势，抛弃他的"霸统"大计？否则，如何解释司马错的作为？

司马错新贵失势，受了国君冷落被变相贬黜？不可能。如果那样，上大夫樗里疾或者自己，总应有一人担负扩整大军的重任。最重要的人物突然离都，做的又是与“霸统”大计毫无关联的事，“霸统”所急需的大计筹划也泥牛入海……种种迹象，还能说明何事？

心念及此，犀首大大的不是滋味儿。身为天下名士，谋划之功历来都是功业人生的根基。谋划落空，一切皆空。若秦国不用自己的“霸统”大计，自己在秦国就是寸功皆无，自然也就黯然失色，还有何面目居于上卿高位？像他这样赫赫大名的策士，又奉行杨朱学派的“利己不损人”准则，素来讲究“无功不受禄，受之则无愧”，若大计不被采纳，留在秦国必然令天下人耻笑；若厚着脸皮留在秦国，一刀一枪地苦挣功劳，也只能是大失其长……想想还不如早日离去，免得自取其辱。

可是，秦公的真实意图究竟如何？毕竟还没有水落石出，匆忙离去，似乎又大显浮躁。反复思忖，犀首决意晋见国君，而后再决定行止。犀首历来是名士做派，洒脱不拘细行。此时进宫，不坐那气度巍巍的青铜轺车，却是快马一鞭，径直飞驰咸阳宫。

嬴驷正在湖边练剑，听得犀首请见，立即收剑迎了出来。尚未走出湖边草地，高冠大袖的犀首已经快步而来，迎面一躬：“臣犀首，参见秦公。”

“上卿何须多礼？来，请到这厢落座。”

绿油油的草地中央，有光滑的青石长案和铺好的草席，旁边的木架上挂着嬴驷的黑色斗篷和一柄铜鞘长剑，石案上摆着一只很大的陶盆和两只陶碗。来到石案前，嬴驷笑道：“上卿可愿品尝我的凉茶？”犀首心思一动道：“一国之君，如此粗简，臣钦佩之至。”嬴驷大笑摇头：“积习陋俗，与君道无干，上卿谬奖了。”说着拿起陶盆中的长柄木勺，将两只陶碗打满红绿色的茶水，“来，共饮一碗。”

国君如此平易如友，犀首自然也不便恪守名士做派，不待国君动手，双手捧起一碗递上：“秦公请。”又自己端起一碗，一气饮下。茶水入口，但觉冰凉清冽微苦微甜，胸中闷热的暑气一扫而去。

犀首不禁大为赞叹：“好茶！臣请再饮三碗。”

嬴驷爽朗大笑："此茶能得上卿赏识，也算见了天日。来，多多益善！"说着又亲自用木勺为犀首打茶。

连饮三碗，犀首笑道："谢过秦公，臣有一请。"

"噢？"嬴驷以为犀首要谈正题，敛笑点头，"上卿但讲。"

"请秦公赐臣凉茶炮制之法。"犀首肃然一躬。

嬴驷不禁莞尔道："此等凉茶，本是商於山民田中劳作的解渴之物。原本以茶梗与粗茶叶入水，大锅混煮片刻，注满陶罐，放置于阴凉石洞；次日正午，由送饭女子连同饭箩挑到田头，供农夫饮用。上卿欲长饮之，不怕落人笑柄？"

"秦公已为天下先，臣本布衣，何惧人笑？"

"说得好！"嬴驷双掌一拍，对走来的老内侍吩咐道，"将煮制凉茶的家什并一担粗茶，即刻送到上卿府。"

"谢过秦公，臣今夏好过矣！"犀首拱手称谢，着实高兴。

"可本公的夏天，却是大大的不好过。"嬴驷的揶揄笑意中颇有几分亲切。

"秦公何难？臣当一力排遣。"犀首本就洒脱，此时更是豪爽。

嬴驷开始就注意到犀首一直称他为"秦公"，而不是秦国臣子惯常用的"国君"或"君上"。战国以来，臣子对国君的称谓本无定制，只要表示景仰之意，君臣朝野谁也不会计较。但如犀首这般，按照王制诸侯的规格生生称为"秦公"的，确实不多。依据周礼分封制，诸侯封国分为三等：公国，国君称"公"；侯国，国君称"侯"；伯国，国君称"伯"。其余领有五十里以下土地的爵位，如"子"、"男"等，不足以成为邦国诸侯，自然不在诸侯序列。春秋时代，这种等级称呼还算流行，是公就称公，是侯就称侯，是伯就称伯，尤其是使节觐见异国之君，这种称谓必须顾及。然进入战国以后，邦国等级大乱，楚、魏、齐三国已经自称王国，国君的称谓等级也就名存实亡了。其间微妙的变化，是各国臣子对自己的国君也不再明确地以老规格称呼，而模糊地变为"君上"或"国君"这样的事实称号。这种变化的实际内涵，是给本国国格的"晋级"留下广阔的余地，而不再自我拘泥于"公"或"侯"。

当此之时，犀首这般连国号（秦）带爵号（公）一齐称谓，便极为罕见了。

嬴驷何等机敏，自然不会忽视这个经常出口的称谓礼节。他明白，这是犀首在提醒他，秦国还是个二等战国，应该称王晋级，图霸统大业。今日犀首匆匆而来，虽并未急于切入正题，但一有机会就呼出“秦公”二字，其意不言自明。

嬴驷对犀首的个性做过一番揣摩，知道他自尊过甚，对国君的待贤礼遇极为看重，喜欢国君移樽就教，而绝不会急迫地献策并敦促国君实施。要正题深谈，就要自己主动。因为在犀首看来，入国主动献策已经在先，剩下的就是国君明断，他只要觉得自己探清了国君之“断”，无论结果如何，都不会纠缠。

作为国君，嬴驷也不想在此等大事上模糊，犀首一问，他就势说开：“上卿方略，甚是宏大，然秦国之军力、国力仓促间不能匹配。嬴驷苦思无解，岂不大大难过？”

“秦公之难若在此处，臣以为不难。”犀首的双眸骤然发亮。

“上卿教我。”嬴驷座中深深一躬。

“举凡霸统大业，必有准备期间，任谁不能一蹴而就。此谓预则立，不预则废，其要害在于决断。早断早预，迟断迟预，不断不预。依臣之见，秦国可在一年之内做好一切预备。其一，秦国人口已与齐国大体相当。加之秦国民气高涨，半年之内征集十五万大军并非难事。再有半年训练，二十万锐士指日可成；其二，秦国民众富庶，国库盈满，已直追魏齐两国，军资粮草兵器的筹集，亦在举手之间；其三，秦国有北地郡与胡地相接，又有陇西草原河谷，战马来源大大优于中原，一年内建成十万铁骑，应不是难事；其四，国尉司马错乃兵家名将之后，臣已详知其在河西之战中的用兵才能，堪为秦国统兵上将；其五，秦国上下同欲，君明臣良，如臂使指，列国无可比拟！有此五条，霸统大业，何难之有？”犀首一口气说了五条，目光炯炯地看着国君。

“上卿所言甚是，秦国必得一番认真准备。”嬴驷明明朗朗地肯定了犀首的主张，话锋一转，“然则，这准备一年不行，可能要三年，甚或五年。”看着犀首惊讶的目光，嬴驷微笑道，“上卿姑且听嬴驷算算大账，可否？”

“臣洗耳恭听。”犀首倒真想听听国君的盘算。

“其一，扩军在于人口。就总数而言，秦国人口目下与齐国相当，大体不到八百万，青壮男丁当在七八十万左右。按照三丁抽一的成法，可成军二十余万。上卿肯定也是如此计算。然则，秦国人口分布与中原战国大有不同，有三处人口不能征兵：一、北地郡与胡地接壤，素来是国府不驻军，而由庶民结兵抵御，若在北地征兵，无异于自毁长城。二、陇西戎狄部族不能征兵。陇西有近百万游牧族人，悍勇善战，是秦国抵御西部匈奴的天然屏障。西部匈奴飘忽无定，隐藏在天际云海，往往在毫无征兆的情势下遮天蔽日地压来，唯戎狄这样的马上部族可针锋相对，其兵员战力不能削弱。三、新收复的河西之地不能征兵。公父、商君与河西父老有约：十年之内唯变法，不征赋税不征兵。而今河西收复刚刚五年，国府何能食言自肥？除此三地之外，商於十三县穷山恶水，历来减征减赋，也要大打折扣。如此一来，所余兵员之地，唯有关中腹地的老秦部族。老秦人众将近四百万，青壮男丁四十万左右。关中农耕为秦国之本，不能三丁抽一，只能四丁抽一。如此折算，大体可征兵十万左右。即或不将原有的五万新军记在征兵之内，也只能得兵十五万。要大出山东，却是差强人意。上卿以为然否？”

犀首凝神倾听，不禁对这位秦国新君生出了一股朦胧敬意。他在列国做官数十年，接触的国君各式皆有，也不乏勤奋明君，但只要谈及国情国事，大都不甚了了。即或是天下公认的强悍君主魏惠王与齐威王，也是无丞相不谈国情，如秦公嬴驷这般对国情数字随手拈来，如数家珍般的清晰，天下绝无仅有。

“犀首愿闻其二。”犀首绝非知难而退的寻常之辈，他要彻底弄清国君的打算。

“秦国府库尚需充实，然军辎粮草并无上卿估测的那般殷实充盈。”嬴驷饮了一碗凉茶，喟然一叹，“公父与商君变法二十三年，国府始终不曾加征加赋。秦国庶民死保新法，根源正在于此。府库所增收的财货五谷，全因了赋税来源大有扩展，而非提高税率。譬如隶农二十万户，全部变为独立缴纳赋税的平民户，府库收入自然增加。直到今日，秦国的赋税额大体还是以先祖简公‘初租禾’时的征发为底数。这在秦国叫‘变法不变赋’，然却从来不对天下昌明，上卿晓得么？”

“臣不知此情。”犀首第一次听说秦国实际的赋税征收法，确实感到惊讶。中原各国与天下士流，都想当然地认为秦国变法是“苛政虐法”，是“横征暴敛”，否则何以兴建新都、训练新军、收复河西、一朝富强？谁能想到，商鞅变法竟真正将富庶给予民众，国府只依靠扩展税源来增加收入。仔细咀嚼，如此简单的国策中大有奥秘。非但使庶民死保新法，而且依靠这种保法激情，化解了各种变法阻力。犀首也曾经是密切关注秦国变法的名士，当初无论如何都想不通，商鞅如何能使愚昧蛮荒的老秦人在短短几年间移风易俗归化文明？那时天下众口一词——如无暴政威逼，断然不能使老秦人有此骤变！如今想来，个中奥妙竟是如此简单——国让利于民，民忠心于国。此等大手笔，非治国巨匠，何能为之？

嬴驷见犀首愣怔沉思，以为这个以精明著称的大策士不相信他的剖陈，坦率笑道：“上卿以为本公是托词搪塞么？”

“秦公何得此言？”犀首拱手笑道，“臣在揣摩‘利心互换’的治国大法，无得有他。”

“无愧杨朱传人，上卿竟将商君治国概括为‘利心互换’，匪夷所思也！”嬴驷的笑声中不无揶揄。

“秦公明察。”犀首坦然笑对，“天下之要，一则利，一则心。孤臣能死国难，无非国君以高官厚禄换之；士为知己者死，无非知己者以利换之。鲍叔牙当年不慷慨，何来管仲之高义？周厉王若不专利，何得失国出走，而致‘共和执政’？轻利者必得大义，专利者必失人心。大哉孝公！大哉商君！此乃臣之心得也。”

“一家之言，一家之言。”嬴驷不禁大笑，觉得犀首这番话泥沙俱下鱼龙混杂，硬生生将原本要说的“有失偏颇”咽了回去，却也不便于一概褒奖。

笑得一阵，犀首正色拱手道：“秦公所思，犀首尽知。臣告辞。”

嬴驷一怔："上卿何得匆忙？正要共商长策。"

"秦公定策在胸，何用犀首多言。"说完，大袖飘飘而去。

次日傍晚，老内侍禀报："上卿府总管来报，上卿封印离都，留下一卷书简。"

嬴驷打开竹简，寥寥数行，尽行入目：

> 秦公明察：无功不居国。犀首言尽事了，耽延无益，自当另谋他国。秦国机密，自当永守，以报公三月知遇之恩。犀首昨闻洛阳名士苏秦已入咸阳，或可有奇谋良策，公当留意。犀首拜辞。

嬴驷看罢，不禁一阵怅然。一策不纳，飘然辞去，犀首未免太过自尊也。但设身处地仔细一想，如此秉性的特立独行之士，要他无功居于高位，无异折辱其志节；强留别扭，不如顺其自然，日后也是一个长情。

拿起书简再看，嬴驷方注意到"洛阳名士苏秦已入咸阳，或可有奇谋良策，公当留意"这句话，不禁精神一振。想起犀首初到时曾经说起苏秦、张仪二人，思忖一阵，嬴驷吩咐老内侍："秘查洛阳苏秦行止，着速报来。"

二　关西有大都

仲夏，苏秦终于到咸阳了。

夕阳下的咸阳城郭，分外壮丽动人，背靠莽莽苍苍的北阪，南面滚滚滔滔的渭水，一道白色石桥披着金红色的霞光横亘水面，恰似长虹卧波，旌旗招展的巍峨城楼，与青苍苍的南山遥遥相望，气势分外宏大。苏秦驻车观望良久，一时大为感慨——人言金城汤池，天下非咸阳莫属也。

驾车上得长桥，却见桥面两道粗大的黑线划开了路面，车马居中，行人两侧，井然有序地在各自道中流向城内。放眼看去，十里城墙的垛口上挂满了风灯，暮黑点亮，宛如一条灯火长龙，照得城下一片通明，俨然一座不夜城。但最令苏秦惊讶的，是咸阳城门没有吊桥，渭水大桥直通垂柳掩映的宽阔官道而直抵城门。城门下也没有守军，而只有两排带剑门吏在接应公事车马。寻常行人无须盘查，径自入城，在战国之世，直是匪夷所思。

进得城中，正是华灯初上。但见宽阔的街道两边，每隔十数步一棵大树，浓阴夹道，清爽异常。所有的官署、民居、店铺，都隐在树后的石板道上，街中车马通畅无阻。但最令苏秦感到意外的，还是咸阳的整洁干净——车马辚辚，满街不见马粪牛屎。炊烟袅袅，道边无一摊弃灰堆积。偌大都市，弥漫出的草木清新之气，令人心气大爽。

在中原士子眼里，而今天下大都，莫如大梁、临淄、安邑、洛阳四大城。洛阳不必说，大则大矣，其衰老破旧与萧条凋敝早已不堪为人道了。安邑乃魏国旧都，繁华锦绣有之，然则终是要塞扩展，其格局狭小重叠，却是任谁也不敢恭维。大梁新都，王城铺排得极有气势，其繁华商市堪称天下第一，但街市混乱，常见杂物草灰随处堆积，脚下亦常遇马粪牛屎，大是令人尴尬。临淄鹊起数十年，齐市已经号称“天下第一大市”，其市面之繁华拥挤，曾令苏秦惊叹不已。他游齐归来曾对老师说：齐市之人海可“联袂成帏，挥汗如雨”。老师被苏秦的绘声绘色引得大笑不止。但是，临淄除了稷下学宫与王城有树林掩映颇为肃穆外，街市却是狭窄弯曲，全无树木，花草更是极少；冬春两季，光秃秃的街巷常有风沙大作；夏秋暑日，烈日暴晒下难觅一处遮阴，虽时有海风，也教人燠热难耐。

相比之下，咸阳简直是无可挑剔。地处形胜，气候宜人，肃穆整洁，繁华有致，一派大国气象。山东士子都说秦人愚昧肮脏，睡火炕熏得大牙焦黄，脏衣服上虱子乱窜，街道上牛屎遍地。临行时，大嫂还特意给苏秦塞了一包草药末，笑着叮咛他：与秦人见面时，药末要撒在领袖上，防备秦人的虱子满身爬过来。可置身咸阳街市，行人整洁，街巷干净，比山东六国的大都会清新多了。刹那之间，苏秦实实在在感觉到了这个西部战国的天翻地覆，仿佛看到了一座大山正在大海中蒸腾鼓涌，正崛起于万里狂涛。

“先生，住店么？街边不能停车。”

苏秦回头，见一个中年女子站在身后，长发黑衣，满脸笑意盈盈。

苏秦恍然拱手：“敢问大姐，这是何街？距宫城多远？”

“长阳街。端走到头，东拐一箭，便是宫城，近得很。”女人比划笑答。

“如此，我住在你店了。”苏秦爽快答应。

“小店荣幸。先生站开，我来赶车。”女人从苏秦手里接过马缰，熟练地“吁”了一声，将马缰一抖，轺车左靠，拐向了大树后人行道的一座木门。女人一个清脆的响鞭，两扇木门咯吱拉开，轺车轻快地驶了进去。女人返身出来笑道：“先生请从这厢进店。车上行装自有人送到房内，不用操心。”一边说，一边领着苏秦走到客栈正门。

苏秦方才在端详街市，没有看到这家客栈，及近打量，见客栈门前风灯上大字分明——栎阳客寓。街灯照耀下，可见三开间大门敞开，迎面一道影壁却遮住了门外视线。门口肃立着两个黑衣仆人，恭敬地向客人一躬。

苏秦恍然道：“这是栎阳老秦人开的客栈？”

女子笑吟吟道：“先生有眼力。这客栈正是栎阳老店，与国府一道迁过来的。”

苏秦点头笑道：“如此门面的客栈，在大梁、临淄也不为寒酸。”

女子淡淡一笑：“秦人老实，不重门面。先生且请进去，看实受的。”

绕过影壁，便是一个大庭院，两排垂柳，一片竹林，夹着几个石案石礅，很是简朴幽静。从竹林边的鹅卵石小道穿过，迎面两扇没有门扇的青石大门，门口风灯高悬，每座门口都端端正正站着两个少女。左首风灯上大书“无忧园”，右首风灯上大书“天乐堂”。

苏秦止步笑问：“这无忧、天乐，是何讲究？”

女子笑答：“无忧园是客官居所，高枕无忧嘛。天乐堂是饮宴进食处。哪个夫子说的？民以食为天嘛。”

苏秦不禁大笑赞叹：“好！尽有出典，难得！此等格局，在中原与国府驿馆不相上下。在咸阳，定然是首屈一指了？”

女子咯咯咯笑个不停：“先生谬奖，我这客栈连第十位都排不到，敢首屈一指？”

“噢？第一谁家啊？”苏秦不禁大为惊讶。

女子道：“自然是渭风古寓了。魏国白氏在栎阳的老店，搬来咸阳，让秦人买了过来。一日十金，先生若想住，我领你过去。”

“一日十金？”苏秦内心惊疑，嘴上却笑道，“秦人做商来得奇，给别家送客人？”

“量体裁衣，唯愿客官满意了。”女子明朗笑道，“渭风古寓多住商贾，我这栎阳客寓多住士子。我看先生轺车清贵古雅，定是游学士子初来咸阳，不然，不敢相请呢。”

苏秦看着朦胧灯影里的这个商贾女子，对她的精明大起好感，拱手道：“多承夫人指点，我就住在这里了，只是日期不能确定。”

“哟，甚个夫人，不敢当，还是叫我大姐好。”女人亲切的口吻像家人亲朋一般，“要甚定期？出得远门，由事不由人。先生请。”

进得无忧园里，苏秦又一次感到了一种新颖别致。中原大城的一流客栈，寻常都是厅房连绵，修葺得富丽堂皇，根本不可能有空地山水。这里却是大大的一片庭院，树林草地中掩映着一幢幢房屋，夜晚看来，灯光点点，人声隐隐，好似一片幽静的河谷。恍惚间，苏秦好像回到了洛阳郊野的苏氏别庄，倍感亲切。女子将他领到了一座竹林环绕的房屋前，苏秦借着屋前风灯，看见门厅正中大书三字“修节居”，不禁大为赞叹：“修节明志，好个居处。”

女子看苏秦高兴，嫣然一笑道：“春上住得一个先生，他取的名字。”

“噢？此人高姓大名？”

“名字很怪，好像是……对了，犀牛？不对，犀——首。”

“犀首？”苏秦颇为惊讶，“姓公孙？魏国人？”

女子歉意地摇摇头：“我再想想。”

苏秦笑了：“不用，你想不起来，他没说过。”说着进了门厅。女子灵巧地绕到了前边高声道："鲸三，接客官了。"话音落点，一个朴实整洁的少年挑着风灯从屋内走出，向苏秦一个大躬道："鲸三侍奉先生。请。"女子利落吩咐道："你且侍奉先生入住。我去教人送先生行李过来。"待少年答应一声，女子又向苏秦一笑，"先生好生安顿，我先去了。"一溜碎步摇曳而去。

这座独立的房子三间两进，颇为宽敞。中间过厅分开，形成两个居住区间。少年将苏秦领到东首区间打开门，毕恭毕敬道："先生看看中意否？不中意可换房。"苏秦原没打算换房，然少年一说之下，倒也想看看这犀首住过的"修节居"究竟如何？抬眼打量，只见进门一间大客厅，红毡铺地，陈设整洁。最令人满意的是东面墙上开了两面大窗，窗棂用白细布绷钉得极为平整，白日一定敞亮非常。客厅东南角有一道黑色木屏，绕进去是一间精致的小书房。两面都是乌木书架，很是高大坚固。长大的书案上除了常备的笔墨砚，还有刻刀与一箱单片竹简。绕过屋角木屏，便是寝室。中间一张极大的卧榻上吊着一顶本色麻纱帐幔，四周墙壁用白土刷得平整瓷实，更显屋中洁白明亮纤尘不染。

"噢？为何只有寝室做成白墙？"苏秦问。

"回先生，寝室图静，没有窗户，白墙有亮色。"少年恭敬回答。

苏秦点头，暗自佩服主人的细心周全，正要举步走出，少年却道："先生，还有一进。"

"还有一进？"苏秦不禁困惑，天下客栈住房，最华贵的也就是厅堂、书房、寝室，所不同者大小文野而已，这里竟还有一进，能做何用？再说，满墙洁白，也没有门，如何能还有一进？该不是少年懵懂，误将后院也当做一进了。苏秦疑惑间，少年一推屋角，白墙竟自动开了一道小门。少年站在门口恭敬道："先生，里边是沐浴室与茅厕间，为防水汽进入寝室，这里装了一道假墙，一推即开，方便呢。"

"茅厕间？！"苏秦更是惊讶，茅厕间哪有安在房内之理？看来，秦人的蛮荒习俗还是没有尽扫。刹那之间，仿佛恍然窥见了野狐尾巴，苏秦几乎哑然失笑。想了想，还是进去看看再说，不能忍受就立即搬走。进得屋内，却见很是敞亮，几乎有两个书房大，三面墙上均有大窗，却装得很高。房中微风习习，丝毫没有寻常茅厕间的刺鼻异味儿，想来白天也一定敞亮干爽。

“窗户如此之高，却是为何？”苏秦仰视问道。

“先生……”少年憨厚地笑着，有点儿窘迫。

苏秦恍然大笑：“啊，沐浴如厕，自要高窗。小哥见笑了。”

“不敢。”少年恢复了恭敬神态，“先生，这厢是沐浴室，我每晚会送热水来。”

屋中用黑色石板隔成了两部分。进门大半间是沐浴室，墙壁地面全部用黑色石板砌铺，中间一个箍着两道铁圈的硕大木盆，木盆中还有一条横搭的木板与一只长柄木瓢。苏秦一看即知，这是制作极为讲究的大梁浴盆。如此看来，另外小半就是厕间了。苏秦小心翼翼地绕过高于人头的石板，眼前豁然一亮——原来，墙上挂着一盏昼夜明亮的大大的风灯。地面是明亮如铜镜般的黑色石板，墙面却是木板到顶；靠外墙一面，立着一个一尺多高的方形石瓮，瓮中满当当清水；瓮旁一方小小石案，案上木盘中一摞折叠好的柔软布头；石瓮石案旁边的地面上扣着一个鼓面大小的凸形“木板”。除此而外，别无长物，只能听见隐隐约约的水流声。

“这？是茅厕间？”苏秦有些茫然，如此干净整洁的屋子，却到何处如厕？

“先生请看——”少年俯身将凸板揭开，隐约的水声立即清晰可闻，“这里是如厕处，完后盖上即可。”少年又指着石瓮石案，“这里清洗，这些软布头用来擦拭。”

苏秦俯身盯着如厕处，只见黝黑中水波闪亮，怔怔问：“这水何处来？竟无恶臭？”

“回先生，这是咸阳建城时引入的渭水。陶管埋在地下，流经宫城、官署、官市、作坊与大店的地下，流出城外便引入农田，不再回流渭水。水流从高往低，很大很急，任何秽物都积存不住，没有腐臭气息。”少年一如既往地恭敬。

苏秦听得愣怔半日，慨然一叹：“好！住这里，很中意了。”

少年高兴了："多谢先生。送饭来？还是到天乐堂自用？"

"我自去天乐堂，看看秦风。"苏秦笑了。

"如此我去挑担热水，先生沐浴后再去不迟，夜市热闹。"少年轻快地出去了。

犀首好动，用过晚饭左右无事，换了一身布衣出得上卿府，向咸阳街市漫步而来。

咸阳夜市颇为特异，与中原大城不同，街市冷清如常，而客寓酒店热闹非凡。这是因为秦人勤奋俭朴，加之法令限酒，一到夜间，除了确实需要购物者匆匆上街外，大多庶民工匠都是早早安歇，预备黎明即起操持百业。但是，秦国对外国客商与入咸阳办事的本国外地人却不限酒。所以，每逢入夜华灯初上，外国客商、游学士子、外地游人客商及来咸阳办理公务的吏员等，便聚在了各个酒店客寓，尽情地饮酒交游。

犀首出来，是想找个酒肆小酌一番，消消胸中块垒。

午间晋见秦公后，他已经明确无误地知道了秦国不会采用他的"霸统"方略，心反而定了下来。从加冠之年，他开始周游列国，先后在大小十三个诸侯国做过官，最长的在楚国三年多，最短的在宋国大约只有半年。辞官的原因虽各不相同，但最主要的起因，还是官高无事的尴尬。他精明过人，又加办事认真，总能在极短的时间内毫不费力地将管辖事务处置得精当无误，同僚们总是对他赞不绝口，国君也总是时常褒奖，谁与他都一团和气，议爵时也都众口一词地荐举他，人望口碑一片蒸腾。然则，奇怪的是，无论他的爵位多高，却怎么也掌不了实权，做的尽是些少傅、太傅、少师、太师、太史丞、太庙令之类的"望职"。谁都知道，他的长处在兵家在权谋在治国治民，可上将军、丞相、上大夫、令尹、大司土一类的实权重职，偏是轮不到他，结果总是不堪无聊，挂冠辞国。

这次入秦，是犀首最为认真的一次谋划。可是，秦公当场拜他做上卿时，他心中却不自觉地咯噔了一下，一种不祥之感立即在心头隐约弥漫。上卿一职，在春秋时期颇为显赫，像晋国的上卿赵盾，本身就是相国（丞相）。但在战国之世，权力结构相对稳定也相对简化，国君、丞相、上将军三权鼎立治国，上卿早已经变成了虚职。秦国素与中原隔膜，官职名号与中原大不相同，一是庶长治国（大庶长、左庶长、右庶长），大夫辅助（上大夫、中大夫、下大夫）；二是没有虚职，太师、太傅、上卿等统统没有。自从秦孝公与商鞅变法，秦国的官制才开始向中原靠拢，逐渐推行了“君——相——将”三权共治，官员设置的怪诞名称也渐渐淡出。对于秦国的这些历史沿革，犀首很是清楚。而今，秦公陡然封自己一个例无执掌的“上卿”，显然是灵机所动当场周旋而已。及至秦公搁置“霸统”，诉说困境，犀首已经明白，自己若要在秦国长居任官，前景依旧是高爵无事。

时也？命也？蓦然之间，犀首生出了一种浓厚的天命感——一个立志掌权任事的策士，却无论如何不能摆脱无聊的富贵，岂非造化弄人？一番思忖，犀首笑了。他想起了孔老夫子周游列国不得志时的自嘲：“饱食终日，无所用心，不若博弈乎？”孔夫子不失乐天知命的豁达，求官不成便下棋、编《诗》、揣摩《周易》、教导弟子，倒也忙得不亦乐乎。可自己呢，如何了此一生？

“先生！你还记得小店？”一声清脆惊喜的问话，一个长裙女子当道一躬。

漫步之间，犀首不自觉地来到了住过的栎阳客寓前，竟又遇上了热情可人的女店主，他恍然大笑：“好好好，正要旧地重游，痛饮一番。”

“刚刚进得一车安邑烈酒，先生请。”女人高兴极了。

栎阳客寓的天乐堂，实际上是间很讲究的食店。大厅呈东西长方形，南北两面没有墙而只有红色圆柱，形成两道宽敞的柱廊；靠南一面临着庭院大池，碧波粼粼；靠北一面临着一片竹林，婆娑摇曳；木屏将很大的厅堂分割成了若干个幽静的座间，每间座案或两三张或五六张不等，但却都恰到好处地临竹临水，各擅胜场；晚来柱廊上挂满红灯，每个座间外面还各有两盏写着名号的铜人风灯，明亮璀璨，整洁高雅；大部分座间都有客人，谈笑声隐约相闻，丝毫不显得喧闹嘈杂。

犀首对这里很熟，信步而来，走到临池的一间：“好，还是这‘羡鱼亭’。”

女子一路跟来，笑道：“这名字是先生取的，先生准到这里。翠子，侍奉先生。”

一个女侍飘然而来，蹲身一礼笑问：“先生，老三式不变么？”

犀首不禁大笑：“然也！安邑老酒、栎阳肥羊、秦地苦菜。”

“这名号取得不好。”一个冷冷的声音从角落传来。

“噢？”犀首惊讶打量，才发现座间还有一人，坐在靠近木屏的案前，红衣散发，自斟自饮，颇为悠闲。

“哟，是先生！”女店主惊喜地笑了，“先生，这位先生今日住进，就在修节居。先生，这位先生就是原先那位先生，两位先生……”

犀首没有理会女店主的绕口辞，盯住红衣人淡淡道：“足下之意，当取何名？”

“结网亭。”红衣人淡淡回答。

“结网？”犀首心念一闪，肃然拱手，“先生何意？”

“临渊羡鱼，何如退而结网。”红衣人也拱手一礼。

“好！临渊羡鱼，何如退而结网。先生高我一层。”

女店主看这两位开始都大有傲气，骤然之间又礼敬有加，左右相顾恍然笑道：“哟！两位先生都喜欢打鱼，没说的，明日我出小船，渭水湾，一网打十几斤鱼！”

一语未毕，犀首与红衣人同声大笑。笑得女店主也高兴起来：“一言为定，明日打鱼！”犀首笑得大喘气道：“此鱼，不是彼鱼也。将这两案合起来，我与这位先生共饮。”

“也是。共舟打鱼，同案饮酒，忒对窍。”女店主也没叫女侍，一边说一边亲自动手，快捷利落地将两张酒案拼起。方才侍奉的女侍也正好捧盘而来，摆好了酒菜，女侍跪坐一旁开桶斟酒。

“二位先生，慢饮了。”女店主笑着一礼，径自去了。

“请教先生，高名上姓？”犀首待酒爵斟满，肃然一拱。

“不敢当，在下洛阳苏秦。”红衣人恭敬地拱手作答。

“苏秦？”犀首不禁大笑，“好！真道人生何处不相逢，我乃魏国犀首。”

“先生进堂，在下一望便知，否则何敢唐突？”苏秦也同样兴奋。

“噢，你知道我是犀首？看来，你我聚首竟是天意，来，干此一爵！”

苏秦连忙摇手：“我饮不得安邑烈酒，还是用这兰陵酒，醇厚。”

“也罢，君子所好不同也。来，干！”“咣当”一声，铜爵相撞，两人一饮而尽。

苏秦置爵笑道：“公孙兄弃楚入秦，气象大是不同。苏秦当敬兄一爵，聊表贺意。”说罢从女侍手中接过木勺，打满两人酒爵，“来，苏秦先饮为敬！”

犀首摇摇头，却又毫无推辞地举爵一饮而尽，置爵慨然道：“苏兄莫非入秦献策？”

“正是。”苏秦坦然点头。

“不怕犀首先入，你已无策可说？”犀首目光炯炯。

“同殿两策，正可分高下文野，求之不得，何惧之有？”苏秦微笑地迎着犀首目光。

“好！”犀首哈哈大笑，“苏秦果然不同凡响，看来必是胸有奇货也。”又突然收敛笑容，低声正色问，“苏秦兄，可知我所献何策？”

苏秦悠然一笑：“称王图霸，岂有他哉？”

“你？从何处知晓？”犀首不禁惊讶。

“秦国强盛，但凡有识之士必出此策，何用揣测探听？”

此话表面轻描淡写，实则傲气十足，犀首岂能没有觉察。但是，此刻他的心境已大有变化，非但不以为忤，反倒觉得苏秦直率可亲，乐哈哈笑道：“如此长策，苏秦兄却看得雕虫小技一般，犀首佩服。然则，苏兄可知，秦公之情如何？”

“束之高阁，敬而远之。”

犀首倏然一惊。这一下，可是当真对面前这个素闻其名而不知其人的年轻策士刮目相看了。大事知其一易，知其二难，苏秦既能料到他的献策，又能料到秦公的态度，足见他对秦国揣摩之透，也足见自己献策之平庸无奇。刹那之间，犀首心头一闪，觉得与苏秦邂逅相遇，似是上天对他的命运的一个警示——若再沉溺策士生涯，必将身败名裂。心念电闪，拱手微笑道："犀首辞秦，指日可待，原不足为虑。然则，苏兄入秦，却是何策？可否见告？"

"无得新策，有新说。"苏秦自信地回答。

"如何？"犀首先是一惊，继而大笑，"你仍能以王霸之策，说动秦公？"

苏秦当然感到了犀首的嘲笑与怀疑，依旧淡淡笑道："此事原非荒诞。秦国原本便有王霸之心，兄之说辞不透而已。但凡长策立与不立，在可行与不可行也。公孙兄唯论长策，忽视可行。秦公顾忌难处，自当束之高阁。"

犀首听得仔细，觉得这个苏秦的话虽在理，但却自信得有些不对味，想警告一下这个年轻气盛的名门策士，喟然一叹道："犀首看来，苏兄若别无奇策，大可不必在秦国游说，以免自讨无趣。"

苏秦不禁大笑道："公孙兄既在咸阳，何不拭目以待？"

"无论身在何地，犀首都会知晓。来，再干一爵……"犀首醉眼蒙眬了。

"此爵为公孙兄饯行了。干！"苏秦豪气顿生，一饮而尽，高声吩咐笑盈盈赶来的女店主，"大姐，用我车送回先生。"

一通忙碌，青铜轺车终于辚辚启动了。犀首扶着轺车伞盖的铜柱喃喃自语着："呵呵呵，王车？难怪……啊哈哈哈哈哈哈！"

三　夤夜发奇兵

司马错突然出现在蓝田军营，将领们确实惊讶莫名。

蓝田塬驻扎着秦国的两万五千新军，步骑各半。如果说函谷关是秦国的门户要塞，那么蓝田塬就是秦国的咽喉命脉。这片方圆近百里的高地，南接连绵大山，北面鸟瞰渭水平原，正卡在两条从南部进入关中腹地的要道——东边的武关与西边的南山子午谷——中间。万一武关失守或强敌偷袭子午谷，蓝田军营都可迅速设置第二道防线，铁骑驰骋，半个时辰可在平原展开。从东部防御看，蓝田塬距离函谷关六百余里，若强敌铁骑攻破函谷关，到蓝田塬下恰是三两日行程，可从容部署狙击强敌。蓝田塬西北面，距重镇栎阳不到一百里，极易获得策应。再向西二百余里，是秦都咸阳，国君兵符半日可达，号令极为便利。秦国收复河西之后，北地胡人、河东魏赵、西域匈奴对于秦国的威胁都大大减小，西部大散关与陈仓要隘的重要性也相对降低，秦国的防御重心自然向了东南，蓝田塬的重要位置骤然突出。

这时候，秦国五万精锐新军的部署是：东面函谷关驻扎一万，北面离石要塞驻扎五千，东南面武关驻扎五千，西面大散关驻扎五千；其余两万五千新军精锐，全部驻扎在这个可四面策应的中央高地。

国尉夜临军营，必有重大战事。然则将领们事先却毫无所闻，这是他们惊讶莫名的根本原因。此时，秦国没有正式封号的上将军，国尉就是最高武职，谁敢掉以轻心？辕门外一阵尖厉的号角，中军大帐顿时紧张起来。

“击鼓聚将！”蓝田将军车震一声令下，帐外大鼓轰隆隆响起，万千军灯骤然点亮，军营一片通明。片刻之间，士卒跃出军帐，顶盔贯甲在帐外列队待命。战马嘶鸣，战旗猎猎，顷刻间便可开拔。

轻装快马的二十名军吏，簇拥着司马错飞驰而至。自从接掌国尉，司马错是第二次来蓝田军营。第一次是配备新打造的精铁兵器，来去匆匆，对这座最重要的军营与蓝田将军车震的带兵才力，都还不够很熟悉。这次夤夜前来本是秘密举动，不想一出兵符令箭，辕门口就是一阵惊心动魄的牛角号，号声一落，满营启动，竟似顷刻间便可开出列阵；尚未进得辕门，便闻一片马蹄声急风暴雨般卷来。快捷连贯，当真罕见。

一将翻身下马：“蓝田将军车震参见！三军就绪，国尉可即刻下令发兵！”

司马错一扬手中青铜令箭：“偃旗息鼓，全部回帐。”

车震惊讶地抬起头来，稍一思忖，高声下令：“偃旗息鼓，将军回帐！”

“嗨！”二十多员顶盔贯甲的大将一声雷鸣，一片甲叶响亮，上马返回。

司马错对车震一阵低声吩咐，马队向中军幕府从容而来。片刻之后，中军幕府传出将令：“军帐熄灯，军士安歇，勿得惊扰。”一阵呜呜悠扬的号声，广袤的山塬又在疏疏落落的军灯与叮当呼应的刁斗声中恢复了宁静。

中军幕府却是灯火通明。

按照军中法令，司马错先与主将勘合兵符，验证令箭。明亮的灯光下，司马错带来的兵符与车震的兵符锵然合一，变成了一只刻满字符的青铜猛虎。车震将整合兵符供于帅案中央，深深一躬，转身接过了司马错手中令箭。这是一支形似短剑般的青铜令箭，沉甸甸金灿灿，令箭中央镌刻四个大字“如君亲临”。大字下面，是嬴秦部族崇敬的鹰神。秦法有定：持此令箭而无诏书者，都是身负重大使命的特使——其机密甚至不能见于公开君书，而必得由特使口头宣布施行。

车震一看令箭，转身对中军司马下令：“帐外一箭之内，不许任何人靠近！”司马大步出帐，车震对司马错肃然一躬：“请国尉升座行令。”

司马错缓步走到帅案前站定：“诸位将军：我奉君命，筹划一场战事。此战之要，在于秘而不宣。诸将但听军令，莫问所以。凡有泄密者，军法从事！”

帐中将领凛然振作，“嗨”的一声，满帐肃然。

“步军主将山甲听令！”

“山甲在！”

“你部一万步兵，卸去重甲长矛，全部轻装，三日干粮，务必在五鼓时分听令开拔！”

“嗨！”精瘦的山甲双脚一碰，接过令箭，疾步出帐。

“后军主将嬴班听令！”

“嬴班在！”

“你部作速改装一百辆牛车，全部装运长矛羽箭。你亲自带领三百名士卒，扮作商旅押运，昼夜兼程南出武关，六日后，在上墉谷地待命！”

“嗨——”嬴班沉稳接令，大步出帐。

“蓝田将军车震听令！”

“车震在！”

“明日开始，立即秘密监视南山各条路口。但有北上商旅，一律许进不许出。步兵班师之前，蓝田军营不得收缩营帐旗帜，日日照常操练！”

车震与十多员将领齐声领命，“嗨”的一声，大帐轰鸣。

司马错部署完毕，走出帅案向车震微微一笑：“将军，请再为我遴选一百名精锐骑士，一员骁将。我要明火执仗地巡视商於防务。”

“国尉放心。”车震转身向一个青年将领下令，“嬴豹，即刻选出一百名铁鹰骑士，由你率领，护卫国尉南下！”

“嬴豹得令！”英气勃勃的小将抱拳一拱，大踏步出帐去了。

车震笑道：“国尉莫看嬴豹年轻，他可是新军第一猛士。”

“是公室子弟么？”

“应该是。”车震歉意地笑道，“可无人知道他是哪家公族子孙。”

司马错笑了：“猛士报国，贵贱等同。他不说，又何须问之。”

说话间，众将已经匆匆出帐，分头各去调度移防。司马错又对车震备细交代了诸多事项，在中军大帐匆匆吃了一块干肉一个干饼，已到了四鼓时分。秦国新军训练有素，行动极为迅速，刁斗方打四鼓，步军主将山甲进帐复命：一万步卒准备完毕，已经集结河谷待命。司马错立即带领两名军吏出帐，与山甲飞马驰向西山河谷。

河谷塬坡下，黑压压的步兵与荒草丛林连成了一片，却肃静得唯闻小河水声。司马错立马山冈，低声赞叹：“好！可算得静如处子。”随即对身边山甲下令，“山甲将军，三日后你部须在上墉谷待命。这位行军司马，就是你的向导。他会领你穿出大山，直达上墉谷地。”

精瘦的山甲也换上了轻便软甲，左手长剑，右手一支光滑的木棍。出使归来，他已经晋升为步军主将，爵位与中大夫同等。这位在大山中长大的药农子弟，对开进自己老家作战兴奋极了，赳赳慷慨道：“禀报国尉，山甲药农子孙，踏遍南山险道，向导留给车队好了。山甲误事，甘当军法！”

司马错不熟悉山甲，对这种回答感到惊讶，肃然正色道：“将军者，统兵大将也，不是百夫千夫长。若一味前行辨路，何能居中提调？奇袭战孤军深入，不得有丝毫差池。一将生死，岂可担待国家兴亡？将军若不戒鲁莽，司马错立即换将！”

山甲胆大心细，悟性极高，被国尉严词惊出一身冷汗：“山甲受教，不敢以国事儿戏，但听国尉号令便是！”

“出发！”司马错断然发令。

山甲右手两指向嘴边一搭，一声呼哨响彻河谷。无边无际的“荒草丛林”从河谷霍然拔起，刷刷刷地向南山口移动而去，渐渐地消失在沉沉夜色之中。

司马错选定的行军路线极为奇特，连寻常以为极隐秘的子午谷小道，也嫌不够机密。他给山甲的道路，是一条无名山溪：只许沿有水河道趟水而上，到得南山巅峰，再沿另外一条山溪趟水而下，直达汉水谷地。

这条无名山溪，是从南山腹地流向关中的无数小河之一。水量不大，淙淙如溪，但却穿山而出，流入灞水，再入了渭水；溯流而上，无名小溪的源头直达南山（秦岭）巅峰。这南山巅峰是一道分水岭，越过巅峰，这种小溪又成了淙淙向南的汉水支流，最终并入浩浩江水。这种小溪流大体相似，河床河谷布满了历经千百年冲击的光滑鹅卵石，轻装步兵完全可以沿河或趟水前进。

那时候，要从关中进入层峦叠嶂的南山群峰，而到达商於山区或汉水盆地，只有东南的武关小道、西南大散关的褒斜小道，两条路都是官道。再有中央一条小道，就是最近便直接的子午谷小道。这条小道从关中中部直入南山，比两边迂回要近数百里路程。子午谷虽然不是官道，却经常有楚国商旅北上，或秦国商人南下。如此一来，这种小道还是有“暴师”的可能。经过精心揣摩探察，司马错定下了“以溪为路，隐匿踪迹”的行军方略，要一万轻装步兵三五日之内秘密越过南山，到达汉水山谷。

此时，这支精锐的秦国新军步兵，抛弃了重甲长矛与硬弩长箭，每人手中一支短剑、一支木棍，身背三天干粮，在万山丛中疾进，山溪冲刷了他们的一切踪迹，山林湮没了他们的任何动静。战国之世第一场最长距离的奔袭战，便这样悄悄地开始了。

次日天亮，蓝田塬上出现了一支长长的牛车队，悠悠驶上了通往武关的官道。车轮尖厉的咯吱声在原野上分外刺耳，听声音，便知道这遮掩得严严实实的牛车都是吃重满载。当先开道的，是一面黄色大旗，绣着“猗顿”两个黑色大字，分外显眼。大旗后三十多名劲装骑士，一律腰悬吴钩弯剑，身背硬弓长箭。车队逶迤里许，最后才是一辆华贵的篷车。看旗号声势，显然是名满天下的楚国大商猗顿的车队。猗顿氏，素以与中原做盐铁生意闻名，进出中原各国的车队动辄便是数百辆。这样一支车队经蓝田出武关，进汉水入郢都，便是很平常的商旅路线了。

日上三竿，蓝田军营辕门大开。骑将嬴豹率一队铁骑当先冲出，一辆高挂“特使”幡旗的青铜轺车紧随其后，车上站着斗篷飞舞的国尉司马错。出得辕门，轺车正要拐上官道，突闻西边官道马蹄声疾。司马错转身一看，却见一队便装骑士簇拥着一辆黑色篷车风驰电掣而来，不禁一怔，命令嬴豹：“让过马队，后行。”

话音落点，疾驰的马队突然勒缰，十多匹骏马人立嘶鸣，篷车也戛然停下，激扬起一片烟尘。司马错未及细看，便见车帘一掀，国君嬴驷跳下车来笑道：“惊扰国尉了。”

司马错大是惊讶，连忙下车：“参见国君。”

嬴驷一挥手，制止了要下马参拜的骑士，笑道：“别无他事，特来为国尉送行。”

司马错心念一闪，便知国君对这第一战放心不下，肃然拱手道：“臣启国君，一切均按筹划进展。臣不敢掉以轻心。”

“胜败兵家常事，国尉放手去做便是。”嬴驷微笑摇头，“我是想求教国尉，奇袭若成，国尉作何谋划？”

司马错又是一怔，这本来是谋划清楚也对国君剖析清楚的：奔袭一旦成功，兵屯汉水稍事休整，再行奔袭巴蜀。国君有此一问，莫非国中有了变故？当此临行决断之时，不能含糊不清，略一思忖，司马错坦率问："国君之意，莫非放弃巴蜀？"

嬴驷摇摇头："两战连续，当在一年以上，时日太长。再者，兵力分散，大将远处，难保山东无变。巴蜀，似可稍缓。国尉三思了。"

司马错恍然："臣有应变之策。若山东有变，臣即刻班师北上，何能拘泥于一途？"

"如此甚好。来人，拿酒！"嬴驷一声吩咐，军士捧来两只大爵，顿闻酒香清冽。嬴驷亲捧一爵双手递于司马错，自己又端起一爵："千山万水，国尉保重。干！"

"君上保重，但等佳音。干！"司马错一饮而尽，深深一躬，"臣告辞了。"转身大步上车，一跺车底，"开行！"骑队辚辚远去了。

嬴驷望着远去的车马，望着莽莽苍苍的南山，良久伫立。

"国君，可到蓝田大营歇息？"御车内侍低声问。

"不必了。"嬴驷跳上篷车，"返回咸阳。"马队又飓风般卷了回去。

嬴驷是昨夜与上大夫樗里疾密商后赶来的。为求稳妥，嬴驷就司马错的奔袭谋划征询樗里疾主张。樗里疾大是赞同奔袭房陵，但认为连续进行两场奔袭战值得揣摩。从兵家战事的眼光看，占领巴蜀胜算很大。然则，司马错没有虑及兵家之外的民治。巴蜀地险人众，民风刁悍，要化入秦国，初治必得驻军，否则占领巴蜀没有实际价值。但如此一来，司马错精兵必得滞留巴蜀，急切不能班师。当秦国军力尚未扩展之时，大将精兵久屯于荒僻之地，国中空虚，是为大忌。若在秦国拥兵二十万时，再分兵袭取巴蜀，更为稳妥。嬴驷一听，大是赞同，便在黎明时分火急赶来。

一路沉思，嬴驷心里老是沉甸甸的。犀首虽然走了，但犀首的"霸统"方略却久久萦绕在他的心田。何年何月，秦国能着手霸统大业？

"禀报国君，洛阳名士苏秦求见。"刚刚下车，内侍总管匆匆走来禀报。

"苏秦？真来了？"一个念头闪过，嬴驷吩咐老内侍，"请这位先生在东殿等候。再请上大夫与太傅进宫，也到东殿。"

四　雄心说长策

悠然打量着这座宫殿，苏秦全然没有寻常士子等待觐见的那种窘迫。

咸阳宫前区只有三座宫殿，中央的正殿与东西两座偏殿。正殿靠前突出，建在六丈多高的山塬上，开阔的广场有三十六级白玉台阶直达正殿，恍然若巍巍城阙，大有龙楼凤阁之势。这是秦国的最高殿堂，非大型朝会与接见外国特使，轻易不在这里处置日常政务。两座偏殿，则坐落在正殿靠后的平地上。除了殿前广场是白玉铺地，三面都是绿色：西面竹林，北面青松，东面草地。西偏殿是国君书房与寝室所在，除了召见亲信重臣，这里很少有礼仪性会见。东偏殿比西偏殿大出许多，九开间五进，是国君日常料理国务的主要场所，重门叠户，划分了诸多区域。除了最后一进另有门户，是长史与所属文吏起草、誊刻君书与处置公文的机密官署外，其余四进通连，分为东中西三个区域：中间区域是议政堂，东边是出政堂，西边是庶长堂。

远看咸阳宫，苏秦颇有一种奇特的感觉。洛阳王城与山东六国的宫殿，都是大屋顶长飞檐，远处看去，飞檐重叠连绵，气势宏大，富丽华贵，飞檐下铁马风动，叮咚悦耳，一派宫阙天堂的气象。咸阳宫虽然也不失宏大，但却很简约，一眼望去，总觉得视线里少了许多东西。仔细打量，才看出咸阳宫屋顶很小，大约只能长出墙体五六尺的样子，斜直伸出，没有那王冠流苏般的华丽飞檐。乍一看，就像巨人戴了一顶瓦楞帽，虽然也觉英挺，却总是缺了些许物事，光秃秃的。苏秦思量，秦人本来简朴务实，建造咸阳时又是墨家工师担任“营国”[1] 筹划。墨家的节用主张与秦人的简朴传统正好吻合，产生如此的宫殿样式也就不足为怪了。

进得殿中，只见厅堂宽阔高大，陈设却极为简单。中央一张几乎横贯厅堂的黑色木屏，屏上斗大的两个铜字分外醒目——国议。屏前正中

---

[1]　先秦时代，一般将建造都城称为“营国”，具体包括对都城及建筑式样的设计与施工、监督。

位置有一张长大的书案，两侧各有几张稍小的书案。书案区域外，有两只巨大的铜鼎，两只几乎同样巨大的香炉，除此而外，再看不见任何装饰性陈设。白玉地面没有红毡，连书案后的坐席也是本色草编。入得厅堂，立即有空旷冷清之感，丝毫没有东方宫殿那种帐帏重重、富丽华贵的舒适与温暖。与大梁王宫的殿堂相比，这里处处都透着“冷硬”二字。奇怪的是，苏秦却对这种毫无舒适可言的“冷硬”殿堂，油然生出了一种敬意，觉得一进入这座殿堂，一看见“国议”那两个大字，就心思凝聚，不由自主振作起来。

“太傅、上大夫到——”殿外传来内侍悠长细亮的报号。

苏秦恍然醒悟，举目望去，只见殿廊外有两个黑衣人走来，样子都很奇特。一个戴着类似斗笠的竹冠，冠檐垂着一幅宽大的黑色面纱，身形粗壮笔挺，步态勇武步幅很大。另一个则壮硕短小，罗圈腿晃着鸭步，摇摇摆摆走在蒙面者旁边，样子颇为滑稽。苏秦扫视一眼迅速断定：蒙面者是名闻天下的复仇公子嬴虔，肥壮鸭步者当是化解西部叛乱的樗里疾。一个是公族柱石，一个是总揽政务的上大夫，都是目下秦国举足轻重的人物……心念一动，苏秦转过身背对着殿门，注视着“国议”两个大字。听得身后脚步声进殿，却没有任何动静。凭感觉，苏秦知道这两人的目光正在自己身上端详，依旧凝神沉思般地站着。

“敢问足下，可是王车西行的洛阳名士？”

听这随意而又带笑的口吻，苏秦便知此人是谁，悦然回身从容拱手道：“在下正是洛阳苏秦。”

樗里疾嘿嘿一笑：“先生远道而来，秦国大幸也。这位乃太傅公子虔。在下嘛，上大夫樗里疾。想必先生也明白。”

苏秦淡淡带笑，微微点头却不说话，既对樗里疾的中介表示认可，又对樗里疾的诙谐不置可否，但却没有对两位重臣行“见过”常礼。一直冷眼沉默的嬴虔，却是深深一躬：“先生远道入秦，多有辛苦。”苏秦始料不及，连忙一躬道：“士子周游，原是寻常。谢过太傅关爱之情。”

“嘿嘿，入秦即是一家，忒得多礼？来，先生入座。”樗里疾笑着请苏秦坐在了中央大案的左下首，也就是东方首座，又推嬴虔坐在了右首首座，自己则坐在了右首末座，随即拱手笑道：“先生远来，定有佳策了？”

苏秦本想按照礼仪，等待秦公入殿行过参见大礼后再入座。及至见樗里疾安排，不由得闪上一个念头：莫非秦公安排这两位对我先行试探？便觉不是滋味。然则苏秦心思极快，刹那之间心意已定，随对方如何安排，自己笃定便是。此刻见樗里疾如此发问，自然是所料非虚，从容拱手道：“上大夫执掌国政，定有治秦良策，苏秦愿受教一二。”

樗里疾嘿嘿嘿笑道：“先生有回头之箭，果然不凡。”拍拍自己凸起的肚皮，“你看，樗里疾酒囊饭袋，内中尽是牛羊苦菜。先生若有金石之药，不妨针砭，何须自谦？”

“谚云：腹有苦水，必有慧心。上大夫满腹苦菜，安得无慧心良策？”苏秦见樗里疾在巧妙地回避，依然逼自己开口，笑着迂回开去。

樗里疾一怔，迅即拍案：“好！来人，拿国图来。”

猛然，却闻内侍高声报号：“国公驾到——”

尖细的嗓音还在飘忽环绕，嬴驷已经从容地从“国议”木屏后走了出来，未容三人站起，一摆手道：“无须烦冗，尽自坐了。”

敏锐机警的苏秦，目光几乎与内侍尖细的声音一起瞄向木屏左面的出口。刹那之间，便与那双细长的三角眼中射来的晶亮目光骤然碰撞。苏秦正要低眉避过，三角眼却已经眼帘一垂光芒顿失。只此一瞬，苏秦心中一个激灵——这位秦公非同寻常！心念一闪之间，起身长躬：“洛阳苏秦，参见秦公。”

嬴驷尚未入座，立即虚手相扶：“先生远道而来，嬴驷不得郊迎，何敢劳动大礼？先生入座，嬴驷这厢受教了。”说完，回头吩咐内侍，“上凉茶。”

两名黑衣内侍抬着一个厚布套包裹的物事轻步而来，走到座侧空旷处放好。有两名侍女轻盈飘出，一个用大铜盘托着几只陶碗和一个长柄木勺，一个解开了厚布套的绵帽儿。苏秦不禁惊讶，原来布套包裹的是一口细脖陶缸。只见侍女从铜盘中拿下长柄木勺，将木勺伸入缸中，舀出一种依稀红亮的汁液，轻快地斟满了几只陶碗。捧盘侍女轻盈走来，竟先向苏秦案上摆了一只大陶碗，然后再在秦公、嬴虔、樗里疾面前一一摆上。苏秦不禁又是惊讶感慨——天下豪爽好客之地他无不熟悉，然则无论多么好客的国度，只要国君在场，无论多么尊贵的客人，礼遇也在国君之后；也就是说，上茶上酒，当然都会先敬献国君，而后才论宾客席次。即或在礼崩乐坏的战国，这也是没有任何异议的通例，即或最孤傲的名士，也认为这是理所当然。可是，秦国殿堂之上，却将“第一位”献给宾客，当真是放眼天下绝无仅有。只此一端，便见秦国强大绝非偶然也。

苏秦恍惚感慨间，秦公嬴驷已经双手捧起大陶碗笑道：“夏日酷暑，以茶代酒，权为先生洗尘接风了。”说完，咕咚咚一饮而尽，直如村夫一般。

出身王畿富商之家，受教于名师门下，且不说已经有了名士声誉，仅以洛阳王畿与魏国的文化礼教熏陶而言，苏秦的言行都无不带有浓厚的贵族名士色彩——豪爽而不失矜持，洒脱而不失礼仪，没有丝毫的粗俗野气。骤然之间，见秦公饮茶直如田间村夫，苏秦心头猛然泛起一种卑薄轻蔑，方才的感慨敬意消失得荡然无存。

虽则如此，却也是无暇细想，他双手捧起大陶碗恭敬回道：“多蒙秦公厚爱，苏秦愧领了。”又对两位大臣笑道，“太傅、上大夫，两位大人请。”说完，轻轻地呷了一口——噫？冰凉沁脾分外爽快。瞬间犹豫中，竟不由自主地举起粗大的陶碗咕咚咚一饮而尽，饮罢“嘭”地放下大碗，嘴角犹自滴水，胸膛起伏着不断喘息。倏忽之间，一股凉意直灌丹田，周身通泰凉爽，分外惬意。猛然之间，苏秦面红过耳，拱手道：“惭愧惭愧，苏秦失态……不知这是何等名茶？”

“嘿嘿，这种茶，就要这种喝法。”

嬴虔道：“先生有所不知。这是商於山中农夫的凉茶，粗茶梗煮之，置于田头山洞，劳作歇晌时解渴。国公在地窖以大冰镇之，是以冰凉消暑。”

“秦公雅致，点石成金也！苏秦佩服。”

嬴驷微微一笑：“先生谬奖了。庶民如汪洋四海，宫廷中能知几多？”

“乡野庶民，原是国家根本。秦公有此识见，秦国大业有望矣！”

嬴驷细长的三角眼猛然一亮。他欣赏苏秦不着痕迹的巧妙转折，心知便是这位名士说辞的开始，肃然拱手道："秦国大业何在？尚望先生教我。"

苏秦坦然地看着这位被东方六国视为"枭鸷难以揣摩"的秦国新主，语调很是平和："秦国出路何在？犀首已经昌明，秦公腹中也已定策，无须苏秦多言也。"

"先生知晓犀首策论？"嬴驷颇为惊讶。

"先生与我不期而遇，酒后感慨，言及策论。"

"既然如此，先生定然另有长策高论，嬴驷愿受教。"

苏秦摇摇头："秦国大业所在，苏秦与犀首相同，无得有他。"

"噢？如此，先生何以教我？"嬴驷嘴角泛出一丝揶揄的微笑。太傅嬴虔、上大夫樗里疾也现出惊讶困惑的神色。

苏秦仿佛没有觉察，从容答道："强国图霸图王，如同名士建功立业，乃最为寻常，而又最为必然之归宿，纵是上天也不能改变，况乎犀首、苏秦？唯其如此，王霸之策并非奇策异谋，原是强国必走之路。奇策异谋者，乃如何实现王霸图谋？秦公以为然否？"

"大是！敢请先生说下去。"嬴驷精神顿时一振。

"自古以来，王霸无非两途：其一，吊民伐罪，取天子而代之，商汤、周武是也。其二，联结诸侯，攘外安内，成天下盟主，齐桓、晋文是也。然则，如今战国大争之世，天子名存实亡，吊民伐罪已成无谓之举。战国比肩而立，称雄自治一方，盟主称霸也已是春秋大梦。唯其如此，以上两途均无法实现王霸之业，须得开创第三途径，此为如今王霸大业之新途。如何开创这条新路，方为真正的奇策异谋。"

大殿中静悄悄的。嬴虔向轻柔走来斟凉茶的侍女与守候在座侧的老内侍不耐地挥挥手，内侍侍女便都退到木屏后去了。空阔的国议殿更显空阔，苏秦清朗的声音带了些许回声，如同在幽幽深谷一般。嬴驷只是专注地看着苏秦，脸上却平静得没有任何表情。

苏秦相信他的开场说辞已经深深吸引了秦国君臣。虽然如此，深谙论辩之道的他知道，此刻的开场说辞只是导入正题的引子，尚不足以让听者提问反诘，便作了极为短暂的一个停顿，立即迎着他们的目光侃侃而论："王霸新途，必出于战国，此乃时也势也。苏秦以为，战国之王霸大业，既不在吊民伐罪，也不在合同诸侯，而在于统一中国。此等统一，既不同于夏商周三代的王权诸侯制，更不同于春秋的诸侯盟约制，而必当是大争灭国，强力统一，使天下庶民土地，如同在一国治理之下。成此大业者，千古不朽！放眼天下，可担此重任者，非秦国莫属。此苏秦所以入秦也。"

说到这里，苏秦猛然停了下来。这是一个崭新的话题，更是他经过深思的一个崭新见解，他要看看秦国君臣有没有起码的反应。如果他们不具备相应的决断与见识，这秦国也就了无生趣了。

"先生之见，战国之王霸大业，必得灭人之国，取之于战场？"黑面罩嬴虔的声音有些沙哑喘息。

"甚是。方今大争之世，较力之时，非比拼实力，无以成大业。"

"灭国之后，不行诸侯分治，而以一国之法度统一治理天下？"樗里疾跟问。

"然也。这是战国王霸的根基。分治，则散则退。统治，则整则合。"

嬴驷的脸色依然平静淡漠。但苏秦从他骤然发亮的目光中，却感到了这位君主对自己见解的认同。只见他习惯性地用右手轻叩着书案："先生说，担此重任非秦国莫属，何以见得？"

苏秦精神大振，清清嗓子道："秦国可当一统大任者，有四：其一，实力雄厚，财货军辎超出六国甚多，可支撑长期大战。其二，秦人善战，朝野同心，举国皆兵，扩充兵力之速度远快于山东六国，战端一起，数十万大军只是期年之功。其三，秦国四面关山，东有崤山函谷关，西有陈仓大散关，南有南山武关，北有高原横亘。被山带河，据形胜之要，无异平添十万大军。唯其如此，秦国无后顾之忧，可全部将兵力投入山东大战。仅此一点，中原四战之国无法匹敌也。其四，秦国变法深彻，法度成型，乃唯一可取代诸侯分治，而能统治天下之国家。有此四者，王霸统一大业，唯秦国可成！"

就在苏秦侃侃大论中，嬴驷的目光却渐渐暗淡下来，黑面罩嬴虔似乎也没有反应了。有何不妥么？苏秦似乎也觉察到了异样，停顿下来，殿中一时宁静。唯有常带笑容的樗里疾目光巡睃，拱手笑问："先生所言，为远图？为近策？"

苏秦："霸业大计，自是远图。始于足下，亦为近策。"

"左右逢源，好辩才！"樗里疾哈哈大笑，"然则，先生究竟是要秦国做远图准备抑或立即东出？"

"上大夫，秦国自当立即着手王霸大计。唯其远图，必得近举也。"

黑面罩的嬴虔喘了一口粗气，似乎憋不住开了口："先生前后两条，嬴虔不敢妄议。然则中间论兵两条，嬴虔颇不敢苟同。一则，先生对秦国扩充兵力估算过高，又对山东六国兵力估算过低。且不说秦国目下现有新军，远远不足以大战六国，即以扩军论之，一支数十万的大军，如何能一年成功？春秋车战，得万乘兵车，至少须十年积聚。而今新军是步骑野战，以十万铁骑十万甲士，共计二十万兵力计，且不说精铁、兵器、战马之筹集，仅以征兵训练而言，至少三年不能成军。先生知晓魏国的二十多万精兵，庞涓训练了多长时日么？再有，山东六国的兵力，魏国赵国各二十多万，楚国齐国各三十多万，偏远的燕国与小一点的韩国也各有十万左右。相比之下，倒是秦国兵力最少。二则，秦国关山形胜，固然易守难攻，然则若无实力，也不尽然。吴起有言，固国不以山河之险。若关山必能固国，当年魏国何能夺我河西六百里，将我压缩到一隅之地？"

嬴虔是秦国著名将领，一生酷爱兵事，虽然在秦国变法中退出政坛深居不出，但并没有停止对军旅生涯的爱好揣摩。这番话有理有据，显然是不堪苏秦的议兵之说冲口而出的。以嬴虔的资望与持重，这番话简直就是宣布：苏秦的说辞荒唐不足信。

但苏秦并没有慌乱。他是有备而来，自然设想过各种应对。略加思忖，苏秦笑道："太傅既知兵，苏秦敢问，何以山东六国兵力俱强，却皆居防守之势？何以秦国兵力尚未壮大，却已居进攻之势？"

嬴虔一怔，喉头"咕"的一声，急切间想不透，未反上话来，默在那里了。

樗里疾机警接上："以先生之见，却是为何？"

"此中要义，在于不能以兵论兵。兵争以国力为基石，并非尽在成型之兵。无人口财货之实力，虽有善战之兵，必不能持久。反之亦然。先年，秦国献公率能征惯战之师，而终于少梁大败，丧师失地，导致列国卑秦而孝公愤立国耻石。此中因由何在？当时非秦国兵弱也，实秦国国弱也；非六国兵强也，实六国国富也。今日之势则相反，秦国富强，故兵虽少而对山东居于攻势；六国实力大减，故兵虽众而自甘守势。此攻守之势，绝非单纯兵力所致，实乃国力所致。唯其如此，以兵论兵，不能窥天下堂奥也。太傅以为如何？"苏秦觉得必须以深彻见解使这两位大臣无反诘之力，才能达到说服秦公目的，一番话说得很有气势。

樗里疾却嘿嘿笑了："先生一番话倒颇似名家诡说，国力兵力犹如鸡与蛋，孰先孰后，却看如何说法了。"

"避实就虚，不得要领。"嬴虔冷冷一笑，霍然站起，"君上，臣告退。"说完竟大步去了。苏秦心中一沉，大是惊讶——秦国臣子如何恁般无礼？

国君嬴驷却仿佛没有看见，淡淡笑道："先生之论，容嬴驷思谋再定。来人，赏赐先生二百金。"话音落点，木屏后一声尖细的应答，一个黑衣老内侍捧盘走出，仿佛准备好的一般。

刹那之间，苏秦面红过耳，满腔热血涌向头顶。他低下头咬紧牙关，一阵长长的鼻息，强迫自己镇静下来，从容站起拱手道："多谢秦公厚意，苏秦衣食尚有着落。告辞。"说完大袖一挥，扬长而去。

"先生慢走！"樗里疾气喘吁吁地追到车马场，在轺车前拦住苏秦深深一躬，"先生莫得多心，国君赏赐乃是敬贤之心，并非轻慢先生。"

"无功不受禄，士之常节也。"

"先生可愿屈居上卿之职，策划军国大计？"

苏秦仰天一阵大笑："犀首尚且不屑，苏秦岂能为之？上大夫，告辞了。"一拱手转身跨上那辆青铜轺车，一抖马缰辚辚而去。樗里疾怔怔地站在广场，迷惘地看着苏秦远去的背影，沉重地一声叹息。

五　命乖车生祸

一辆青铜轺车从长街驶过，车声辚辚，马蹄脆疾，行人纷纷侧目。

并非秦人少见多怪，实在是这件事大为奇特。按这辆青铜轺车的华贵典雅，惯常当是四匹同色骏马驾拉，方合高车驷马的规矩。至少也应当是两匹骏马驾拉，方算得轻车简从。这不仅仅是威仪匹配，还因为这种青铜轺车坚实厚重，绝非一马之力可以长行。但这辆轺车却只有一匹并不雄骏的棕色马驾拉，偏又跑得轻松急促。秦人素有马上传统，岂能不大为惊奇？更有眼疾者惊呼："呀，还没有驭手！""布衣无冠，如何有此等高车？"一惊一乍，招来市人驻足观望。

车上主人却仿佛没有看见纷纷聚拢的行人，径自抖缰催马，直向东南一片灯火汪洋的街区而来。时当暮色刚刚降临，夕阳还没有隐去，眼前这片明亮的灯海与身后已经陷入沉沉暮霭的国人区，仿佛两个天地。

这片遥遥可见的灯海，是秦都咸阳名动天下的尚商坊。

老秦人常说周秦同源。秦人所建的咸阳都城，大格局上师法了镐京古制，只不过规模大了许多，小布局略有变通而已。整个咸阳分为两个区域，即"城"与"郭"。"城"是国君宫殿与官府官署集中的区域，四面有城墙，民间称为小城或王城；"城"外的街市区域称为"郭"，是国人、军队、商贾、作坊集中的区域。春秋战国之世，"郭"的区域远远大于"城"，所以有"三里之城，七里之郭"的说法。至于大多少，则无定制，要取决于都市的建造目标与可能进入的人口。咸阳的城、郭都很大，建造时的规模已经与当时的大梁、临淄、洛阳比肩，成为天下第四大都城。历经十多年的扩展，事实上已经超过了东方三都，成为天下第一大都城。举凡国都，堂皇气势在于"城"，殷实富贵在于"郭"。真正能够对天下商旅与民众生出吸引力的，还是"郭"区。工匠、百业、商贾、店铺、财货、器物以及国人文明，统统都在"郭"里体现出来，其中最具影响力的是"郭"中商市的繁荣程度。商旅通则物流通，物流通则财货不乏，物流畅通，非但弥补了本国物料的短缺，而且增加了国库钱税。

如果一个国都的“郭”区能够成为天下著名的商旅都会，给这个国家带来的好处，那可真是难以估量。

历经春秋三四百年，商人商业就像无孔不入的涓涓溪流，非但渗透瓦解了古老的礼治根基，而且融通了天下财货，给庶民官府带来了许多好处。周王室时期那点儿可怜的官商官市早已经被生机勃勃的私商取代，新兴的诸侯国对商业商人也早已经刮目相看了。齐国管仲做丞相时，官府介入商业，经营最重要的盐铁，又对私商统一管理，使商业在齐国成为与农耕并存的两大经济支柱，也使齐国临淄成为春秋时期最发达的商旅大都。

进入战国，商旅与自由工匠融合起来，商贾不再仅仅是贩卖成物的牛车商旅，而且成为直接制造各种器物的作坊主，他们的作用更大了。这时候，最早实行土地变法的魏国，成了天下最大的市场。丞相李悝发明了一个平粜法——丰年谷贱时由国库用比较高的价钱收买农民的余粮，荒年米贵时将国库储存的粮食低价（平价）卖出；具体价格由年成丰歉的程度（丰年三等，荒年三等）核定。这样一来，但凡丰年，商旅们就将在别国低价收购的粮食运到魏国来，卖给国库，魏国府库便极为充盈；而但凡荒年歉收，商旅们却又无法在魏国高价卖粮，因为他们无法抵御魏国府库源源不断的低价粮食；运走吧，几百里路途人吃加牛马饲料更是折本，无奈只好自认倒霉，跟着降价。

如此一来，魏国粮食只进不出，几乎将天下商旅手中的粮食财货大半吸引到了魏国的安邑商市。魏国的富强，一半功劳便在于借了吐纳天下财货物流的力量。直到魏国迁都到大梁，大梁依然是天下著名商市。

在秦国变法的商鞅，本来就对魏国熟透，如何能忽视魏国这个基本的致富途径？然则秦风古朴，民众素来淡漠商人。这种民风很有利于保持秦国的农战本色，但却不利于在秦国生发商业。权衡利害，商鞅创立了一套内外有别的独特路子——对老秦国人，板上钉钉地重农抑商，商人不得入仕为官，国府不授商人爵位，国人经商须得官府准许并得缴纳高于农耕两倍的税金。对山东六国则大开商门，建立咸阳大市，税率也只有山东六国的一半，吸引六国商旅财货大量西来。

因了如此，建造咸阳都城时，“郭”区的一半是规模最大的秦市与六国商贾区，命名为尚商坊——崇尚商人若贤士一般。对于这个商区，秦人只能白日进去买东西，夜晚不能进去饮酒挥霍，此为限酒。

一开始，秦人与六国商人都觉得别扭。时间一长，便都习惯了。在秦人，一则是慑于法令，二则是对商人世界本来就嗤之以鼻，不去也罢。在六国商人，则是贪于厚利来得便捷。秦人虽只在白日入市，却是入市必买，极少有山东商市那些闲逛之客；更兼秦人已经富有，出手豪爽，既不还价又不啰嗦，买完物事就走，极为爽利；若遇秦国官府上市购物，更是利市大开，精铁、生盐、毛皮、兵器、马匹、丝绸等诸般物事，只论好坏，不讲价钱不欺商旅。这在山东六国可是难得之极。众口相传，咸阳尚商坊的口碑便高大起来，名头越来越响，前来建立各种作坊与店铺的商人越来越多，咸阳也越来越繁华了。

尚商坊分为两个区域：西边是咸阳南市，也就是山东六国称为“秦市”的交易街区，五里长街，店铺林立，货物极为丰盈；东边是外国客栈、作坊、酒店与六国商贾集中居住的坊区。在整个咸阳，这尚商坊真正是一片不夜城，其车马如流锦衣如梭繁华奢靡之景象，非但在质朴简约的秦人天地里显得格格不入，即或在山东六国也是寥寥无几。入夜之后，这里没有了黑色布衣的秦人，整个尚商坊便成了山东游客的中原大市。人流如梭，灯红酒绿，恍如天上街市一般。

那辆青铜轺车急急驶入尚商坊的东街，在一家最大的酒店前驻马停车。一个红丝斗篷束发无冠的青年跳下车来，将马缰甩给一个殷勤迎来的红衣侍者，昂昂大步走进店堂。

“敢问先生，吃酒？吃茶？博彩？对弈？”一个美艳的女侍迎了上来。

“吃酒。”来人冷冷一句，面色铁青着向里便走。

“先生，这厢清静。”女侍依旧笑意盈盈，飘在客人前面领路。

宽敞明亮的厅堂已经座座皆满，女侍将客人领到一个木屏隔间：“这间刚才退酒了，先生好气运。”

“好气运就是吃酒？”来人冷笑，“赵酒一坛，逢泽麋鹿一鼎，即刻便上。”

“敢问先生几位？一鼎麋鹿三斤，一金之价呢。”

“啪”的一声，红斗篷人拍案：“赫赫大名的渭风古寓没有麋鹿？还是怕我少金?！”

“先生恕罪。本店规矩：麋鹿稀缺昂贵，定菜须得提醒客人。先生意定，自当遵从。”女侍不卑不亢地笑着行礼，转身走了。

片刻之后，三个红裙女侍鱼贯而入，轻盈利落地摆上热气蒸腾的铜鼎与酒坛酒爵并一应食具，笑盈盈地退出去了。先前那位红衣女侍立即毫无间隔地飘了进来：“先生，我来侍奉。”说话间打开酒坛，一股凛冽的酒香立即弥漫开来。

“赵酒猛烈，先生饮得，豪侠之士也。”女侍一边熟练地斟酒，一边瞄瞄这位英挺俊朗却又满面愤然的客人，自然地提起话题。谁知这位客人却极为不耐地拍拍长案：“你且下去，这里不用侍奉。”女侍惊讶地看了一眼客人，迅速换上笑脸起身道：“先生，我守在外面，你击掌我便进来。”客人烦躁地挥挥手：“晓得晓得，去，拉上木屏。”女侍依旧笑着，轻轻拉上活动的木屏，轻盈地走了。

女侍一直在木屏外悠然徘徊，不时向经过的客人点头微笑。

这渭风古寓，便是闻名天下的魏国白氏开在秦国的老店。最早开在栎阳，执事侯嬴与东家女主白雪，与秦国都有很深的渊源。白雪随商鞅死后，侯嬴等元老不甘白氏商事泯灭，各掌一支继续经营。侯嬴便成了统管白氏天下酒店的总事。当初秦国迁都咸阳时，因了渭风古寓的声望，商鞅为了吸引六国客商，力劝侯嬴与白雪将渭风古寓迁到咸阳，并且扩大了几倍，几乎与当年安邑的洞香春比肩。商鞅惨遭车裂，白雪殉情而去，侯嬴便想将这渭风古寓卖给楚国大商人猗顿，白氏商家永远离开秦国。谁知秦国看重白氏对天下商旅的感召力，新君嬴驷两次亲自到渭风古寓拜访侯嬴，希望白氏商家继续留在咸阳，做山东客商的大纛旗。反复思虑权衡，侯嬴终于还是留了下来。

这时，魏国的都城已经迁出安邑多年，安邑的洞香春已经繁华不再。侯嬴索性将安邑洞香春的贵重设施与经营老班底全部迁来咸阳，又将渭风古寓的格局按照洞香春的经营之道进行了重新改制，干脆大做起来。

这一番举措名声大噪，渭风古寓顿时成了六国商贾与天下名士在咸阳的聚会中心，也成了消息集散地。这里的一班主管、侍女与仆人，都是原来安邑洞香春的老班底，见多识广，驾轻就熟，不用侯嬴操心，一切都是井井有条。这位女侍是这里的“长衣”领班。与其他女侍不同的是，她身着一领红色的大袖长裙，庄重大方中透着精明干练。而其他女侍则短裙窄袖，多了几分柔媚活泼。她们虽然都是豆蔻年华，但特殊的职业阅历，却使她们对人有着一种独有的敏锐眼光。客人进店，一瞄其言谈举止步态神色，“长衣”立即发出一个自然的手势暗号，便有适合接待此类客人的女侍上前应对，桑田沧海，竟是很少差池。

目下，“长衣”领班亲自应对侍奉木屏后的客人，这是极为少见的。

大约小半个时辰，长衣似乎听见了什么，轻疾地推开木屏，不禁一惊，竟不知如何应对了。客人已经是满面通红，大汗淋漓，左手的酒爵还在摇摇晃晃，右手却不断拍案长笑：“秦公哪秦公——你，好蠢也——不识苏秦大计长策，你，你，你，啊哈哈哈哈哈……”笑声凄楚愤激，长衣不禁陡然激灵了一下。略一思忖，长衣还是走了进来，轻柔地跪坐案前：“先生第一次饮赵酒，立下半坛，豪量也。”

“笑我苏秦？不会饮赵酒？噢——你如何又来了？出……去！”

“是。先生慢饮，我去拿醒酒汤来。”长衣站起身来，没有立即就走。

“我，苏秦，醉了么？休得聒噪，去……”话未落点，一头软在了案上。

正在此时，一个短裙女侍匆匆走了进来，轻声在长衣耳边说了几句。长衣大是皱眉：“这如何使得？我去看看。你叫酒侍来，关照这位先生。”说完，与女侍匆匆走了出去，径直向停车场而来。

渭风古寓的停车场，是一道高大的木栅栏圈起来的大场院，有六名通晓剑术的男仆专司守护，有十多名仆役专司照料车辆马匹。来渭风古寓的客人都不是等闲庶民，人人都是高车驷马，每辆车又都各不相同，这停车场便成了天下名车骏马汇集的大场院。每逢夜色降临，楼外停车场便成了渭风古寓最有声势的招牌。那道高大的木栅栏上，高高挂着一圈特制的硕大风灯，照得满院通明。辚辚进入的各色车辆，立即被侍者引领到不同车位稳妥排列。按照惯常规矩，车主人一般都在酒店正门下车进店，然后由仆役驭手驾车进入停车场，安顿车马等候主人。一班喜好亲自驾车的豪客，便有渭风古寓的“车侍”在酒店正门接过车辆，驾到停车场安顿妥当。车马一旦停好，驭手们便大摇大摆地进入停车场内专门为他们开设的店堂，或进食饮酒，或博彩玩乐。停车场的仆役们则按照车辆主人或驭手的要求，或刷车擦车，或洗马喂马。明光锃亮的车辆间人影如梭，骏马嘶鸣，一片忙碌。

于是，这偌大的停车场不期然成了一个独特的车马较量场。那些酷爱名车骏马的客人，往往在应酬玩乐之后信步来到这里，欣赏形制各异的不同车辆，一一评点，甚或豪兴大发，以惊人的高价买下一辆自己喜欢的好车，或一匹驾车的骏马。时间一长，这渭风古寓停车场便成了车马爱好者们约定俗成的独特的交易场。有一班“车痴”、“马痴”来渭风古寓，为的就是看车看马，往往不入酒店而径自进入车马场徘徊观赏。

长衣领班与短裙女侍匆匆来到车马场时，一群华丽客人正围着一辆青铜轺车兴奋议论。

“大雅大贵，好车！”

“六尺车盖，六尺车厢，品级顶天了！”

“噢呀，六尺车盖者不稀奇，好多去了。贵重处在这里。看看，车盖铜柱镶嵌红玉！谁人见过啦？”一个黄衣商人操着楚语高声惊叹。众人眼光顺着他的手一齐聚集到车盖铜柱上，果然见一块两寸见方的红玉镶嵌在锃亮的古铜中间，熠熠闪光。不禁纷纷惊讶叹羡，争相围着轺车抚摩品评。

“快来！看这里！”有人在脚下惊叫一声。众人哄笑起来：“呀，真是车痴！韩兄好兴致！”原来有个人提着一盏小风灯钻到了车厢下，坐在地上自顾端详车底，听见同好们笑声，他的腔调顿时尖锐：“别笑了！快来看也！”

一圈十多人顾不得锦衣贵体，纷纷匍匐着钻到车下伸长了脖颈，端详之下，一时鸦雀无声。原来，车厢底部的铜板虽然铜锈斑驳，但依稀间仍可看见“冬官坊”三个刻字。那时候谁都知道，“冬官”就是周王室的司空，职掌百工制造；铜板上有此三字，证实这青铜板料是王室炼制的专用铜材，也就意味着，这辆车极有可能是周王室特制的青铜轺车。

“西周还是东周？”有人忍不住轻声问了一句。

“这里！还有刻字！”一个跪在地上的贵公子模样者仔细抠着车辕内侧的铜锈，一字一顿：“辀——人——皂，黎，氏！看见了么？辀人！快！再看车床、车轮！”众人激动，纷纷找来几盏风灯举着，仔细端详抠摸着这辆神秘轺车的铜锈部分。片刻之后，蹲在车厢的一个人喊了出来：“车床有字！舆人夭黄氏！”又有人喊：“车轮铜箍有字！轮人蚣閰氏！”众人惊讶纷乱间，又响起贵公子尖锐的声音：“这里！车辕内——王驭造父！天哪，造父！造父也！”

一连串的发现，当真使这些嗜车癖们惊讶万分——面前这辆车，竟当真是千古难逢的西周王室的名器。那刻有“冬官”字样的铜材是王室专用的，那“辀人”是西周王室作坊专门打造车辕的工匠官号，皂黎氏则是这位工匠的名字；打造车床的“舆人”是夭黄氏，打造车轮的“轮人”是蚣閰氏。这些刻字，本来就已经足以证实这是一辆西周王室的王车，是天下难觅的至宝了。可是，更令这些车痴们咋舌的是，这辆车竟然还是造父曾经驾驭的王车！造父，那可是神灵一般的“车圣”，在车痴们心中比三皇五帝还要神圣光彩。造父本是周穆王的勇士驭臣，能降伏驯化野马。周穆王西游昆仑，正是造父以四匹驯化的野马驾车，风驰电掣日行千里，使周穆王及时赶回镐京消弭了一场叛乱。从此以后，造父就成为“驭神车圣”，成为驾车者永恒膜拜的英雄。五六百年后，这些车痴们竟亲眼见到造父驾驭过的青铜轺车，这简直是做梦也想不到的，如何不令他们大喜若狂？

车痴们木呆呆地看着这辆车，这里摸摸，那里摸摸，你看我我看你不知如何是好了。

良久，贵公子猛然醒悟过来，失惊喊道：“神车在此，还不参拜？”说着整衣肃容，一个大拜，长长地跪伏在车前。车痴们恍然大悟，也连忙跟着大拜长跪。

正在这时，一盏风灯悠悠飘来，两个女侍站在了车旁：“哟，先生们灰头土脸一身汗，参拜土神么？”长衣领班笑盈盈瞄着刚爬起来的车痴们。

“哪里啦，我等想买这辆车，谁的车啦——”楚国黄衣商越急拖腔越长。

“噢，先生们要买这辆破车？”长衣女侍笑盈盈反问。

“正是。”刚刚爬起来的贵公子一边对车痴们眼风示意，一边大咧咧笑道，“这辆车尚算古朴可人。我等想与车主人博彩赌车，长衣侍姐，能将主人请来否？”

“那位先生正与一位大梁贵客聚酒长谈，不能前来，先生们改日再议了。”长衣领班脸上弥漫着可人的笑意，明亮的目光却扫着每个人的神色。

“大梁贵客？何人？”一个红衣商人操着魏国口音高声道，“咸阳的魏国人，十有八九我都识得，没个不爱好名车的，我去请来便是！”

“先生且慢。”长衣笑道，“诸位都是老客，此间规矩想必不用我说。客人正事未完，不得随意邀客人博彩。先生大人们多多关照，小女先行谢过了。”

贵公子沉吟着：“也是。长衣侍姐，得等候几多时辰？”

“渭风法度：不许问客人行止。我如何说得定准？”

“嘿嘿嘿……”贵公子大咧咧笑着眨眨眼，突兀地提高声音，“还是明日相约，那位先生也是渭风古寓常客，对么？”

车痴们纷纷点头：“行。”“明日就明日。”“那我就再看看这车。”

长衣女侍作了一礼：“如此谢过诸位。先生们且看，我去侍奉客人了。”说完，对一脸茫然的短裙女侍笑道，“茜姐儿，走。”风灯又悠悠飘去了。

长衣女侍匆匆回到店堂时，那位英挺俊秀的客人已经大醉，躺在厚厚的地毡上长长地喘着粗气。酒侍呆呆地站在一旁，却不敢动他。长衣颇觉奇怪，轻声呵斥酒侍道：“黑猢，如何发呆？还不快给客人服冰酒。”酒侍忙答：“回掌堂姐姐，这位先生醉得蹊跷。我进来时他还在大笑吟诗，叱责我多事，喊我将冰酒拿走。这陡然之间又大醉倒地，小可正不知如何是好。”长衣端详一番，断然命令：“来，扶起先生，我来喂他。”渭风古寓的“酒侍”不同于其他侍者，一律都是粗通武道的少年健仆，很有劲力，专门关照那些烂醉如泥的客人。黑猢听得吩咐，跪坐于地，熟练轻巧地将客人扶靠在自己怀里，好像是客人自己坐起来一样自然。长衣拿过旁案上一个布套包裹的陶罐，打开布套与罐盖跪伏在地，用一把细巧的长木勺给客人喂服醒酒汤。

渭风古寓的“醒酒汤”大不一般，是山果浅酿后藏于地窖的淡酒，本来就酸甜渗凉，用时再加地窖冰镇，便成了一种甘美冰凉酸甜爽口的佳酿，老客皆称其为“冰酒”。酒醉之人皆浑身燥热口干心烧，然则饮水又觉过于寡淡。些许冰酒下肚，一股冰凉之气直通四肢百骸，神志便顿时清醒许多。只是这冰酒酿制困难且是免费，不能见客皆上，只有大醉者才有资格享受。于是常有老客故意狂饮大醉，为的就是享受这能使人由麻木而骤然清醒的冰酒滋味儿。

“掌堂姐姐，他是有意么？”酒侍黑猢轻声问。

“胡说。这位先生初饮赵酒，过猛了……他一定有心事。”喂下半罐冰酒，长衣怔怔地跪在客人对面端详，声轻如喃喃自语。

“呼——”客人猛然长长地出了一口粗气，赵酒浓烈的气味瞬间弥漫在小小隔间。

酒侍皱皱眉头，知道客人就要醒了，双手准备随着客人的动作助力将他扶起。却见长衣向他轻轻摇手，便停了下来。片刻之间，客人睁开眼睛霍然坐起，声音沙哑道：“你？你？我没醉。起开！”说话间一瞄长衣身旁的陶罐，哈哈大笑，“好啊！渭风古寓有此等好酒，竟不写明点卖，是何道理？”几乎同时，敏捷地伸手一抓端过陶罐，扬起脖子咕咚咚一气饮干，罐子一掷哈哈大笑，“好啊好啊，苏秦也能牛饮了！端的赵酒如此提神！张兄，知道么？啊哈哈哈哈哈……”身子一挺，酒侍一扶，竟然洒脱地站了起来！

长衣也连忙站起来笑道：“先生且请安坐，饮些许淡茶，听小女唱支歌儿可好？”

“唱歌儿？啊哈哈哈哈，你唱？何如我唱？”

“那是最好了。我为先生吹埙。《雅》曲么？”

“《雅》曲？不好。《风》曲，《秦风》？好，《秦风》！”

长衣一怔，亮闪闪的眼睛看着手足虚浮而又极度亢奋的客人。

士子咏唱，一般都是《大雅》、《小雅》的曲调，纵然唱风曲，至少也是《王风》。前两种是王室歌曲，庄重优雅。后一种是王畿国人的流行歌曲，也是清远婉转。还有《颂》曲，因了那是歌颂天子盛德的庙堂歌曲，已经很少有人唱了。自孔丘将传世的歌词分类删定，编为《诗》三百篇，歌儿的旋律曲调便也随着歌词大体确定了下来。各种《风》，原是各诸侯国流行的庶民曲调，一般的官吏名士顾忌身份，在公开场合是不屑于吟唱的。如同说话一样，自西周将王畿语言规定为“雅言”官话，其他诸侯国的语言便成为不登大雅之堂的庶民俗语（方言）。后来的荀子曾经说：“楚人安于楚，越人安于越，君子安于雅。”楚国庶民说楚国话，越国庶民说越国话，但是天下有身份的君子都应当说雅言官话。一个唱歌，一个说话，虽不是根本大事，却也直接显示着一个人的身份地位，以及士子本身的学问水准。眼前这个客人无论怎么看，也是确定无疑的名士，仅仅那辆令大商车痴们垂涎的青铜轺车，就表明他绝非等闲士人。可是，他竟然开口要唱《秦风》，这不能不让这位颇有阅历的女领班惊讶。秦人的曲调粗朴激越苍凉凄苦，简直就是发自肺腑的一种嘶喊。若非常年在旷野山峦草原湖泊的马背上颠簸，那种高亢激越的曲调根本不可能吼得出来。

这个英挺斯文的士子，能唱出这等撕心裂肺的《秦风》？

片刻愣怔，长衣已经从贴身裙袋中摸出一个碧绿的玉埙来，凑近秀美的嘴唇，一声裂帛破竹的高亢音律破空而出，长长地回荡在整个店堂。客人开怀大笑，陡然间纵声高歌，酒后嘶哑的嗓音平添了几分苍凉苦楚——

天地悠悠　我独远游
家国安在　落叶作秋
渭水东去　西有源头
彼当争雄　长戈优柔
何堪书剑　将相王侯
……

一个激越高亢的尾音，歌者戛然而止，偌大厅堂静悄悄地无人作声。

一阵大笑，“哗啷”一声，客人丢下一袋金饼，摇摇晃晃地大步出门去了。

“先生，用不了如此多也！”长衣惊讶地拾起钱袋，那人却已经踉踉跄跄地走远了。

“快追上！送他回住所！”长衣吩咐酒侍一声，两人急忙追了出来。及到得车马场，那辆青铜轺车已经辚辚而去了。长衣连忙询问车场的当值车侍，粗壮勇武的车侍回答：“车侍胡鲸驾车送客人回去了，先生住长阳街栎阳客栈。”

长衣长长地出了一口气，大是放心，转身回店堂去了。原来，这渭风古寓关照客人的细致周到是天下闻名的。但凡客人酒醉而又没有驭手驾车的，都是由渭风古寓的车侍驾车送回。客人也满意，车侍也高兴。因为客人大抵总是要给车侍一些赏金的，纵是当时酒醉未付，次日也一定派人送来。况且，长阳街栎阳客栈也是老秦人开的著名客寓，绝不至于出事的。

然则，这辆青铜轺车却没有驶往长阳街，而是一路出了北门，直向北阪去了。

阪者，高坡也。北阪是横亘咸阳城北的一道山塬，林木茂密，有三条大道直通塬顶。登上塬顶又是一望无际的平坦沃野。与秦昭王之后的北阪相比，这时的北阪还只是一道莽苍粗朴的山塬，比咸阳城南的渭水之滨荒凉多了。秦法整肃，通往北阪的三条道各有专用。中间最宽阔的大道，坡度稍缓，是官府车马军队以及所有单人轺车的专用车道。东道稍窄稍陡，是农夫商旅工匠的运货车辆走的专用道。西道最窄最陡却也最短，是国人庶民步行登塬的专道。眼下这辆青铜轺车出得北门，直入中央大道，一路向林木葱茏的高坡驶去。时已天交四鼓，更深人静，青铜轺车驶上塬顶，拐入一条便道，在北阪松林间的空地上停了下来。

那匹驾车健马似乎感到了异常，一个人立嘶鸣，几乎要将“驭手”掀下车来。

十多个黑影惊讶唏嘘地围了上来。一个贵公子模样的人上前一拱手："胡鲸，这是你的赏金。我这匹胡马赏你了，回城去，这里没你的事了。"

车侍被骏马的突然发作惊吓，一个纵跃几乎是跌下车来，惊魂未定却又是受宠若惊，连忙拱手作礼："先生，赏金太多了。还有如此好马，胡鲸如何消受得起？"

"公子赏之，领了就走，恁般聒噪啦？"一个黄衣肥子不耐地呵斥。

"是是是，胡鲸去了。"车侍忙不迭上马抖缰，箭一般穿出了松林。

黄衣肥子呵呵笑道："猗矛兄，你和呆子谈这笔买卖啦。"说着走到青铜轺车旁使劲儿拍打车厢，"呔！醒醒啦——耶，酒气忒重！看来这兄台喝了不少啦。"看车中人仍然是鼾声大作，肥子探身车厢拍打车主人的脸："呔！醒来啦……"话音未落，一声惊叫，"通"的一声跌坐到车轮旁，手中火把差点儿烧了眉毛。

车中人霍然坐起，火把照耀下，只见他长发披散满面通红，目光犀利得吓人，四面打量，冷冷问道："这是何处？尔等何人？"

黄衣贵公子拱手笑道："先生，我等多有得罪，尚请见谅。我乃楚国客商猗矛，这厢有礼了。敢问先生高名上姓。"

"洛阳苏秦。"车上人一骗腿已经下车，脚下虽有虚浮，但显然与方才的酣醉酣睡判若两人。他矜持地整整衣衫，一双大袖背后，轻蔑地扫视了一圈冷笑道，"看模样都是富商大贾，却行此等勾当？"

猗矛恭敬笑道："虽不闻先生大名，但料先生也非等闲人物。我等出此下策，皆因渭风古寓不便洽谈。我等酷爱高车，人称'车痴'。今见先生轺车古朴典雅，欲以千金之数，外加一辆新车、四匹骏马，买下此车。不知先生意下如何？"

苏秦恍然，不禁一阵大笑："足下竟能买通渭风古寓的车侍，将客人劫持到北阪松林，可见用心良苦。然则，我若不卖，诸君何以处之？"

"不识人敬啦！"肥子商人喝道，"既是车痴，岂有买不下的车马啦？"

"如此看来，尔等是要强人所难了？"苏秦冷笑，眉宇间轻蔑之极。

贵公子模样的猗矛依旧是满脸微笑："尚望先生割爱了。看先生气度，一定是心怀天下，区区一辆青铜轺车又何须在乎？我等商贾，以奇货可居为能事，先生肯与我等比肩而立么？”这番话极是得体，对于一个名士来说，的确是不屑与商贾比肩的；而作为名动天下的大商，能如此恭维一个名士，确实也是难得。仅此一端，便知这个猗矛绝非寻常商人。

苏秦本是性情中人，若在功业遂心意气风发之时，这番话完全可以教他放弃这辆王车。尽管这是周天子赏赐的王车，而且是燕姬重新换过的一辆旧王车，其中非但有着天子亲赐的荣耀，还有着燕姬换车的情谊，绝不是一辆寻常的轺车。纵然如此，苏秦依然将它视做身外之物，并没有特别看重它，如同他对任何财货金钱都恬淡处之一般。

但是，眼下的苏秦却没有这种恬淡心境，他只感受到了一种强烈的侮辱。在咸阳宫碰了个大大出乎预料的钉子，郁闷无从发泄，一坛天下闻名的邯郸烈酒，使他在飘飘忽忽中涌出一腔浓烈的愤世嫉俗之情，也平添了几分豪侠之气。此刻，亢奋奔放而又郁闷在心的他，觉得眼前这帮商人实在是龌龊极了，尤其这个贵公子模样的猗矛，更是可恶。苏秦本来就是商贾世家出身，又对天下大商了若指掌，自然知道猗矛是楚国巨商猗顿的胞弟，是商界一言九鼎的霸主。唯其如此，苏秦觉得他的恭敬外表下隐藏的是金钱，是强暴，是欺人太甚。苏秦何许人也，功业失意，难道随身之物也要被人无端劫持？怒火涌动间，苏秦陡然仰天大笑："猗矛啊猗矛，可曾听说过，士可杀不可辱？"

"先生何出此言？猗矛岂敢辱没名士？唯做买卖而已。"平和的话语中猗矛的笑容已经收敛，眼中渗出一股阴毒的光芒。

"天下名士，不与你做车马买卖！"苏秦声色俱厉，大步走到车辕旁，便要上车离去。

"呔！不能走啦——"肥子商人大喝一声，大手一挥，车痴同伙举着火把围了上来，七嘴八舌地喊："士不可辱，我等商人可辱么？""是也！谁敢与我等商人不做买卖！""不识敬，千金买一辆旧车，还不知足？""甚名士？我看是个野士！""没个了断，如何能走？商人好欺么？""是名士就拔剑，商人也要雪耻！"

苏秦转身冷冷一笑："要做劫匪？还是要私斗？这是秦国。"

话音落点，车痴们顿时愣怔——秦国新法如山，抢劫与私斗都是死罪，一经查实，立即斩首。谁都会顾及自己的生死，更何况这些富商大贾？猗矛却是狺狺笑着走了过来道："我等并未用强，买卖不成，仁义尚在。先生却自恃名士，辱及我等，这该当有个了结吧？秦法纵然严明，也总须讲个公道。"

"对！该当有个了结！"车痴们又轰然动了起来，举着火把凑集到苏秦周围。

"噢——"苏秦冷笑，"天下之大，无奇不有啊，强盗也要讲公理了。我倒想听个说法，如何了结？"

猗矛依旧阴柔地笑着："先生与这位肥兄决斗一场，便了却今日恩怨。"

私相决斗，本是春秋以来士子阶层的风气。士人兴起之初，多受贵族挑衅与蔑视，为了维护自己的尊严与声誉，往往拔剑而起与挑衅者做殊死拼搏，以表示虽死不受侮辱的名节气概。此所谓"士可杀，不可辱"。几百年下来，决斗便成了维护尊严名节的古老传统。决斗杀人，官府历来是不加追究的。猗矛不知苏秦根底，提出决斗只是个试探：若苏秦剑术高强，自然只好收场；若苏秦是那种只文不武的士子，则必定要"成交"这笔生意了。

听得决斗二字，苏秦被激怒了，右手向车厢一探，一柄青光凛凛的长剑锵然在手："谈何决斗？一齐来。"

猗矛却摆摆手道："不能，肥兄一人替代我等便了，如何能以众凌寡？"

"好，便是我来啦——"黄衣肥子拉着长长的楚腔，丢掉手中火把，笑眯眯地拔出了一口弯月似的吴钩，脚步像水牛般沉重地挪了过来，"出剑啦！——"肥胖的双手攥着一口半月形的细剑，样子颇为滑稽。

苏秦不禁哈哈大笑。他练剑十多年，从来没有与人真正交过手，今日第一遭就遇到了如此一个滑稽人物，不由自主地大笑起来，学着他的楚腔："肥子先出剑啦——"

"敢笑我？找死啦——"黄衣肥子大怒，吴钩一挥，一道弧形的寒光向苏秦胸前逼来。苏秦浑身灼热，浑不知这吴钩"斜啄"的厉害，只一剑直刺当前，又快又准。这吴钩"斜啄"是当胸横划，速度稍慢，攻击的范围却是极宽。寻常剑士但见一片弯月形剑光逼来，往往不知从何处防御，若有刹那犹豫，吴钩划到胸前，人便会被拦腰划开。偏偏苏秦是简约剑法，不管你如何挥舞，我只一剑直刺。只听叮当一声大响，火星飞溅，两剑相交，吴钩剑光芒顿失，黄衣肥子噔噔噔后退了三步。

"啊哈哈哈哈哈哈！"苏秦畅快无比地大笑起来，心思老师这简约剑还当真高明，第一剑便将这楚剑吴钩震退，不由得胆气顿生。原来，苏秦剑术缺乏天赋，老师便教他反复练习快剑突刺，说不管敌人如何挥剑，你只一剑快刺，只要做到"快稳准狠"四个字，自保足矣。苏秦自然信奉老师，寻常练剑便是千遍万遍地突刺快剑，经常惹得张仪大笑不止。苏秦却不管不顾，只是一剑一剑地认真突刺。今日临敌，这一剑快刺大是威风，如何不高兴万分？

黄衣肥子恼羞成怒，吼叫一声"真找死啦——"要冲上来拼命。

"且慢。"猗矛却伸手拦住了肥子，对苏秦拱手笑道，"决斗完了，先生胜。日后我等绝不再找先生聒噪便是。"

"算你明理。苏秦告辞。"

"且慢。"猗矛轻捷一闪，拦在了苏秦面前。

"猗矛，还做劫盗么？"苏秦冷笑。

"先生差矣。"猗矛满面笑容，"先生快剑，猗矛生平未见，斗胆想与先生走几圈。十剑为限，点到为止，可否？"

苏秦初尝快剑之妙，内心正在兴奋处，听得猗矛要和他比剑，而且"点到为止"，乐得再尝试一番，欣然应道："好！就陪你十剑。"

四周火把顷刻又围成了方圆两三丈的一个大圈子。猗矛拔剑，却是一口小吴钩，长不到两尺，与苏秦的三尺长剑相比，显得寒瘦萎缩。猗矛右手持剑，左手是弯弯的青铜剑鞘，显然是剑、鞘双兵。他猫腰蹲身，喝声"起——"，挺着剑缓缓围着苏秦打起了圈子。

苏秦的快剑有两个前提，一是正面对敌，二是敌不动我不刺后发先至。如今猗矛围着他打圈，他也便挺着长剑转圈，始终与猗矛保持正面相对。转得两三圈，猗矛突然一声大喝，吴钩与剑鞘一划一击，同时两路攻到。苏秦在他喝声一起时一剑刺出，直指猗矛胸膛。

"好！第一剑！"猗矛一跃丈许，闪出苏秦剑光，却又立即逼上来绕着苏秦打圈子。

苏秦狂饮了一坛赵酒，能够一时清醒，全因了渭风古寓特制的醒酒汤。但那醒酒汤解得一时醉意，却并不能消解酒力。本来就飘飘然如腾云驾雾的苏秦，几圈转下来便觉眼前金星乱冒，心中明白上了猗矛的恶当，却是已经晚了，一声“猗矛……”喊出，脚下虚浮，天旋地转，硬生生栽倒在地。

“好！妙！”“小子倒——倒——倒了——”车痴们挥舞着火把跳了起来。

“还是公子高明啦！各位听公子的啦——”黄衣肥子挥舞着吴钩叫起来。

猗矛冷冷笑道：“肥兄带两个人，立即将那辆车秘密运出秦国，藏到郢都家库中。韩兄带两个人，立即将这个不识敬的主儿抬到官道旁边，好衣服全部剥了，弄出遭劫的样子。各位该得的利金，我改日如数奉上。如何？”

“好！便这样了。”其他商人车痴也知道猗顿家族财势太大，王车肯定是人家的，平白得一笔巨额利金也就知足，异口同声答应了。

“立撤！半年内，谁也不许在咸阳露面。”猗矛一声令下，车痴们熄灭了火把，悄悄分头出了北阪松林。

六　孑然一身出咸阳

日上三竿时分，北阪渐渐地热了起来，蝉声开始无休止地聒噪了。

麦收已过，秋禾初起，新绿无边无际地弥漫了北阪原野。这时正是最为燠热的三伏天，田野的农人们开始三三两两地向北阪松林聚拢，要在这里等待家人送饭，吃过饭便在松林中消暑一个时辰，避过最酷热的正午时刻，再继续午后的劳作。

“噫！快来看，有人在这儿睡大觉！”松林边的村姑尖叫起来。

一个老人扇着大草帽走了过来："人家睡觉，关你甚事……哎，这是睡觉么？不对！快来呀，有人遭劫啦！"

田头走出的农人们闻声陆续赶来，围住了路边大树下这个酣睡者，不禁惊讶得鸦雀无声。

此人赤裸着身子，浑身只有贴身的一件丝绸短褂，脸上、腿上、胳膊上，到处都是细细的划伤，好像光着身子从荆棘林中穿过来的一般，脚上两只绣花白布袜倒很是讲究，却鞋子也没有，炽热的阳光已经将他晒得浑身通红，可他犹自在呼呼酣睡，粗重的鼾声鼻息声，不在任何一个村夫之下。

"细皮嫩肉，肯定是个富家子！"

"废话！光这丝绸小衣，咱三辈子也没见过。"

"吔！布袜上的绣花好针脚，多细巧！"一个送饭的女子叫起来。

"啧啧啧，是个俊后生，鼻梁多挺！眼睛不睁也好看哩。"另一个女子跟着嚷起来。

"大姐，干脆给碎女子招赘个女婿罢了，值哩！"一个中年汉子恍然高喊，众人哄地笑了起来。那个女人骂道："天杀的你！招你老爹！"众人更是跌脚大笑，那个中年汉子上气不接下气地喘息着："哎呀呀，老爹好福气哩。"女人满面通红，抽出送饭扁担就来追打那个汉子，汉子笑得瘫在地上举手连连求饶，一片哄笑，乱作一团。

"起开！"最先赶来的老人高喝一声，"路人遇难，有这等闹法么？都给我闭嘴！"老人显然很有权威，一声大喝，众人顿时静了下来。

"里正，先报官府吧。"那个中年汉子歉疚地挤了上来，低声出主意。

"在我里地头，报官自然要报。先把人抬到树阴下，别要晒死人了。"

"来！快抬！"中年汉子一招手，两个后生过来，三人搭手，将路边酣睡者平稳地抬进了松林，平放在一块大青石板上。这位酣睡者依旧烂泥般大放鼾声。

老里正凑近打量，眉头大皱："好重的酒气！谁家凉茶来了？"

"我这有。"手里还拄着扁担的那个女人，连忙从饭筐里拿出一个布套包裹的陶壶。老里正吩咐道："你手轻，就给他喂。要不，我估摸他要睡死的，脸都赤红的了。”

女人很细心地蹲下身子，将陶壶嘴轻轻对着酣睡者的嘴唇，陶壶稍稍倾斜，冰凉的茶汁便流了出来。奇怪，那火红滚烫的嘴唇竟然像片干旱的沙土，丝毫不见动静，茶水却一丝不漏地吸了进去。女人倒得快，“沙土”就吸渗得快，片刻之间将大大的一陶壶冰茶吞了个一干二净。

“啧啧啧！”女人惊讶得咋舌，“快，谁还有？这人要渴死了！”立即有人应声，递过来两个大陶壶。女人如法灌喂，那酣睡者在片刻之间又吸干了两陶壶冰茶。

围观人众不禁骇然，目光不由得一齐聚向老里正。

老里正凑近酣睡者鼻息，听听闻闻摇摇手道：“不打紧了，过会儿能醒来。”

众人还未散开，便见那人长长的一个鼻息，两手伸展开来打了个大大的哈欠：“好风凉！好舒坦！”眼睛悠然睁开一瞥，却突然立即闭紧，两手拼命揉着眼睛，揉得一阵，霍然坐起睁开眼睛，左右一阵打量，又看看自己身上，不禁满脸涨红，期期艾艾道，“诸位，父老，我，这，这是在何处？我的，我的衣物何在？”急得眼中要喷出火来一般。

老里正肃然道：“后生啊，我等瞅见你时，你正在这官道边野卧。老夫估摸你是酒后遭劫，被劫匪抛在了这荒郊野外。想想，可是？”

后生双眼死死盯着天空，腮帮咬得脸都变青了。

喂水女人小声道：“里正，邪门儿，快叫叫他，失心疯了不得哩。”

老里正摆摆手：“我看这后生不是凡人，教他静静。起开，不要围在这，各咥各饭去！”

众人不言声地散开了，眼睛却都时不时地瞄着青石板。良久，那后生从青石板上站起，默默地向老里正和众人深深一躬，转身大步就走。老里正疾步赶上拦住道：“我说后生啊，你有志气，老夫看得出。可你如此模样，走得多远？谁没个三灾六难，老秦人能看着你这模样走了？来，先咥饭，再穿一身衣服，老夫决然不拦你，咋样？”

愣怔片刻，后生又默默地一躬，跟着老里正走进了松林。老里正亲自拿来了几张干饼几块干肉一把小葱一罐豆粥：“后生，咥吧，莫嫌粗淡。”后生二话没说，大嚼起来，吃着吃着，泪水断线般流了下来。老里正长长地叹息一声，向身边一个少年低声吩咐了几句，少年飞快地跑出了松林。半炷香的工夫，少年气喘吁吁地跑了回来，交给老人一个黑布包袱。老里正打开包袱对后生道：“这是我大儿子的一身见客衣裳，后生穿了，莫嫌粗简。”说着一件一件地递到了后生手中：一件黑色麻布长衫，两件未染颜色的本色裤褂，一双结实端正的厚底布靴；簇新的布色，浆洗得平平整整。在老秦庶民来说，这的确是上好的衣裳了。那后生没说一句话，拿着衣裳就走进了树林，片刻出来，已经变成了一个英挺的布衣士子，要不是那铁青涨红的脸色，倒是另有一番精神。后生手中捧着自己那两件汗污不堪的丝绸裤褂与那双起花细布袜，恭敬地向老里正一躬，将手中衣物放在了老人面前，转身便走。

“后生慢走。”老里正拿着衣裳过来，“后生啊，这两件衣裳你自己带着，万一不济就卖了它。丝绸的，二十个秦半两差不多，也值几顿饭钱。”

后生看看老人手中已经包好了的衣裳，也不说话，便接了过来。老人又道：“后生啊，老夫是里正，得说两句官话，如何处置，你自思量了。依得秦法，路人遭劫，但凡路遇知情者，须得报官。你是酒后遭劫，老夫估摸你有难言之隐。你说，我等报官不报？报官，你就得随我等到咸阳令官署，追回你的物事。不报，你就不能说自己遭了劫，得吃个暗亏了。你思谋咋个办好？老夫绝不难为你。”

后生略一思忖，坚决地摇摇头，显然是“不要报官”的意思。老里正点点头道：“老夫晓得了。你走，咱是谁也没遇见过谁。”后生却深深一躬道：“老人家，我乃洛阳人氏，名叫苏秦。多蒙你救我大难，容当后报了。”这是面前后生第一次开口说话，老里正沟壑纵横的古铜色脸上不禁荡出了一丝笑意：“老了，记不得那么多了，你走。”

苏秦咬咬牙，转身大步走了。这个老里正真是个风尘人物，若在平日，苏秦定要和他结个忘年知己，然则目下落魄如此，却只能匆匆去了。虽然没有问老里正名讳，但苏秦永远都会记住咸阳北阪的这个村子，记得这片松林的，日后能否报答老人，只有天知晓了。目下燃眉之急，是如何渡过这道难关。苏秦很清楚，抢劫他王车的这批人绝非寻常盗贼，他们早就离开秦国隐匿得无踪无影了，秦国官府如何缉拿他们？一旦报官，非但麻烦多多，“苏秦说秦不成，醉酒遭劫”也会成为天下丑闻，岂不是生生地毁了自己？唯一的选择，只能隐忍不发，自己了结这场灾祸，再图去处。看看进了北阪小道，苏秦没有立即进咸阳城。他找了路边一片小树林，躺在了一块石板上假寐沉思，想着想着又朦胧睡去了。

直到日落西山，北阪一片暮色，苏秦才出了小树林，匆匆进了咸阳城。

北门街市内车马行人很少。这里是老秦人居住区，不比尚商坊，入夜行人稀疏车马罕见。苏秦一个人急匆匆行走，分外地显眼。走走问问过了几条街，才见一片客寓外风灯高挂，行人稍多了一些，仔细一看，正是长阳街到了。苏秦驻足打量，已经看见了前面不远处风灯上“栎阳客寓”几个大字，也看见了在大门前招徕客人的女店主的身影，却只是站在灯影里踌躇不前。过往行人都要奇怪地瞄他一眼，几家客寓门前的迎客侍者也都不断地向他打量，只是没有一个人邀他住店。思量老站在这里也不是办法，苏秦终于硬着头皮向栎阳客寓走来，看看离女店主只有几步远了，可她竟然没有看见自己，只顾向街中车马张望着。

“吭——喀！”苏秦很响亮地咳嗽了一声。

“哟——恁般粗野，好吓人！没瞅这是啥地方？你家炕头么？”女店主一连串唠叨着转过身来，却猛然僵住了，“你你你，你是谁呀？”

苏秦勉强笑着：“大姐不认识客人了？”

“哪里敢哟！”女人两只眼睛滴溜溜转，笑得亲切极了，“有般粗人，天黑便不规矩，我也是怕。先生，到北阪走村去了么？一身布衣，多洒脱！如何不见你的车？在后边么，我去赶来。”

“不用了，车送一个老友了。”苏秦冷冷笑着，向客寓大门走去。

“啧啧啧！多好的车哟，先生出手好阔也。”女人脸上笑，嘴上说，眼睛还向街面飞快地打量，看周围确实没有车来，一溜碎步跟了上来，“先生没喝晚汤吧，我去叫人准备。”

“不用了。”苏秦摆摆手，“我要离开咸阳，片刻后你来兑账。”

“先生客气了。先生慢走，鲸三在修节居收拾呢，先生沐浴休憩一会儿再说。”待苏秦走进庭院，女店主对前庭一个年轻侍者轻声耳语了一阵，年轻侍者匆匆出店去了。

那个木讷朴实的男侍鲸三刚刚将房间收拾完毕，苏秦便回到了修节居。鲸三小心翼翼道：“先生气色不太好，是否酒后受了风寒？要不要我去请个医官来？”苏秦见他显然没有任何疑心，淡淡道：“不用了。有热水么？我沐浴一番。”

“现成的。先生稍待，我立即去挑来。”说完匆匆去挑热水了。

鲸三一走，苏秦立即打开两只大箱翻了起来。这是两个上好的楠木大箱，一个是衣箱，一个是文箱。衣箱是大嫂与妻子收拾的，文箱是苏代苏厉收拾的。来到咸阳，苏秦只打开了几次文箱，拿出了最上面的几卷竹简和几张羊皮纸，并没有仔细翻检过。他目下最关心的是，箱中有没有金钱。苏秦出门时说定的只带百金，按照大哥的商旅阅历，这一百只金饼分做三处，放置在车厢的三个暗箱中。函谷关与燕姬换车，金饼原封不动地转移了过来——自西周以来，王车的打造规格从来不变，车中暗箱的位置也都是同一的。大哥叮咛过：这一百金都是家传的殷商金，金饼上有商王铭文，每金足抵十多个战国流行的金饼，一百金足当千金之多。目下，这些金饼自然不去想了。苏秦想看看，衣箱文箱里有没有大嫂她们放的零金。翻到衣箱底层，苏秦看见了一只皮袋，手一碰便知道是金币。拎出来“哗啷”倒出一数，却只有二十个。再翻文箱，只有十多枚魏国的老刀币。苏秦知道，那是因为他平日喜欢收藏刀币，苏代带给他赠送同好用的。

正在苏秦翻检得满屋都是凌乱物事的时候，院中响起了沉重的脚步声，应该是鲸三挑水来了。苏秦连忙将金钱放进箱中锁好，打开了房门。

“先生，我在门外，有事唤我了。”鲸三将热水添好，拉上房门就要出去。

“鲸三，这栎阳客寓，日金几多啊？”苏秦一副不经意的样子。

“看如何说了。”鲸三低着头，“这修节居，每日一到两金。”

“好了。随意问问，你去。”

待鲸三出门，苏秦到里间沐浴，泡在热水中顿时一身大汗，浑身瘫软了一般。苏秦思忖，自己在这里住了几近两个月，少说也得五十金，如今手边只有二十金，差得太多；随身值钱之物也都没了，那些衣物虽是上好，可也得看人家认不认。看今日街市上情景，这个女店主似乎也不是个善主。是啊，人都如那老里正一般，也就没有这“利欲”一说了。苏秦啊苏秦，你当真是命蹇时乖也，说秦不成尚不打紧，如何偏偏遇上了这帮冠冕堂皇的车痴劫匪？苏秦自呱呱坠地，从来没有体察过缺少金钱的滋味儿，方得出山，正在雄心万丈之时，竟突然遭遇了这匪夷所思的事端，一夜之间，沦为赤手空拳的布衣穷汉，还真有些乱了方寸。

沐浴完毕，苏秦觉得精神稍许好了一些。他换了一身新的内衣，外边还是穿上了那件布衫，方得收拾妥当，听见门外脚步声。仔细一听，却是两个人的脚步声。

“哟，先生精神气色好多了。”女店主笑脸盈盈，身后却没有别人。

“大姐，兑账，我该给你多少金？”苏秦看着这笑脸觉得别扭，毫无打趣的兴致。

“不多不多。”女店主笑盈盈站在那里，一双眼睛却在房间滴溜溜转，“人家魏国白氏的渭风古寓一日十金，我这儿一日只两金。先生住了五十三日，权作五十日计，也就百金之数。店小情薄，先生见笑哩。”

“好说。”苏秦心中暗暗一惊，果然是个毫不通融的厉害女人。如果自己不遭横劫，要说迟付一月，那女人肯定还巴不得。可如今不同，这女人好像知道了甚事，那副神情显然是要立马兑金，只是不知晓自己囊中底细，先行客气罢了。自己若显出底气不足，只怕今日大是尴尬。想到这里，苏秦悠然一笑，“倒是不多。然则，我的金匣在车上，友人赶车办件急事去了。先兑你二十金，一个月后再加你百金，如何啊？”

“哟！先生真是阔主。”女店主虽然还是一脸笑意，却不屑地撇了撇嘴，“我这小店可是负债周旋，不敢赊欠。那一个月后的利头，小女子也不敢贪。秦国新法，诚实交易，暴利有罪，诈商也有罪哩。”话语之中隐隐地带了些许威胁。

苏秦虽是商家出身，对商道却大是生疏，对此等商人更是拙于周旋，听得女店主笑语不善，面色顿时涨红：“那就兑。除了我的文箱，一应物事都给你。”

“哟——”女店主笑脸顿时带了嘲讽，“先生当我这儿是南市大集，羊皮换狗皮么？住我这店的客人，可没有拿东西抵账的。小女子倒是有个主张，先生愿不愿听？”

苏秦点点头，冷着脸没有说话。

“先生若能找个官员给我招呼一声，也就罢了。或者，有个山东商人也成。”

“没有！”苏秦脸色铁青，“我任谁也不认识。你自己看，那些物事够你了。”

女店主咯咯咯笑了：“也好。只是小女子不晓得贵贱，我叫抱大账的先生进来看看。”说罢向外高声道，“先生进来。”话音落点，一个黑胖胖矮墩墩的中年汉子推门进来，也不向苏秦作礼，只对女店主一躬身道：“请女主吩咐。”女店主笑道：“没甚事。先生将先生的这些物事检检看看，估个价，看值得几多？”

黑矮胖子眼睛一瞄，便知屋中两口楠木大箱是要检看的物事，上前先打开衣箱一件件抖落，末了淡淡说了一句：“大体值得二十金。”说完要来翻检另一只木箱，苏秦“啪”的一拍箱盖：“这是文箱，不许动。”又冷冷一笑，“你识得好赖么？仅那件化雪于三尺之外的貂皮斗篷，就值得五十金！”

“先生所言，乃是市价。若先生拿去南市卖了，再来兑账，自是另说了。”黑矮胖子也绷着脸冷冰冰的。

“哟——”女店主咯咯笑道，“小女子原是只喜欢兑金，不喜欢这些物事抵账。算了算了，衣裳先生还得穿不是？先生就兑金算了，多干净啊？”

苏秦咬着牙冷冷道：“不说了，都给你们，了账。”

“哟——差那么多，如何了账啊？”

“先生，我还是检检这只木箱，文箱有甚用？不值钱。”黑矮胖子说着径自打开了文箱。苏秦脸色涨红得出血一般，生生咬紧牙关，拿出了那几卷竹简抱在怀中：“那些都给你！”

黑矮胖子边检边报："羊皮纸五十张，白简一百支，刻刀两把，翎笔十支，玉砚一口，老刀币二十枚，铜管三支。没有了。大体值得十金罢了。"

听得这喋喋不休的念叨，苏秦直是心头滴血。他的文箱可说是件件皆宝，那羊皮纸在战国时期是极为贵重的文房至宝，一张至少值得一金。二十枚老刀币已是古董，至少也是一枚一金，更不要说玉砚翎笔了。可是，自己能拿到市上去卖么？能去做天下笑柄么？既然不能，就得忍耐，就得听任这般屈辱。

骤然之间，苏秦仰天大笑，一脚踹开房门，抱着竹简扬长去了。

第四章 谈兵致祸

一 十六字诀震撼了齐威王

在洛阳和苏秦分手，张仪终于到了临淄。

对于临淄，张仪并不生疏，一入城便直奔王宫。在宫门广场停下轺车，他对绯云吩咐道："车就停在此处，你可去逛逛街市，临淄可是热闹得很。"绯云笑道："吔，逛个甚来？我就在车上睡觉等你。"张仪说声随你，便向宫门去了。

张仪对齐国是充满向往的。在他看来，齐国是天下大变化的枢纽，齐王田因齐则是天下仅存的第一雄主。这田因齐即位三十余年，做了三件大事，每件事都改变了天下格局。第一件，铁腕整肃吏治，启动了战国之世第二次变法的潮流，带出了韩秦变法；第二件，与魏国霸权对抗，打了围魏救赵、围魏救韩两场大胜仗，使魏国霸权一落千丈，天下由魏国独霸变为齐秦魏三强鼎立；第三件，建立稷下学宫，使天下士子由争相"留魏"变成了争相"赴齐"，天下文明潮头自然也由魏国转到了齐国。在三十年里，齐国能够从中等战国一跃成为首强，自然是齐威王扭转乾坤。秦孝公英年早逝，在方今天下君主中，齐王就成为当之无愧的第一雄主。正是看中了齐国的强盛与齐威王的雄明，张仪才选定了齐国。

张仪的步履是从容的，也是自信的，因为他清楚齐国目下的危机，也已谋划好了化解危机的对策，只看这个老齐王如何对待他了。

齐威王正在王宫园林踽踽漫步，偏偏传来密报：东南的越国正在秘密集结大军，准备夺取齐国南部的胶潍地区。他顿时烦闷起来，望着垂柳在波光粼粼的湖面上轻拂，直如梦幻一般。即位三十年余了，他第一次感到了疲惫，第一次心中发虚。老了么？五十多岁，正在如日中天。累了么？心中明明还憋着一股劲儿使不出来。

半日徘徊，齐威王总算明白了自己——最教他不安者，是没有一个高明的争霸方略。齐国在他手里是无可置疑地强大了，可如果仅仅如此，你田因齐毕竟是个庸才。论强国功业，天下数秦孝公首屈一指。老实说，那才叫急起直追迎头赶上。你田因齐秉承的基业家底儿，可是比秦孝公雄厚多了，与嬴渠梁比，你至多做个第二。和老魏王那个酒囊饭袋比么，未免显得窝囊，可不想窝囊还不行，齐国现下也就是与魏国不相上下。若说到财富根基，说不得魏国还略胜一筹。只有使齐国更上层楼，完成统一霸业，你田因齐才算得天下第一雄主，做出了千古第一功业。否则，就只能是个二等明君而已。可是，从何处着手呢？

现下秦魏齐三强并立，面对一个老霸主，一个新强国，齐国该如何摆布？齐威王竟思谋不出一个满意的对策。当年的上将军田忌出走了，洞察天下的孙膑也不辞而别隐居去了。只剩下一个老丞相驺忌，虽长于处置国务，却素来没有大谋略，与他商议多次都是不得要领。多方派员打探孙膑下落，也是一无所获，使得齐威王终日闷闷不乐。

目下又是越国要进犯。越国虽不是劲敌，但对于十多年没有大战的齐国来说，也是一件很头疼的事。不怕打不过，只怕陷入纠缠。别看这个快被人遗忘的越国，山高水深林密，你要打他找不见，他要打你陡然冒出一大片，若陷入纠缠，急切间不能脱身，中原霸业就等于白白地拱手送给了两个强大对手。此等局面，齐威王如何能够忍受？可是，如何全盘筹划，急切间却难以权衡决断。齐威王又一次想起了田忌和孙膑在国时的气象，不禁深深懊悔当初对驺忌、田忌将相倾轧的失策处置，非但逼走了田忌，还带累孙膑也走了，这是他即位以来犯下的最大错失，想起来就隐隐心痛……

“魏国名士张仪，求见我王。”内侍匆匆走来禀报。

“张仪？”齐威王一愣，“是那个骂倒孟子的张仪么？”

“禀报我王：正是那个张仪。”

“好！有请先生，到湖边茅亭。”

内侍匆匆去了。齐威王立即吩咐侍女在茅亭摆下简朴的小宴，他要与这个能骂倒孟子的天下第一利口小酌对谈。在齐威王眼里，一个能将孟子骂倒的人物，一定不是等闲之辈。孟子何许人也？天下第一雄辩大师，天下第一卫道士，清高之极渊博之极智慧之极，但遇对手从来都是高屋建瓴滔滔不绝，鲜有对手走得了三五个回合。这是齐威王在稷下学宫多次亲眼目睹的。就是几个锋锐无匹的新秀，也只和孟子堪堪战了个平手，更不要说其余人物了。可这个张仪，竟在大梁魏王宫以牙还牙，骂得孟子几乎要背过气去。连素来喜欢在名士面前打哈哈的老魏王都恼羞成怒了，可见其人辞色之锋利。

一个月前，当这个故事传到齐国时，有人说张仪有失刻薄，齐威王却不禁哈哈大笑：“好好好！天下出了此等人物，孟夫子一口独霸从此休矣！”齐威王明白，要说尖酸刻薄，孟子绝非厚道之辈，痛斥贬损从来毫不口软，而且往往都是抢先发难，何独怨张仪？想不到这个张仪今日竟来到了齐国，可得用心体察一番，若果真是个名士大才，那可真叫上苍有眼。

片刻之间，垂柳下草地小径上走来了一个黑衣士子，大袖飘飘，身材伟岸，束发无冠，步履轻捷，恍若一朵黑云从绿色的草地飘了过来。

“好人物！”齐威王暗自赞叹，大笑着迎了上去，“先生光临齐国，幸甚之至也！”

张仪也远远看见齐威王迎了过来，心中大感欣慰。这个老国王是天下有名的铁面君主，天性傲慢凌厉，生杀予夺嬉笑怒骂从来都是毫不给臣下脸面，对待稷下学宫的名士，也极少对谁现出赞赏，只有即位头几年，才对孟子孙膑这样的人物恭迎如大宾。如今，老国王却亲自起身迎接自己，虽然仅仅是一个湖边相迎，谈不上大礼相敬，但张仪已经预感到自己所料不差。思忖间齐威王已是咫尺之遥，张仪连忙恭敬地深深一躬：“魏国张仪，参见齐王。”

“先生拘泥了。”齐威王大笑着扶住了张仪，并拉住他一只手，“来来来，这厢茅亭落座。”亲切豪爽如见老友一般。

张仪本来洒脱不羁，对齐威王的举动丝毫没有受宠若惊的紧张难堪，任齐威王与自己执手来到茅亭。这座茅亭坐落在湖畔垂柳之下，三面竹林婆娑，脚下草地如茵，宽大的亭子间里青石为案，草席做垫，异常的简朴雅致。进得亭中落座，微风习习一片清凉，酷暑之气顿消。

“好个茅亭，令人心醉。”张仪不禁赞叹。

齐威王笑道：“先生可知这茅亭名号？”

“张仪受教。”

“国士亭。惜乎国士亭，冷清近二十年也。”齐威王慨然叹息了一声。

“张仪无功，齐王何以国士待之？”突然，张仪觉得这个老国王有些着意高抬自己，心中掠过一丝阴影。

“大梁挫败孟子，先生之才可知。生为魏人，先行报国，先生之节可知。挟长策而说诸侯，先生之志可知。如此才具志节，安得不以国士待之？”齐威王说得字字板正。

张仪第一次受到大国之王的真诚推崇，不禁心头一热，慨然拱手道：“齐王以国士待张仪，张仪必以国士报齐王。”

齐威王亲自斟满了一爵：“来，先共饮一爵，为先生洗尘！”

“谢过齐王。”两只青铜大爵一照，张仪一饮而尽。

“先生远道来齐，欲入稷下学宫？抑或入国为官？”

张仪不禁对齐威王的精明由衷佩服——心中分明着急国事大计，却避开不谈，先征询你的实际去向，既显得关切，又试探了你的志向；更重要的是，就此隐藏了齐国最紧迫的困窘，却要试探你是否一个真正洞察天下的大才？寻常士子顺着话题走下去，热衷于自己的去向安排，也就必然对齐国的急难茫然无觉，果真如此，这场小宴也就到此结束了，

“国士”云云也将成为过眼云烟。心念一闪而过，张仪拱手作礼道：“谢过齐王关切。然则，张仪不是为游学高官而来，却是为齐国急难而来。”

“噢？”齐威王惊讶微笑，“一片富庶升平，齐国有何急难？”

“歧路亡羊故事，齐王可知？”张仪也是微微一笑。

“歧路亡羊？先生请讲。”

“杨子的邻人丢了一只羊，请了许多人帮着寻找，也请杨子帮忙顺一条直路寻找。杨子惊讶问：一只羊，何用如此多人寻找？邻人说：歧路多也。杨子就帮着去找了。整整一日过去，找羊者晚上在邻人家会合了。杨子问：谁找见羊了？都说没有。杨子惊讶不解。邻人说：歧路中又有歧路，我等不知所以，只有回来了。此所谓歧路亡羊也。张仪以为，歧路可亡羊，歧路亦可亡国。目下，齐国正当歧路，齐王以为然否？”

“齐国歧路何在？”齐威王目光炯炯地盯住了张仪。

“齐有大国强势，却无霸业长策，此歧路一也。西有中原大业，南有海蛇纠缠，何去何从，了无决断，此歧路二也。大道多歧路，若贻误时机，一步出错，齐国就会纷扰不断，日渐沉沦。殷鉴不远，在夏后之世。魏国之衰落，也只在十余年也。”

一席话简洁犀利，齐威王面色肃然，起身离席，深深一躬：“先生教我。”

张仪坦然道：“霸业长策，首在三强周旋，次在四国捭阖。我有十六字，齐王思之：联魏锁秦，和秦敬魏，北结燕赵，南遏楚韩。”

“烦请先生拆解一二。”齐威王精神大振。

“三强之势：齐国处东海之滨，秦国处西陲关山，魏国居于中原要冲。秦国与齐国少有战事，但却都是近三十年来崛起的新锐强国，都是实力雄厚的大国，都有雄心勃勃的君主。统一中原，是齐国与秦国的共同志向。唯其如此，只有秦国才是齐国真正的、长期的敌手。魏国则是沉沦腐败、外强中干，不堪威胁天下。然则，这个魏国对于秦齐而言，却又是极为重要的一个力量，魏国倒向何方，就可能获得立足中原的巨大优势！秦魏百年深仇，素来敌对，迄今为止，秦国还没有洞悉到争取魏国的重要。当此之时，联魏锁秦，使秦国不能轻易东出函谷关，为齐国霸业之要。此其一也。其二，秦国虽是齐国的真正敌人，但在列强并立之时，齐国却不能与强悍之秦国结怨，而要和解为上，尽量冲淡两国争霸之真面目，多多向秦国宣示修好愿望。如此一来，秦国这个火炭团便推给了魏国。而联魏、敬魏之根本，在于利用魏国做齐国的石头，打向秦国脚跟。若按如此方略，三强之中，齐国稳操胜券也。”张仪侃侃而谈，显然是早已想透。

“好！后边八字如何？”齐威王一动也不动。

“天下战国，三强连成东西一线。其余四国，北方燕赵，南方韩楚，应对所以不同，在于他们与齐国的利害关联各不相同。燕赵两国均与齐国接壤，多有边民冲突，小战不断。齐国要聚力压向中原，必须与这两个大邻国结盟修好，腾出手来专力与秦国、魏国周旋抗衡。齐对赵有救援之恩，对燕有战胜之威，只要齐国示好，赵国燕国定会乐于跟从，如此北方大安。此为北结燕赵。”

齐威王微微点头，目光如火焰般灼热。

张仪侃侃道：“遏制楚韩，因由不同。韩国虽小，却地处中原要害，又有宜阳铁山，各国大是垂涎。得韩，则南可威胁楚国，西可封锁秦国，东可压迫魏国，洛阳王室更在韩地包围之中。然则，申不害变法失败后，韩国实力锐减，劲韩之名大为暗淡，已经成为最弱战国。齐对韩有再生大恩，韩对魏有血战之恨，韩国人恨魏而爱齐。只要齐国继续与韩国修好，韩国就会成为齐国的附庸。要韩国长久附庸齐国，就既不能教韩国强大，又不能教韩国受欺。齐国需要一个驯服的韩国，此为遏制韩国的根本所在！南方楚国，山高水深，地域荒僻广袤，任谁不能一战数战灭之。然则，楚国历来冥顽不化，对中原野心勃勃，任何国家也不能控制。唯一有效对策：联合魏国，封锁楚国与淮水陈地以南，使其不能北上。此为遏制楚国。如此纵横捭阖，齐国安得不成千古大业！”

微风吹拂，湖畔垂柳摇曳，张仪咬字很重的魏国口音在风中传得很远。

听着听着，齐威王紧紧握住了铜爵，双手微微有些发抖。这一番鞭辟入里的解析，使他如醍醐灌顶般猛醒。骤然之间，三强格局与天下大势格外透亮。寻常名士泛论天下大势，齐威王也听得多了，往往都是不得要领。张仪却迥然有异，以齐国利益为立足点，剖析利害应对，句句要害，策策中的，堪称高屋建瓴。连齐威王都觉得是一团乱麻的七国纠缠，被他刀劈斧剁般几下就料理清楚。

“此人大是奇才！”瞬息之间，齐威王几乎立即就要拜张仪做齐国丞相。然则，这位久经风云变幻的老辣国王还是生生忍住了，他要再看看张仪，这可是托国重任啊。尽管已经平静下来，他还是情不自禁地一拍石案道：“先生一席话大是解惑。但不知这联魏锁秦，却有何具体方略？如何联？如何锁？”

张仪几乎不假思索：“齐魏相王。齐秦通商。”点到为止，没有再说。

齐威王默默思忖有顷，已经想得清楚，觉得张仪的方略实在高明，心中大是快慰，不禁又起身为张仪斟满一爵道：“来，为先生长策，一干此爵！”先自饮尽，还笑着向张仪亮了一下爵底。酒谚云：先干为敬。但在国君待臣的礼仪中，却没有任何一个国君这样做。张仪自然深感齐威王敬重之情，举爵一气饮干，也笑着亮了一下爵底，只不过是双手握爵，以示更为谦恭的回敬。

“先生对越国北进，有何化解之策？”齐威王知道，面对如此奇人已经无须隐瞒，直截了当地问出了这件头疼事。

“化解越祸，易如反掌也。”张仪颇为神秘地笑了笑，“只是，此事须得张仪亲自出马。”

“如何？”齐威王显然是不愿张仪离开了，“先生定策，派特使交涉不行么？”

“齐王且先听我策谋。”说着凑近齐威王身边，一阵悄声低语，仿佛怕远远站着的老内侍听见一般，说完坐回笑问，“如此捭阖，特使可成？”

齐威王听得频频点头，却又大皱眉头：“先生孤身赴险，我却如何放心得下？然则，此事要派别个前去，确实也可能坏了大事，当真两难……”

知道齐威王已经是真正地为自己担心了，张仪心中大是感奋，慨然拱手道：“齐王以国士待我，张仪敢不以国士报之？齐王但放宽心，张仪定然全功而回。”

齐威王思忖一番，终于一拍石案：“好！先生返齐之日，便是齐国丞相。”

“谢过我王。张仪今日便要南下。”

齐威王慨然一叹：“先生如此忠诚谋国，田因齐心感之至。只是无法为先生一壮行色了。”说罢回身对老内侍下令，“立即带先生到尚坊府库，一应物事财货，任先生挑选！”

张仪笑了：“谢过我王，快马两匹，黄金百镒，足矣！”

二　一席说辞　大军调头

广袤荒原上，一片蓝蒙蒙的军营。大纛旗上的“越”字，三五里之外都看得清楚。

这里正是齐国南长城外，越国北征的大军营地。

在中原大国眼里，越国是个神秘乖戾的邦国——人情柔昵却又野蛮武勇，国力贫弱却又强悍好战。远古时期，越人本是蚩尤部族的一支。蚩尤部族极善于铸造剑器，在中原部族尚在蛮荒石兵的时候，蚩尤部族就开始了以铜为兵，铸造的铜剑无敌于天下。仗着这神兵利器，蚩尤部族北上，与中原的黄帝部族展开了浴血大战。谁也说不清其中的奥秘，蚩尤铜兵反而战败了，被黄帝诛杀了。蚩尤部族逃亡避祸，星散瓦解了。后来，有一支归入了夏王少康的部族，从此便以夏少康作为自己的始祖，再也不说自己是蚩尤部族的一脉了。可是，蚩尤部族的神秘图腾，酷好铸兵的久远传统，却深深渗在了这个部族的血液中。后来，夏少康将越地封给了这个部族，从此有了“越人”。

说也神奇，越人造不出一辆好车，可是却能铸造出罕有其匹的锋利剑器。春秋战国的名剑，十有八九都出自越人之手。吴国有一段打败了越国，将越国的铸剑师劫掠到了姑苏城，要越国铸剑师为吴国打造出天下独一无二的兵器。越国铸剑师竟没有为难，打造出了一种形似一勾弯月的剑器，无论形制还是锋锐，尽皆天下无双。吴王夫差大喜过望，将这弯月剑器命名为“吴钩”，命令大量打造，吴兵人手一口。此后百余年，吴钩成为楚、吴、越三国的主战兵器，威力毫不逊色于中原直剑。

历代越王都是收藏剑器的名家，越人中也常有著名的相剑师。越王勾践的父亲允常，藏有数十口天下名剑，曾经请来相剑大师薛烛，从中相出了天下十大名剑。从此，铸剑藏剑相剑之风弥漫越人，人人爱剑，人人练剑，纵是山乡女子中也常有剑道高手。“越女善剑”便成为流行天下的美谈。

就是如此一个剑器之国，国运却像海上漂蓬一般沉浮无定。

越国不是西周的正封诸侯，而是以“圣王后裔”的名义，独自立“国”生存的部族。由于地处偏僻的东海之滨，西周王室鞭长莫及，便也在天下安定后渐渐认可了这个诸侯。越国在春秋之前的历史，只有越人自己的传说，中原人没有一个说得清楚。张仪也不例外。

进入春秋时期，因勾践复仇灭了吴国，越国才一跃而起，成为南方大国。在勾践之前，越国是默默无闻的蛮荒小邦。正在勾践谋求良才，求得名士范蠡与文种，欲图振兴时，北边的吴国强大了。吴国大军压境，一战破了越国都城会稽，越国面临彻底灭亡的危局。幸亏勾践临机忍辱，接受了大夫范蠡的主张——主动请做吴国附庸，保全越国不灭。为了让吴王夫差相信，勾践带着范蠡到姑苏城做人质去了，只留下大臣文种治理越国。几年之中，越国君臣用尽了一切手段，收买吴国权臣、离间吴国君臣、给吴国进贡不发芽的稻种、给吴王贡献西施及数不清的美女等等。最后，勾践自己竟连吴王夫差的粪便都尝了，惹得天下诸侯好一阵嘲笑。无所不用其极之后，勾践终于回到了越国。十年卧薪尝胆，休养生聚，勾践君臣终于使越国强大了。后来，趁着吴军北上与齐国争霸时，勾践率领大军一举攻破姑苏，逼杀夫差，又在中途迎击吴军并战而胜之。终于，越国第一次成了江东江南之霸主。

可这第一次也就成了最后一次。勾践称霸后，范蠡出走隐居，文种被勾践杀害，越国就像流星一闪，又迅速暗淡了。南方老霸主楚国，像座大山压在越国头上。北面的齐国也眼睁睁警惕着越国，越国丝豪动弹不得。就这样，窝窝囊囊过了几十年，渐渐地又被中原淡忘了。

到了战国三强并立，越国已经是勾践之后的第七代国君了。这个国君叫姒无疆，是个一心想振兴祖上霸业的赳赳勇武之辈。他与几个谋臣商讨，一致认定：振兴霸业，就要讨伐战胜齐国。说来，这是“南蛮三国”（楚吴越）北上称霸的老路。春秋时期，有实力阻挡江淮三国北上的，只有中原的晋国与齐国。楚国称霸时，主要对头是晋国。吴国、越国称霸，则都是战胜齐国而奠定霸主地位的。而今，齐国依然是中原的赫赫强国，越国战胜齐国，自然就威震天下。从实际情势而言，越国灭吴后，已经成为说大不大，说小不小的“准战国”，北面直接与齐国接壤，用兵极为方便。齐国为了防备这个神秘乖戾的邻国，特意在南部胶水、潍水地区修筑了一道长约三百多里的夯土长城。这道长城以高密为后援基地，长期由檀子将军率军镇守。越王姒无疆却以为，齐国修长城，正是惧怕越国，更加卖力地准备伐齐大战。

今岁开春，姒无疆一道严令，将都城从僻处南部山区的会稽，迁到了北方的琅邪。南北千里之遥，越国竟然只用了短短两个月。琅邪，本来只是老吴国的一座要塞边城，东临大海，北接齐国，距离齐国南长城仅仅只有百余里。寻常岁月，这琅邪本是人烟稀少冷冷清清一座小城堡，而今骤然变做了都城，行宫、官署、作坊、商贾、国人，挤得熙熙攘攘热闹非凡。

越王姒无疆嫌小城堡憋闷，便将行宫安在了城外原野，说这是效法祖上的卧薪尝胆，定能一举破齐。可如此一来，谁还敢住进小城堡？官署大帐与商贾国人，都在城外扎起了帐篷，小城堡变成了都城工地，昼夜叮当作响，热闹得不亦乐乎。再加上十五万大军的连绵军营，气势壮阔得令人咋舌。一眼望去，帐篷连天，旌旗招展，炊烟弥漫，人喊马嘶，市声喧闹，琅邪原野活生生成了一个游牧部族的天地。

姒无疆下令：休整一月，讨伐齐国，一举成就大越霸业！

就在这时，张仪风尘仆仆地赶到了。他将自己的轺车留在了临淄府库，与绯云各骑一匹雄骏胡马，兼程南下，一天一夜出了齐国南长城，很快，琅邪城已是遥遥在望。

“吔——大军营寨就是这样儿啊？大集似的！”绯云扬鞭指着闹哄哄无边无际的帐篷，惊讶得叫了起来。

张仪哈哈大笑：“你以为，天下军营都这样么？走。”

原野上的大道小道人道马道纵横交错，绯云手足无措。张仪扬鞭一指：“看见那面越字大纛旗了么？照准下去。”说着一抖马缰，缓辔走马嗒嗒前行。

虽说是望眼可及，却因原野上到处都是匆匆行人与牛马车辆，时不时得停下让道，这段三五里小路走了足足半个时辰。看看夕阳将落，方才到得大纛旗前的华丽大帐。帐外几十辆破旧的兵车围成了一道辕门，辕门外站满了手执木杆长矛身穿暗污皮甲的越国武士。见有人来，一个身佩吴钩的军吏高声喝道：“此乃王帐！快快下马！”

绯云下马，赳赳拱手高声道：“中原名士张仪，求见越王，请作速禀报。”

“好脆亮的嗓门。”吴钩将军嘿嘿笑着，“中原与我大越何干？快走开！”

张仪在马上高声道：“我给越王带来了千里土地。小小千夫长敢阻拦我么？”

吴钩军吏围着张仪的骏马打量了一圈，终于拱手道：“先生请稍待。”一溜小跑进帐去了，片刻又匆匆出来在张仪马前端正站好，高声喊了一嗓子：“张仪晋见——”

张仪下马，将马缰交给军吏，昂然进入了华丽的行宫。辕门内长长的甬道上铺着已经脏污不堪的红地毡，将华丽的帐篷陪衬得格外怪诞。内帐口一个女官清亮地喊了一声：“中原士子到——”张仪进得内帐，见正中一张长大的竹榻上斜卧着一个紫色天平冠的精瘦黝黑汉子，心知这是越王姒无疆无疑，长长一躬道：“中原张仪，参见越王。”

越王姒无疆目光一瞥，没有起身，傲慢地拉长腔调问：“身后何人噢——”

张仪正要回答，绯云一拱手道：“张子书仆绯云，参见越王。”

“书仆？书仆也配进王帐噢——”

张仪一本正经道："越王乃上天大神，小小书仆自然不配。然则，我这书仆身上有带给越王之大礼，不得已而来，尚望越王恕罪。"

"噢哈哈哈哈哈！"越王大笑，"张子好气派，还有捧礼书仆。好说了，入座。"说着不自觉从竹榻上坐直了身子，又瞄了绯云一眼。

一名绿纱女侍轻盈地搬来一只竹墩，放置在越王竹榻前丈许。越王连连摇手："远噢远噢。"女侍连忙将竹墩挪到榻旁两三尺处，方自退去。张仪坦然就座，绯云站在张仪身后，却直耸鼻头紧皱眉头。越王黝黑的脸上掠过一道闪电般的笑容——张仪看见的只是嘴角抽动了一下而已——晶亮的目光定在了张仪脸上道："张子仆仆而来，要给我千里土地？"

张仪笑道："启禀越王：张仪要酒足饭饱，方可言人之利也。"

"噢哈哈哈哈哈！"越王大笑，"得罪得罪噢。来人，酒宴为张子洗尘。"

片刻之间，几名女侍鱼贯而入，摆上两张长大的竹案并两张竹席。越王被两名女侍扶着从榻上下来，再入座竹案前。一起一坐，方见他两腿奇短，身子却很是长大，站起来矮小精瘦，坐下去却颇为伟岸。绯云拼命憋住笑意，转过身响亮地咳嗽了两声。张仪浑然无觉，只是打量了一眼地上的竹席，觉得编织得极为精美，坐上去清凉滑爽惬意之极，心思有如此精美之物，却偏偏要学中原铺什么脏兮兮的红地毡，当真是东施效颦糟践自己。暗自思忖间，酒菜已经摆好，却是一酒两菜：酒是越国的大坛米酒，盛在白玉杯中一汪殷红，煞是诱人；一只大铜盘中盛着一条洗剥得白亮亮的大生鱼，生鱼旁是一口五六寸长的小吴钩；另一只铜盘中是一盏浓酱、一撮江南小葱、一盏红醋、一小盘近似小虾的银色小鱼，还有一双竹筷。本色竹案本就淡雅，加上红白绿相间，分外入眼。

张仪不禁暗自赞叹："越人烹饪，倒算是自有章法。"绯云坐在旁边一张小竹案前，一脸茫然，不知这等生物却如何吃法。

越王端起白玉杯向张仪一伸："来，本王为张子洗尘了。干噢！"呱呱饮干摇摇玉杯，"张子，我越酒比中原酒如何噢？"

张仪方得饮干，正在品咂滋味儿，觉得不辣不烈却是力道醇厚，毫不寡淡，入喉下肚便有一阵热气在体内倏忽弥漫开来，却又与那清冽柔曼的楚国兰陵酒大相径庭，着实别有神韵。不禁拍案赞叹道：“好个越酒！强过楚酒多矣！”

“噢哈哈哈哈哈！”越王姒无疆一阵得意的大笑，“张子尚算识得货色，对路！”又伸手在竹案上一圈，“可知我越食吃法噢？”

张仪微微一笑，从容地从大铜盘中拿起小吴钩，在肥厚的生鱼尾部切下薄薄的一片，拿起来向灯光一照，鱼片儿亮得透明。越王大笑着点头。张仪便将生鱼片儿在浓酱中一蘸，就一撮小葱入口，又悠然地呷了一口殷红的越酒；再拿起竹筷夹一个银白似虾的小鱼，在醋中一蘸，又是悠然一口殷红的越酒下肚，笑道：“此乃震泽银鱼，生蘸苦酒，大是美食。”

绯云看得童心大起，也跟着张仪一鱼一酒地品咂：“吔，酸得有趣。”

“张子师徒对越国很熟噢，何以教我啊？”越王姒无疆又是一阵大笑。

“敢问越王：十五万兵马攻齐，能得几何利市？”张仪不急不慌地反问一句。

越王目光陡然一闪：“齐国乃我大越世仇，伐齐一则可重振越国声威，二则可得齐南五百里土地。此乃越国大业所在，岂在利市二字噢？”

张仪大笑摇头，一副大是不屑的模样。越王被他笑得一脸困惑：“你，笑从何来噢？”

“敢问越王：楚人刻舟求剑，可曾听说过么？”

“刻舟求剑？张子倒是说说噢。来人，酒！”这越王酷好传说，一听有故事大感兴趣。

“有个楚国商人，在越国买了一口名剑。”张仪说得煞有介事。越王听说故事中还有越国，更是大长精神：“噢，这剑是在越国买的？”“正是。”张仪接道，“坐船过江时，商人抽出剑来反复观赏。不防船一摇晃，名剑脱手掉入江中。船上客人都替商人惋惜。商人却不慌不忙地又拿出一把短剑，在船边刻了一道印痕。船至江边，客人上岸，商人却脱光了衣服要跳水。船家大惊，拉住商人询问。商人说，我的名剑从这里掉进了江水，我自从这里下去捞回。船家问何时落水？商人答曰：一个时辰之前。船家大笑，连呼蠢商蠢商。敢问越王，这商人蠢在何处？船家何以笑他？”

“这有何难？”越王大咧咧笑道，“商人不会游水噢，要是本王，早捞上来了！”

“越王做如此想？”张仪颇见揶揄，又有些惊讶。

“那是噢——”越王傲慢地拉长了声调。

话音落点，帐中一片窃窃笑声。刚刚闻讯赶来的几位大臣连忙大袖遮面，一片吭哧咳嗽，侍女们也背过身去嘻嘻笑了。绯云笑得最响亮，想说话，却软在了小竹案上。越王自觉不大对劲儿，大喝一声道：“笑个鸟！听张子说话！”帐中顿时安静下来。

张仪见这个越王憨直粗朴，心思须得直截了当，庄容拱手道：“越王，这楚商求剑，与会不会游水却是无关。船固无变，流水已逝。一个时辰过去，剑已经在数里之外，纵然精于游水，也永远找不到那口剑了。以船体刻痕，求流水之势，此乃楚国商人之蠢也。船家所笑，原是在此。”

“噢哈哈哈哈哈！”越王恍然大笑，“原来如此。蠢！蠢！楚人蠢！”猛然又回过神来，笑声却戛然而止，“这刻舟求剑，与我大越霸业，有何相干噢？”

“事虽不同，理却一辙。”张仪侃侃道，“越国僻处东海一隅，越王尚沉浸在先祖霸业的大梦里。殊不知，三十年来中原已经是天地大翻覆。春秋一强独霸之路，早已经如流水逝去了。中原战国，目下是秦魏齐三强鼎立，谁也不是霸主。越王图谋北上争霸，正如同那楚国商人在船行数十里之后，却要下水寻剑。数十年来，天下征战已经不再是争霸大战，而是利市之战，每战必得夺取大量土地、人口与财货，方算得实实在在的实力扩张。越王图谋，只求战胜称霸，而不求夺取土地利市，早已经是陈腐过时之老战法了。”

“噢——”越王傲慢地拉着长调，“我就夺齐国土地人口，不也利市么？”

“此处，正是事理交关也。”张仪从容笑道，“若不图争霸而图谋利市，齐国便索然无味了。”

“噢？此话怎讲？”

“齐国乃中原三强，军力正在全盛之期。张仪观越军气象，伐齐犹如以卵击石耳。此其一。其二，齐国南长城以内的百里地面，尽皆海滨盐碱荒滩，苇草苍茫，杳无人烟。纵然战胜，不独没有利市可言，荒地反成越国累赘，这便是索然无味。越王以为然否？”

越王的傲慢大笑没有了，低头思忖良久，突然抬头道：“大越白白折腾了？”

“非也。”张仪摇摇头，“箭在弦上，岂能不发？”

“还是噢——”越王又大笑起来。

“然则，这支箭须得射中一只肥鹿，才算本领。”

“肥鹿？肥鹿在哪里噢——”

“楚国。一只肥大麋鹿。”

“噢哈哈哈哈！张子是说打楚国？”倏忽间，傲慢的大笑却泄了底气，低声咕哝着，“楚国楚国，打得过么？”

张仪不禁莞尔：“越王敢打齐国，却疑惧一个楚国，匪夷所思也。”

“莫非，楚国比齐国还好打？”越王显然对楚国心有顾忌。

百年以来，楚越吴三国虽然都是中原诸侯眼中的“南蛮”，但相互间却是势同水火。吴越两国是真正的滨海邦国，比楚国更为偏远闭塞。楚国占据长江中游与淮河流域，堪称“半中原半江南”大国。楚国的中心区域始终在长江中游与淮北地带，所以有“荆楚”之名。三国间多有冲突征战，吴国、越国都分别强盛过一段，也都有过打败楚国的一两次胜利。但从大处说，楚国始终是南三国中最强大的国家。吴越两国即或在最强盛的时期，也从来没有正面突破楚国而长驱中原的。吴越两国的称霸，始终都是走偏锋——从东北一角攻击齐国得手。楚国就像一座大山，横亘在正面，吴越两国始终都无法逾越这座大山而直达中原大地。这样的历史，就沉淀成了这样的心态——惧楚不惧齐。越国吞灭吴国的初期，曾经是实力大长，但对楚国却从来是井水不犯河水。

张仪自然已经将其中的奥秘揣摩清楚，收敛笑容道：“越王有所不知，近三十余年来，楚国每况愈下，已经和当年的吴国没有两样。虽则楚国地广人众，却是数十家贵族割据封地，一盘散沙。就实力而言，楚国几乎没有骑兵，只有古老的战车与步兵，可谓师老兵疲；更兼没有名将统兵，战力可想而知。越王挟十五万精兵，又是王驾亲征，必然一鼓战胜楚国！”

越王姒无疆精神大振，“啪”地一拍竹案道：“能败楚国，利市大了去噢！”

张仪微笑接道：“楚越接壤两千余里，交界处无一不是鱼肥水美。此等丰饶土地，得之尺寸，也强于齐南百里荒野。若能占据整个云梦泽水乡，越国便是天下第一强国！”

“噢哈哈哈哈哈！”越王一阵纵声大笑，“好！我便攻楚，白鱼大大有得吃了噢！”笑着笑着，戛然而止，猛然盯住了张仪阴声问，“张子，老实说噢，为何要我弃齐攻楚？”

张仪悠然笑道：“越王神明，外臣自是有所图而来。”

“噢？求官还是牟利噢？”

“张仪有一癖好，酷爱名剑。此来为求越王一口名剑也。”

“噢？一口名剑？”越王目光闪烁，打着哈哈道，“本王之意，张子做我越国上大夫，如同范蠡一般谋划军国大事。本王封你一百里土地如何？那名剑顶得白鱼美酒么？”

张仪强忍笑意，一本正经道：“张仪布衣闲散，四海漂泊，不善居官理事，岂敢与范蠡相比？能得越王剑一口，张仪生平足矣！”

“噢哈哈哈哈，好说好说！”越王打着哈哈踌躇踱步，“张子求剑，有个名目么？”

“张仪斗胆，敢求蚩尤天月剑。”

“噢？”越王大为惊诧，“你如何晓得这蚩尤天月剑？”

“生平揣摩名剑，张仪知道，唯有越王藏有蚩尤剑。”

越王姒无疆急得面红耳赤：“不不不！听噢：这蚩尤天月剑，连本王也是只听过没见过，据先人留言，蚩尤剑数百年前已经流入中原。噢，对了！你若能找到蚩尤剑，你来做越王，本王给你做上大夫噢！”急迫之情，显见是个大大的剑痴。

“噢——”张仪不自觉学着越王腔调，沮丧地长叹一声，“还是你做越王，我却只要名剑便了。张仪是个剑痴，惭愧惭愧。”

“噢哈哈哈哈，同道同道。”越王大笑着，“张子献大计与我，岂能没有回报？来人，取龙泉剑出来！”

“龙泉剑？张仪如何闻所未闻？”

越王又是一阵得意的大笑：“越剑之秘，岂是中原人所能尽知噢？大越西南有瓯水，知道么？瓯水有山溪一道，从高山密林涌出，匹练汹涌，大有气象，铸剑师名为龙泉溪。这龙泉之水噢，铸剑一绝！当年的吴钩，就是越国铸剑师在龙泉溪建炉铸造。龙泉剑，吴钩之神品噢！张子见识见识了。”

张仪心下暗暗叹息，说到铸剑，这个姒无疆倒是比军国大事有见识多了。此等剑痴玩物有余，可上天却偏偏教他治国理民担一国兴亡之重任，真乃上苍作孽也。正在叹息感慨间，一个须发花白的内侍捧来了一个陈旧暗淡的长条红木匣，恭敬地放置在越王案头。姒无疆恭敬起身，向木匣深深一拜，然后抖起丝衣大袖，小心翼翼地打开木匣，郑重其事地招招手道：“张子请来看噢。”张仪走过去一看，见木匣中又有一个长方形的青铜匣子，铜锈斑驳，颇有古董气韵。姒无疆伸手摁了一下青铜匣中央边缘部位的一个凸起铜扣，只听“当”的一声，铜匣弹开，一柄弯月形的剑器卡在金红的丝绸之中，紫红色的皮鞘，如清秀的处子躺卧在朝霞中一般，幽静而羞涩。

“张子，请来品评这龙泉吴钩噢。对了对了，先要拜剑噢。”

张仪本是照葫芦画瓢，学姒无疆的样子装作一个真正的剑痴，却因了煞有介事，竟得到姒无疆的赞赏。待上前双手捧起这口弯剑，立即感到一股沉甸甸冰凉凉的寒气渗进了骨骼。略微一掂，便闻一阵隐隐约约的金铁振音。张仪虽然并非剑痴，却也与苏秦的剑盲大是不同，是名士中罕见的剑器爱好者，否则不会充做剑痴来了结姒无疆最后的疑虑。一搭手，张仪便知这“龙泉吴钩”绝非凡品。仔细审量，见这剑鞘是罕见的鲨鱼皮制作，光泽幽幽，贴手滑爽，与木铜合制的剑鞘相比，别有一番神韵；连同剑鞘、剑格看外形，这剑长不过二尺五寸，形似半月，英挺秀美，端的是一口长短适中的实用格斗利器。

春秋以来，铸剑术长足进步，剑器形制也日益纷繁，从五六寸的特短剑（世人称为“匕首”），到剑身三尺（连剑格当在三尺五六寸左右）的长剑，从窄如柳叶的细剑，到骑士用的阔身短剑，从柔若锦带的软剑，到厚重威猛的铁剑，数不胜数品形各异。但以实际用途而言，长剑在战国初中期尚不普及，仅仅是国君、豪士、贵族将领的佩剑，极少用于随身携带。最为实用的，还是这种剑身二尺许的“中剑”。所以张仪一掂分量，便觉这口剑十分趁手。再看剑格，与剑身连铸，工艺十分的考究。出手一握，掌宽很是舒适。护手的铜挡并不厚，却是特别的坚挺明亮，毫无锈蚀。剑格工艺历来是铸剑师的门面，一口剑是否名器，一看剑格便知十之八九。

战国之世，豪华讲究的风习已经渗透铸剑领域，剑格已经不再成型连铸，而是只铸“铁根”，而后再在“铁根”上另行装饰剑格，于是出现了“木格”、“铜格”、“玉格”等各种剑格不同的剑器，甚或有豪阔者在剑格镶嵌珠宝的所谓“宝剑”。剑格连铸，事实上已经成为春秋时期一种老式铸剑工艺了。它要一次成型，难度当然比后来的只铸剑身与“铁根”的铸剑术要大得多。这也是名震天下的铸剑师只出在春秋时期的原因。这口剑是连铸剑格，自然是春秋越国的铸剑师作品，也自然是一口兼具古器神韵的名剑。

张仪兴奋，熟练地拔剑出鞘。但闻一阵清亮悠长的振音锵锵然连绵不断，剑身出鞘，一道幽幽蓝光在剑锋之上磷火般悠悠滑动，在半月形的剑身形成了一弯美妙的弧光。

“当真好剑！”张仪不禁脱口赞叹，“可以试手么？”

越王姒无疆见张仪神往的样子，大是得意，噢哈哈哈哈一阵大笑道：“来人！牵一头活猪进帐。”

张仪连忙道：“越王不妥，名剑试于猪，大是不敬。不试也罢，好剑无疑了！”

越王又是大笑：“张子孤陋寡闻噢：牛羊猪三牲祭物，唯天地配享之，试剑正是得其所哉！这是越国铸剑师的风习，晓得噢？”姒无疆好容易博识了一次，得意非常。

“越王神明，张仪受教。”铸剑历来是最为神秘的行当，张仪也真是第一次听说这个讲究，实实在在谦逊了一回。

一头肥大的生猪被圈赶进来，声声尖叫分外刺耳。越王郑重其事地向肥大生猪深深一躬，回头高声喊道：“张子试剑噢！”张仪从来没有用剑器杀过猪，总觉得这种试法有些荒诞不经，加之不熟悉吴钩的使用技法，有些迟疑发怔。此时肥猪在大帐左冲右突，将竹案王榻纷纷拱倒，侍女们惊叫着跳窜躲避，乱纷纷笑闹一片。

张仪觉得不能犹豫，双手捧剑喊道：“敢请越王赐教。”

越王姒无疆噢哈哈哈哈哈一阵大笑：“张子毕竟书生，你来看噢！”接过龙泉吴钩，向张仪喊着，“吴钩之法：斜劈为上。看好了！”恰逢那头肥大生猪正尖叫着奔突窜来，姒无疆手中吴钩在空中一划，青蓝色的光芒闪出一勾弯月似的弧线，但闻“噗”的轻微一声，猪头已经齐刷刷滚落在地，兀自在地毡上尖叫蹦弹。

眼见粗大的猪脖子变成了白生生一道切口，竟没有喷血，张仪不禁大是惊愕。不想正在此时，切口血柱却四散喷射如挟风疾雨。随着侍女们的一片惊叫，大帐中所有人的衣裳都变成了血点红。最神奇的一股猪血，竟将越王姒无疆的王榻喷成了一汪血红。

“噢哈哈哈哈！”姒无疆一阵大笑，“张子请看，剑锋有血么？”

张仪接过龙泉吴钩，见那剑身剑锋依然是蓝汪汪一泓秋水，仿佛只是从风中掠过一般，不禁大是惊叹：“龙泉吴钩，真神器也！”

“好！”越王豪气大发，“你我两清了。待我灭得楚国，再送张子一个大大的利市——越国上大夫！如何噢？”

张仪大笑道：“那时啊，越国天下第一强，越王真要发市也。”

三　策士与君王的交换

轻舟扬帆，三五日之间，张仪从琅邪南下入泗水、江水，进入了云梦泽。

在遥远的洪水时期，长江中游弥漫出了一片辽阔汪洋的水域，东起江汉平原，西至漳水下游，北接涢水下游，南抵湘水、资水、汨罗水，纵横千里，占了当时楚国的三分之一。从长江西上，一入江汉交汇处，烟波浩渺云遮雾障莽苍苍水天一色，水势汪洋充盈，岛屿星罗棋布，气象宏大极了，扬帆其中，直如烟云大梦，当世呼之为云梦泽。

张仪雇用的小帆船，是越国有名的出海轻舟。船家水手对云梦泽的水路极是熟悉，根本不用张仪操心。郢都在云梦泽西岸，从东向西横渡云梦泽，要整整漂流四五个昼夜。所幸云淡风轻，倒是一帆风顺。张仪虽不是水乡弟子，更没有在茫茫水上连续漂泊的经历，但由于经常出山游学，遇水乘舟也是常事，总算还能支撑。只是绯云大大的辛苦，在泗水平静的水面时，尚能在船头走动。一入长江，大觉发晕，只得躺在舱中昏睡，进入云梦泽，波涛汹涌舟行如浪，小船免不得多有颠簸，绯云觉得天旋地转，不停地呕吐起来，一日之间吐无可吐，只有干呕了。

张仪着急，请教船家。船家说，初涉大水都是一样，慢慢会好的，一定要吃水物，只要吃得下，日后没事。张仪亲自洗干净了一盘云梦小白鱼，连同一小碗红醋端到舱中。绯云兀自昏睡，面色苍白。张仪笑着轻轻拍了拍绯云的脸蛋儿："咳，小哥儿，醒醒。"绯云睁开眼睛，见张仪俯身咫尺之间，满面通红霍然坐了起来："我，我又睡着了么？"张仪不禁笑了："我又睡着了么？都睡两天了。快来，云梦白鱼。船家说了，多吃白鱼，水神护佑。"绯云大是困窘道："张兄，我，我倒成了你的累赘了……"说着竟是要哭的模样。张仪哈哈大笑道："跟主母读了两天书，成小木头了？来，吃了云梦白鱼，明日就好。到了郢都，吴钩杀猪给你吃。"一说吴钩杀猪，绯云也忍不住"噗"地笑了出来："好，我吃。不能习水，绯云如何跟张兄漂泊四海？"说着精神大振，拿过盘子用手抓起白鱼吃了起来。张仪惊讶笑道："哎哎哎，苦酒！蘸苦酒！白吃有腥味儿。""不怕。"绯云边吃边说，"就要这样吃，将这水腥鱼腥全吃熟了，谁怕谁吔？"片刻之间将一盘云梦生白鱼淡吃了下去。张仪高兴得拊掌大笑："好！世有小子，其犟若牛，够气魄！"绯云却惊愕地笑了：

“不对吔！白鱼有这么香？”张仪惊讶：“你觉得淡吃香了？”绯云困惑地点点头：“对，怎么回事吔？”张仪恍然大笑：“站起来，走走，还晕不晕？”绯云小心翼翼地站了起来，走得几步，没有丝毫的摇晃：“不，不晕了？吔——不晕了！”几步跑过来猛然抱住了张仪，两人一起大笑起来。

漂得几日，船到云梦泽西岸。张仪付了佣金，船家去兜回路客了。张仪主仆安步当车，向郢都城而来。不消两个时辰，已经进了郢都西门。张仪不去接待官员国使的驿馆，却找了一家上等客栈住了下来。他要先摸摸楚国情势，再相机行事。

就张仪的使命而言，将越国这场“伐齐”麻烦引开，他便算南下圆满成功了。北返齐国，张仪便是可一展宏图的齐国丞相了。可张仪想得深远，深知齐国权臣世族之间倾轧甚烈，要在齐国站稳脚跟，甚至在齐威王身后也安如磐石，就必须将根基扎得更深一些。张仪的秘密盘算是：借机进入楚国，将逃隐的上将军田忌与军师孙膑找出来，说动他们重返齐国，与他形成“张田孙铁三足”，稳固长久地鼎立齐国。根据他的观察揣摩，齐威王对田忌、孙膑的出走已经大为后悔，丞相驺忌的权势已经大为暗淡。只要他与田忌、孙膑同时回到齐国，驺忌一定会被贬黜，齐国的大振兴一定会在他们三人手里完成。三人之中，张仪肯定是丞相，田忌、孙膑两人实际上合成了一个天下无敌的上将军。更重要的是，这两个人都属于专精军事而疏淡权力的那种贵胄名士，既不会拥兵自重威胁权力中枢，又能为开创大业建立汗马功劳，确实是天下难觅的大业伴当。驺忌与这两个人倾轧争斗，实在是缺乏大器局，小聪明过了头。两人一走，驺忌捉襟见肘，丞相地位摇摇欲坠，何其愚蠢也。

这一番谋划要想实现，必须借助楚国。春秋战国数百年，已经形成了一个才士流动传统：大凡在位名臣出走他国，只要他国接受，本国不得干预；但出走名臣在他国无论隐居还是做官，要想重新返回祖国，都必须他国赞同放行；否则，出走者被杀被害，他国没有任何顾忌。中原名臣每每在遭受陷害时，多是逃隐楚国。当年的吴起，连同目下的田忌、孙膑，以及后来的赵国上将军廉颇等，都曾经逃隐楚国。其中原因，一则是楚国纵横辽阔山重水复，利于隐居藏匿，常有隐居多年而楚国朝堂尚不知情的名臣才士；二是楚国长期疲软，用人见识褊狭封闭，吴起之祸后，楚国对中原的人才名臣一向淡漠，逃隐名臣大多不受纠缠。尽管如此，像田忌这样的当世名将，要离开楚国，还是以稳妥为上，求得楚王的放行方算上策。难处是，张仪还不知道田忌孙膑隐居在何处，楚王会不会放行便无从谈起了。一路思忖，张仪已经拿定主意，先见楚王，再访田忌。

这时的楚国已经改朝换代，执政三十年的楚宣王芈良夫死了。年轻的太子芈商即位已经三五年了。中原各国对楚宣王颇为熟悉，也深谙如何与其打交道，但这个新楚王禀性究竟如何？张仪还拿不准。策士游说，最根底的功夫，就是对游说对象的基本了解，此谓“非其人，不与语”的准则，盲人瞎马是策士最忌讳的。但如何对国君的志向做派进行判定，策士之间便大有不同了。

次日，张仪带着绯云，在郢都城外的村野田畴转悠了整整一天，日落西山才回到客栈。第二日，又在城内闲逛，走商市，进酒肆，看作坊，僻静街巷遇见老妪老翁讨碗水喝着，天上地下地闲扯一通。天黑时分，张仪见满城灯火，街市依旧热闹，饶有兴致地拉着绯云进了一家酒肆，饮了一坛兰陵酒，与邻座几个楚国文吏热热闹闹地说了一个多时辰，回到客栈，已经是午夜子时了。绯云侍奉张仪沐浴完毕，却站在房中不走。张仪笑问：“还不困乏么？休憩去，明日还有许多事。”

“整日闲逛，不务正经。”绯云突然红着脸，气冲冲冒出了一句。

张仪恍然大笑：“你个小子，吃饭不多，管事不少。那叫闲逛？”

“吔，不是闲逛？走东串西，闲话饮酒，还能叫甚？”绯云兀自嘟哝着。

张仪正在心情舒畅，呵呵笑道：“你个小子坐好了，听先生一课。那叫‘入国四问’，明白么？是说，到了一个陌生国度，要知道国君品性，就问四种人：一农、二工、三商、四老。这是我师秘传，明白？”

“你问国君品性了么？净东拉西扯说闲话。”绯云依旧低着头嘟哝。

“你个小木头。”张仪又气又笑，打了一下绯云的头，“那叫‘勘民生，度民心，大问于天’。逢人打问宫廷秘闻，那是三流痞士。明白？”

“那如何不早说？”绯云嘟哝一句，“噗”地笑了。

“谁能想到，老娘派了个小家老也。”张仪哈哈大笑着拍了拍绯云的头。

“主母叮嘱：‘不守正，戒之。’绯云不敢造次吔。”

“好了好了，收拾歇息，明日可要务正了。”

绯云高兴地去了。张仪却在灯下踱步良久。虽说自己对这位年轻楚王的大作为已经有所了解，但他在“人”上究竟胸怀如何？还很难揣摩。毕竟，这个新楚王即位几年，真实面目还是云遮雾障，没有什么大举动令人足以判定其志向品性。楚国历来是个颇难捉摸的国家，国王似乎历来有神秘做派的遗风，即位初期总有一段模糊时期，使人很难对他的趋向作明确评判。最甚者，大概就是楚庄王的“三年不鸣，一鸣惊人”。其后，用吴起变法的楚悼王，头两年也是不知所云。后来大杀贵族为吴起复仇的楚肃王，开始很长时间也是隐匿极深，杀了贵族，却又莫名其妙地复辟了旧制。再后来的楚宣王，笃信星相莫衷一是。现下这新楚王，已经是五年无大举，模糊得就像云梦泽的茫茫水雾。

楚威王接到了快马急报，越国十五万大军从琅邪南下，向楚国东北压来！

楚国上层对吴越两国已经淡漠了很长时间，数十年间，几乎没有任何邦交来往。从根上说，也是楚国与吴越两国恩怨纠葛太多，最终导致了楚国与越国的疏离断交。春秋时期，吴国地处震泽荒岛，越国更是“文身断发，被草莱而居”的弱小愚昧部族的时候，楚国就是声威赫赫的大国了。那时候，吴越两国都以楚国马首是瞻，两国间的摩擦也依赖楚国调停。这一时期，楚国吞并了大小数十个小诸侯邦国，可是没有吞并很弱小的吴越两国。从根本上说，一则是两国都是水域蛮荒部族——吴国以震泽（今日太湖）岛屿为中心区域，越国以东海之滨为中心区域——楚国要消灭这些流动在水域山林的部族，确实力有不逮；即便千难万险地灭了两国，也是无力治理，反倒成为累赘。对于志在中原的楚国来说，向北面淮水流域的良田沃野推进，自然要比与吴越纠缠有利得多。其二，吴越两国素来臣服楚国，定期纳贡，灭不灭一个样，又何须大动干戈？那时候，诸侯分封制是天经地义的王国样式，就是做了天子，也是求得个“诸侯臣服，四夷来贡”，吴越已经是臣服之邦了，再要吞灭就是有违天道的乖戾了。

楚国与吴越两国的连环恩怨，是从两百年前的楚平王时期开始的。

其时，楚平王昏暗失政，竟夺自己亲生长子（太子）建的新婚之妻。太子傅伍奢据礼力谏，被处灭族酷刑。伍奢在外领兵的两个儿子伍尚、伍员逃奔到了吴国。按照吴国对楚国的臣服关系，伍尚、伍员自然不能在吴国藏匿，须得将“叛臣”献给楚国。可这一回，事情却偏偏出了差错。吴王僚看准了机会，非但不交出伍员，还委伍员以秘密练兵的重任。后来，好歹交出了伍尚，对伍员则谎称逃窜无着。从这时候开始，楚国的大灾难便接踵而至了。三年后，吴国将军伍子胥，也就是那个怀着血海深仇的伍员，率领三千死囚练成的敢死孤旅做先锋，吴王僚亲率五万大军随后，大败楚军，攻入淮水以北的楚国腹地，俘虏了楚平王的王后。楚平王恼羞成怒，封大将囊瓦为令尹，修筑郢城，与越国联手建立舟师（水军），南下攻吴。不想伍子胥率领的吴军却抄了楚军后路，一举占领了楚国的腹地重镇钟离、居巢[1]，楚国又一次战败。这次大败，楚平王声名狼狈，在只做了十三年国王的盛年之期活活给气死了。

楚昭王刚刚继位，吴军又立即杀到。这次却是楚军将士合力，围困了吴军。期间恰遇吴军发生了内乱，公子光遣剑士专诸于宴席间刺杀吴王僚，自立为吴王。楚军将领闻吴国内乱，即行退兵，错过了一举灭吴的大好机会。这公子光，就是赫赫大名的吴王阖闾。他以伍子胥为大将，雄心勃勃地修筑了阖闾城[2]，使吴国有了中心根基地，准备全力对楚。两三年间，伍子胥率军不断袭击楚国，楚国却抓不住吴军踪迹，疲于奔命没有一次战胜之功。这时候，楚国感到了吴国真正的威胁。防御这个

[1] 钟离，今安徽凤阳东北地区；居巢，今安徽寿县东南。

[2] 阖闾城，后称姑苏，今苏州城。

昔日的臣服小国，一时变成了楚国最要紧的存亡大计。

但是，真正的大灾难却还刚刚开始。一年之后，兵家名士孙武到了吴国，吴王阖闾立即拜孙武为上将军，对楚国发动了长距离的奔袭战，三次攻入楚国淮北腹地。期间吴国又大败越国，显然成了江东江南霸主。吴王阖闾九年（公元前506年），吴国北联中原晋国，对楚国南北夹击。晋国联结鲁、宋、卫、陈、蔡等十余诸侯，从北面压制楚国。吴国则由孙武、伍子胥亲率大军越过大别山长途奔袭楚国腹地，在柏举[1]大败楚国令尹囊瓦的大军，并一举占领郢都。囊瓦逃亡郑国，楚昭王逃匿云梦泽，遭遇匪盗袭击，又逃亡随地。

这是楚国数百年来最深重的一次亡国危机。幸亏了那个申包胥，在秦国宫门外哭了七天七夜，秦哀公才发兵救楚。

楚国虽然没有灭亡，却从此在中原丢尽脸面，非但北上争霸无望，而且不得不与吴越两国开始了长期周旋。从这时开始，楚国扶植越国与吴国对抗。越国野心由此而引发出来，以楚国为后盾训练军旅，袭扰吴国。期间虽然也几次打败吴国，但却总是无法遏制吴国对楚国的攻势。吴王阖闾十一年，吴军大败楚国水军，又大败楚国的战车陆师于繁阳[2]。楚昭王恐惧之极，将都城东迁了数百里，在鄀城[3]暂时避难。至此，吴国成了真正的南部霸主。后来，便是那尽人皆知的故事——吴王夫差灭了越国，越王勾践卧薪尝胆，恢复越国后又灭了吴国。

至此，楚国背后最大的威胁消失了。可是，被楚国扶植起来的越国，丝毫不念楚国之情，虽然没有大举进犯，却也与楚国龃龉不断。这时天下已经进入战国，楚国在吴越争斗中历经吴起变法，元气已经大大恢复，重新将注意力转向了中原。越国则对吴起变法时的楚军颇为忌惮，也龟缩回震泽岛屿与东海之滨，远避楚国锋芒。

从此，楚越两国大大冷淡，几乎没有邦交往来了。

---

[1] 柏举，今湖北麻城东部。

[2] 繁阳，今河南新蔡北部。

[3] 鄀城，今湖北宜城东南。

今年春日，楚威王得报：越王姒无疆迁都琅邪，要北上攻齐。楚威王哈哈大笑道：“越蛮不知天高地厚，死期到了也！”这才几个月，如何便要调头南下来找楚国寻衅生事？正在疑惑间，又接斥候密报：中原策士张仪说动越国放弃攻齐，南下攻楚！

楚威王大是恼火，对这个张仪恨得咬牙切齿。原来，楚威王大有雄心，几年来正在秘密物色人才，准备第二次变法，刚刚有得头绪，却又越国大兵压境，一旦陷入战事纠缠，谁知道要耽搁多长时日？楚威王如何不感到气恼？

这天风和日丽，楚威王正在王宫湖畔练习吴钩劈刺。说是练剑，却有一搭没一搭地想着心事。越国既然来犯，不想打也得奉陪，可目下楚国连个像样的将军都没有，谁来操持这件军国大事？楚威王第一次感到了窝囊：一个几次做过天下霸主的堂堂楚国，竟被一个昔日附庸欺侮，当真是岂有此理！然则天下就是这样，你不强大，就要受气，就要受辱，就要挨打。看来，楚国不振作不训练新军是不行了。可是，远水不解近渴，关键是眼前这场兵灾如何消弭。想着想着，楚威王手中的吴钩偏了方向，一剑没有劈到木桩，却劈到湖畔石案上，“当”的一声大响，火星飞溅，震得楚威王一个趔趄，手中吴钩飞出老远，“噗”地插进了粼粼波光的湖水中。楚威王怔怔地望着湖面，甩着生疼的胳膊，沮丧到了极点。

正在此时，内侍急急走来：“禀报我王，中原张仪求见。”

“谁？张仪？他在何处？”楚威王牙齿磨得咯咯响，却没有转身。

“在宫门外候见。”

“教他进来。”

“遵命。”内侍一溜碎步跑了出去。

片刻之间，布衣大袖的张仪飘飘而来。楚威王远远打量，见这个黑衣士子与自己年龄相差无几，不由得冷笑几声，纹丝不动地站着。张仪自然将这位年轻国王的脸色看得分外清楚，一副浑然不觉的样子深深一躬：“中原张仪，参见楚王。”

“张仪，尔在列国翻云覆雨，不觉有损阴骘么？”劈头冷冷一句斥责。

张仪不禁恍然笑道：“原来楚王为此不悦，幸甚如之。张仪周游天下，彰天道而显人事，使该亡者早亡，当兴者早兴，正当延年益寿，何能有损阴骘？”

“无须狡辩。”楚威王冷冷一笑，“引兵祸入楚，还敢张扬郢都，不怕绞首么？”

“张仪给楚国带来千里鱼米水乡，何由绞首？”张仪平静地微笑着。

楚威王何其机敏，微微一怔：“你是说，越国是送上门的鱼脯？”

“正是。难道楚王不以为然么？”

“越为江南大国，善铸利器，悍勇好斗，十五万大军压来，岂是孱弱小邦？”

张仪哈哈大笑道：“楚王何其封闭耳。今日越国，岂能与五十年前之越国相比？越国自勾践之后，人才凋零，内斗不休，非但无力北上，连昔日丰饶无比的震泽，也成了人烟稀少的荒凉岛屿。三代以来，越国远遁东海之滨，国力大大萎缩。目下这姒无疆不自量力，却要攻打楚国，岂非送给楚王大大一个利市？楚国灭越，其利若何？楚王当比张仪清楚。”

楚威王半信半疑：“如你所说，这姒无疆是个失心疯？”

张仪揶揄笑道：“楚王为君，自然以为君王者皆高贵聪明了。然则在张仪看来，天下君王，十之八九皆是白痴木头。这姒无疆，除了剑道，连头猪都不如。”

楚威王想笑，却嘴角只是抽搐了一下：“既然如此，你为何将越国大军引开齐国？难道不想在齐国讨一份高官重爵么？”

张仪在草地上踱着步子，侃侃道：“灭国大礼，天有定数。齐国虽强，灭越却非其长。楚国虽弱，灭越却是轻车熟路。百年以来，楚国与吴越纠缠不休，对吴越战法也大是熟悉，水战陆战，楚国皆是吴越鼻祖。天道有常，越国向楚国寻衅，岂非楚国的雪耻振兴之日？”

楚威王思忖有顷，拱手歉意笑道：“多有得罪，先生请坐。来人，兰陵酒！”

片刻酒来，楚威王频频与张仪举爵，饮得一时，楚威王停爵笑问：“先生给楚国鱼脯，难道无所求么？”

“虽无所求，却想与楚王做一交换。张仪一老友隐居楚国，要请楚王高抬贵手也。”

“噢？先生老友隐居楚国？何人？”

“齐国田忌。”

“如何？”楚威王惊讶间不觉站了起来，“田忌隐居楚国？在何处？”

“请楚王高抬贵手，易人。”张仪没有正面回答，只是悠然地拱手一笑。

楚威王绕着石案急促地转着，突然止步：“莫急。放走田忌可以，然也须得有个交换。”

张仪大笑一阵：“楚王但讲。”

“田忌为将，率楚军灭越。”

张仪顿时愣怔，心中飞快盘算，踌躇笑道：“此事尚须与将军商议，不敢贸然作答。”

“芈商与先生同见将军商议，如何？”楚威王显然很急迫。

“这却不必。”张仪笑道，“我能说动将军，自来禀报楚王。楚王突兀出面，有差强人意之嫌，这庄交易便不能做了。”

楚威王思忖一番道：“也是。只是先生万莫迟延。来人，给先生备轻舟一只、快马三匹、驷马轺车一辆，随时听候先生调遣。”老内侍答应一声，匆匆去了。

张仪笑道：“多谢楚王，张仪还真不知用哪种好也。”

四　云梦泽访出了逃隐名将

云梦泽水天茫茫，一叶轻舟扯着高高的白帆，悠悠地向深处飘荡。

张仪真是不知道田忌隐居处，只是在大梁酒肆听过一个游学士子与人论战时的一番感慨，说齐国已是强弩之末，“名将逃隐云梦，权相故步自封，老王踽踽独行”等等。当时张仪倒是没有留意盘诘，待入临淄得齐威王青睐而谋及远事，才重新想起了那个士子的话。本想在临淄秘密探询一番，无奈行程匆匆无暇得顾。这次向楚威王提出放行田忌，本想是一种交换，不教楚国欠他这个“国情”。不想楚威王临机多变，以其人之道还治其人之身，也与他交换了一番。这一“交换”不打紧，却将寻觅田忌的事情由从容打探变成了当务之急。尴尬之处在于，张仪既不能说自己不知田忌隐居何处，又不能拒绝楚威王的急切敦促，分明自己给自己出了一道难题。

好在张仪生性洒脱不羁，自认对名士隐居的选择好恶还算摸得透，决意到云梦泽寻觅一番，撞撞大运。从越国一路西来时，张仪对沿途水域的岛屿已经大体有数，十来个看去葱茏幽静的小岛都在心里了，尤其是郢都附近的山水岛屿，张仪都以名士眼光做过了一番评判，也大体上心中有数。

因不知田忌确定居处，张仪婉辞了楚王的官船，自家雇了一只轻舟进入云梦泽。小舟飘出了郢都水面，船家问去何处，张仪便答：“好山好水，但有人居，靠上去便是。”这小舟是专门载客览胜的那种快船，船家须发花白精瘦矍铄，一看就是个久经风浪饱有阅历的江湖老人。见张仪说得大而无当，老人操着一口柔软的吴语笑道：“先生是闲游？是觅友？好山好水勿相同呢。”张仪笑道：“老人家好见识，正是觅友。只知他隐居云梦，却不知何方山水？”老人站在船头四面瞭望，一一遥指：“先生瞧好了，东南西北这几个小岛，我都送过贵客，不知先生先去何方？”张仪凝神观望了一番，指着北面一座隐隐青山道：“就那里了。”老人点点头：“侬好眼力，阳水穿过那片山，天阳谷真是好山好水呢。”说着操舵转向，长长地一声喝号，“天阳谷——开也——”隐蔽在舱面下的四名水手“嗨——”的一声答应，便闻桨击水声，小舟悠悠向北飘去。

大约半个时辰，那座青山近在眼前，穿过一片弥漫交错于水面的红树林，轻舟靠在了岸边一块硕大的石条码头旁。老人将船停靠稳当道：“先生，半山腰的茅屋便有贵人，我晓得，小货船常来呢。”张仪对老人一拱手：“老人家，相烦等候了。”老人拱手笑道：“先生自去无妨，晓得呢。”张仪与绯云便踏石上岸，顺着踩开的小道上了山。

还在进入红树林之前，张仪就已经看见了那座茅草屋顶。按照他的推断，茅屋建在山腰，这是北方名士的隐居习惯，图的是气候干爽，登高望远。若是南国名士，这茅屋该当在水边了。看来，这里的主人即便不是自己要找的人，也很可能问出些许线索来。及至上岸登山，才知这座远看平淡无奇的小山竟大有城府。登上一个小山头，翠绿的山谷豁然展开，一道清澈的山溪从谷中流过，鸟语花香，谷风习习，不觉精神顿时一振。

"吔——蒸笼边还有口凉水锅！"绯云高兴得手舞足蹈。

张仪大笑："粗粗粗！甚个比法？蒸笼凉水锅，就知道厨下家什。"

"吔——那该比个甚来？"绯云脸红了，一副请教先生的样子。

看绯云认真受教的神情，张仪煞有介事地想了一阵，竟真想不出什么更好的比法，对于自己这般炉火纯青的舌辩大策士来说，这的确是破天荒第一遭。憋了片刻，张仪不禁哈哈大笑："民以食为天，我看也就大蒸笼、凉水锅了。"

绯云咯咯咯笑得喘不过气来："不是说，君子远庖厨么？张兄下厨了吔。"

"被你个小子拖下去的。"张仪故意板着脸大步走向溪边。

绯云咯咯笑着追了上来："吔吔吔！慢走，要脱靴子呢。"说着推张仪坐在了一块青石上，咯咯笑个不停地跪坐在地，利落地为张仪脱下了两只大布靴，又脱了自己的两只布靴，顺手从腰间解下一条布带子，将两双布靴三两下绑定，褡裢似的搭在肩上，兀自笑意未消："吔，走了。"张仪却笑了："小子，倒像个老江湖。"绯云边走边道："跋山涉水，打柴放牛，绯云天下第一吔。"张仪见他左肩包袱右肩褡裢，手上还有一口吴钩，却丝毫没有累赘趔趄之相，犹自走得利落端正，不禁笑道："看来比我是强一些了。""那可不敢当吔。"绯云笑道，"张兄是高山，绯云只一道小溪，能比么？"张仪大笑："高山小溪？两回事儿，能比么？""能吔。"绯云一梗脖子红着脸，"有山就有水，山水相连，不对么？"张仪看见绯云长发披肩脸泛红潮声音脆亮，不禁莞尔："绯云，我如何看你像个女孩儿？"绯云大窘道："吔！瞎说，你才是女孩儿。"说完一溜碎步跑了。

两人一路笑谈，不觉到了山腰。脚下坑坑洼洼的草丛小路，已经变成了整洁干净的红土碎石小径，一道竹篱笆遥遥横在眼前，几间茅屋错落隐没在绿茵茵的竹林中，后面的一座孤峰苍翠欲滴，啁啾鸟鸣，更显得青山杳杳空谷幽幽。面南遥望云梦泽，却是水天苍茫，岛屿绿洲星罗棋布，有鸟瞰尘寰之境界，大是超凡脱俗。

“何方高人？选得此等好去处也！”张仪不禁高声赞叹。

“谁在门外说话？”随着一个苍老的声音，竹篱笆门“吱呀”拉开了，出来一个须发雪白的老人，手搭凉棚悠悠地四处张望。

“老人家，搅扰了。”张仪拱手高声道，“敢问将军在庄否？”

“将军？”老人摇摇头，“这里只有先生，没有将军。”

“请恕在下唐突，先生可在庄上？”

“足下何人？到此何事？”一个浑厚冰冷的声音突然从身后传来。

绯云大惊，快步转身，手中吴钩已经出鞘。张仪没有回身却哈哈大笑道：“先生到了，安邑张仪有礼。”转过身正待深深一躬，却突然钉在了当地——面前一个伟岸的大汉，一顶斗笠，一件蓑衣，手中一支大铁桨，活生生一个生猛的云梦泽水盗。张仪不禁愣怔，按照他的推想，盛年之期的田忌纵然隐居，也必定是名士清风洒脱雅致，能与孙膑那样的名士结成莫逆，能有如此超凡脱俗的隐居庄园，田忌当是一位风华将军才是。可眼前这位铁塔般的猛汉，与张仪想象中的田忌大相径庭。瞬息愣怔，张仪恢复常态，拱手笑道：“足下可是此庄先生之客人？与张仪一样，同来访友？”

蓑衣斗笠大汉却冷冷道：“张仪何人？此间主人并不识得。先生请回。”

张仪心中猛然一动，长笑一躬道：“上将军何拒人于千里之外？昭昭见客，何惧之有？”

“岂有此理？此间没有上将军，先生请勿纠缠。”蓑衣大汉手中的铁桨一拄，碎石道上“当”的一声大响火星飞溅。

“上将军。”张仪肃然拱手，“故国已成强弩之末，将军却安居精舍，与世隔绝，专一地沽名钓誉，不觉汗颜么？”

蓑衣大汉默然良久，粗重地喘息了一声："何须危言耸听？"

"广厦千间，独木难支，图霸大国，一君难为。又何须张仪故作危言？"

"当年有人说，地广人众，明君良相，垂手可成天下大业。"

"已知亡羊，正图补牢。其人已经后悔了。"

又是良久沉默。终于，蓑衣大汉喟然一叹："田忌得罪了。先生请。"

"承蒙上将军不弃，不胜荣幸。"张仪说着跟田忌进了竹篱笆小门。

这是一座山间庭院，院中除了一片竹林与石案石礅，便是武人练功的诸般设置：几根木桩，一副铁架，一方石锁，长矛大戟弓箭等长大兵器都整齐地排列在墙边一副兵器架上，显得粗朴整洁。沿着竹林后的石梯拾级而上，是一间宽敞的茅屋。

"先生稍待，我片刻便来。"田忌请张仪就座，自己进到隔间去了。

这间茅屋木门土墙，厅堂全部是精致的竹器案几，煞是清凉干爽，显然是主人的客厅。后面山上升起一缕青烟的茅屋，才是主人的家居所在。张仪正在打量，只听草帘"呱嗒"一响，身后响起田忌粗重的嗓音："先生请用茶。"张仪回身，不禁又是一怔。田忌脱去了蓑衣斗笠，换上了一领长大布衣，身材壮硕伟岸，一头灰白的长发长须，古铜色的大脸棱角分明沟壑纵横，不怒自威，气度非凡。

张仪笑道："人云齐国多猛士，信哉斯言。"

"先生远来，清茶做酒。来，品品这杯中物如何？"田忌只是淡淡地一笑。

老仆已经在精巧的竹案上摆好了茶具，那是一套白陶壶杯，造型拙朴，色泽极为光润洁白。茶壶一倾，凝脂般的陶杯中一汪碧绿，一股清淡纯正的香气弥漫开来。张仪不禁拍案赞叹："地道的震泽春绿，好茶。"田忌笑了："好在何处？"张仪笑道："中和醇厚，容甜涩苦香清诸般色味，却无一味独出。堪称茶中君子也。"田忌欣然道："张子如此见识，却是罕见。不知何以教我？"

张仪见田忌改变了称呼，将恭敬客气有余的"先生"变成了尊崇但又坦率的"张子"，心知田忌不是虚应故事了，拱手一礼，开门见山道：

"张仪入楚，欲请将军与军师重回故国，共举齐国大业。"

"如此说来，张子要做齐国丞相？"田忌目光一闪，却也没有特出惊讶。

"承蒙齐王倚重，张仪有望一展所学。"

田忌喟然一叹："只可惜，军师无踪可寻了。没有孙膑，田忌庸才也。"

"难道，军师与将军不通音讯？"张仪颇为惊讶。

"张子诚心，何须相瞒。"田忌一声沉重的叹息，"他是看透田忌的平庸无断了，伤心了。田忌生平无憾，唯对孙膑抱愧终生。孙膑以挚友待我，鼎力助我，成我名将功业，自己却始终只任军师而不居高官。桂陵、马陵两场大战之后，军师提醒我有背后之危，劝诫我经营封地，预留退路。我却浑然不觉，反笑军师疑虑太多。就在我逃国三日之前，先生已经遁迹。至今六年，依然是踪迹难觅。老夫几乎找遍了所有能想到的地方，都是空有旧迹，物是人非。这次，老夫也是刚从吴地震泽归来，不期而遇张子的。此生终了，田忌只怕也见不到军师了……"一丝泪光，分明在田忌的眼中晶晶闪烁。

一阵沉默，张仪豁达笑道："智慧如孙先生者，不想出山，只恐神鬼也难索得。将军无心之失，何须抱愧终生？若欲军师相见，张仪倒有一法。"

"噢？张子教我。"田忌陡然振作。

"重振功业，廓清庙堂。先生闻之，必有音信，纵不共事，亦可情意盘桓。"

田忌恍然拍案："好主张！以军师之期盼，报军师之情谊，正得其所。"

"只是，此间尚有个小小难处。"张仪神秘地笑了笑。

"噢？"田忌神色顿时肃然，"但请明言，绝不使张子为难。"

"错也错也。"张仪摇头大笑，"非是我为难，是你为难。楚王要你先为他打一仗。"

田忌听得一怔，继而恍然道："噢，越国兵祸？"

"正是。这是楚王的交换。"

田忌摇头苦笑："寄人篱下，终不是滋味。要紧时刻，只是一枚棋子也。"

"上将军差矣！"张仪爽朗笑道，"楚王也是一枚棋子。连楚国越国在内，都是天下棋子。世事交错，利害纠缠，人人互动，物物相克，此乃天下棋局也。将军何自惭形秽，徒长他人威风也。"

"说得好！听张子说事，如听孙膑谈兵，每每给人新天地。"田忌大是感慨。

"多承奖掖。"张仪拱手笑道，"如此请将军上路了。"

"即刻上路？"田忌惊讶，连连摆手，"不行不行。与越国大战，须得我认真谋划一番，胸无成算，如何仓促便行？"

张仪大笑道："将军天下名将，越国乌合之众，列阵一战就是，何须恁般认真？"

田忌蓦然收敛了笑容，盯着张仪沉默了片刻，冷冷道："田忌庸才，没那般本领。"

张仪顿时尴尬，但他机变过人，思忖间肃然一拱道："原是张仪唐突，将军见谅。请将军自断，谋划须得几日？"

"五日。"田忌也拱手还了一礼，算是了却了方才的小小不愉快。

"好！一言为定。"张仪说着站了起来，"将军跋涉方归，须得养息精神，告辞了。"

田忌似乎还想说什么，终于只笑了笑点点头："但随张子。"

云梦泽边，田忌久久望着那远去的一片白帆，凝神沉思了许久，总觉得这个张仪有点儿说不出来的异常之处，才华横溢豪气纵横，见事极快剖析透彻，可自己却总觉得不踏实。若没有与孙膑共处共事的那几年，田忌也许不会有此等感觉。莫看孙膑断了一条腿，看去像个文弱书生，实际却是一副傲视天下的硬骨头。他剖陈利害谋划行动，往往都是常人匪夷所思的奇路子，然则一经说明，就教人觉得扎实可行，心里特是踏实。小事如赛马谋划，大事如围魏救赵之桂陵大战、围魏救韩之马陵大战，都是天下独步的神来之笔。孙膑在齐国所有的谋划，都是田忌在实际操持实现。每次最关键最危险的环节，都是田忌亲自担当，两次大战，带兵诱敌深入的都是田忌，率领齐军冲锋陷阵的还是田忌，心里踏实，做起来就挥洒自如。今日的这个张仪，与孙膑同出一门，都是那鬼谷子老头儿的高足，如何自己总觉得有点儿别扭？

湖畔思忖半日，莫衷一是。田忌苦笑着摇摇头，踽踽回到了天阳谷，一头扎进那间本想邀张仪进去共商的“兵室”，闷了整整四天四夜没出来。

五　昭关大战　老军灭越

楚威王在郢都王宫隆重地召见了田忌。

楚国的元老重臣济济一堂，悉数参加了召见。楚威王没有将越战当军国机密，而是采取了大张旗鼓的举动。一来，他要显示对田忌的最高礼遇。二来，他要着意营造一种“谈笑灭越，举重若轻”的氛围，以振作楚国衰颓已久的士气，给第二次变法铺路。当然，给了楚威王勇气的，还当首推张仪。半月以来，楚威王经过张仪反复的对比剖析，对楚国与越国的实力民心军情国情，都有了清楚的了解，精神大是振作。他相信张仪的评判：楚国灭越，确实是“牛刀杀鸡，一鼓可下”，除了胜利班师，没有其他任何第二种可能。

身为大宾的田忌，却对大庭广众公然商讨大军行动很不以为然。

神速与机密，已经是战国兵家的两个基本准则。除了有意给敌方释放假消息，任何军事机密都不应该在朝堂上公然商讨。当初在齐国，大战运筹除了齐威王之外，只有他与孙膑秘密定策，连丞相驺忌也不能参与。今日这郢都王宫，却聚集了二十多位重臣元老，以令尹昭雎为首，昭、景、屈、黄、项，楚国五大世族的首领与中坚人物全部到场。田忌不禁深深皱眉，看了一眼坐在楚威王左下首的张仪，古铜色的长脸既淡漠又困惑。

其实，张仪事前也不知道楚威王要搞如此大排场。在他心目中，以何种礼遇召见田忌，在多大范围里商讨灭越大计，都是不需要他着意提醒的，说多了反而容易生疑。自己入楚本来就是匆匆过客，交换回田忌万事大吉，又何须多事？如今楚王要田忌统军灭越，他的担待便是全力相助田忌顺利战胜，不使生出意外。对于楚国事务，他绝不作任何涉及，楚威王问什么他回答什么，而且只说越国楚国的战事。及至今日入宫，见到如此隆重的场面，起初也颇觉意外。然则张仪毕竟豁达，转而一想，对楚威王的苦心便也体察了。更重要的是，在张仪看来，纵然事不机密，灭越大战也必胜无疑，又何须在如此细节上丝丝入扣地计较？看田忌的脸色，张仪便知这位秉性严正的上将军对自己心有不悦，却苦于大庭广众无从解释。好在田忌坐在楚威王右下首，与自己对面，便对田忌眼色示意无须计较，坦然应对便是。偏偏田忌眼帘低垂，浑然不觉，仿佛不认识他一般，张仪只好心中叹息一声了事。

“诸位臣工。”楚威王站在整块荆山玉雕成的王台上开始说话了，“越国蛮夷举国犯楚，十五万大军向西压来。本王承蒙中原名士张仪鼎力襄助，请得田忌上将军入楚，统率我楚国大军迎击越蛮。今日恭迎大将军，是我大楚国的吉日。大将军是把整个越国奉献给大楚国，给楚国带来土地、民众、荣誉与胜利！”

“楚王万岁！”“大将军万岁！”朝臣被楚威王的慷慨情绪大大激发，高声欢呼起来。

令尹昭雎从座中站起，高亢宣布：“楚王授田忌大将军印——”

殿中乐声大起，四名老内侍抬着一张青铜大案，稳步走到大殿中央的王台之下。楚威王在肃穆的乐声中走下了王台，向肃立在大殿正中的田忌深深一躬，待田忌还礼之后，将青铜大案上的全套物事一一授予了田忌：一方大将军玉印、半副青铜兵符、一口象征生杀大权的王剑、一套特制的大将军甲胄斗篷。

其时，楚国与中原各国不同，出征的最高统帅称“大将军”而不是“上将军”。其间的差异在于，楚国大将军的爵位更高一些，权力更大一些。中原战国在相继大变法之后，权力体制已经相对成熟，将相分权也已经有了明确的法令。楚国则因为吴起变法的失败，仍然是“半旧半新”之国，权力体制多有旧传统。这种旧传统有两个基本方面，一是世族分治，二是重臣专权，后者以前者为基础。在最终以战争形式决定国家命运的战国时代，所谓重臣专权，更多地体现在最高军事统帅的权力上。由于这种差别，楚国的大将军更多地带有古老的英雄时代的遗风——言出如山，肩负国家民众的生死存亡与荣辱。在寻常时期，楚国大将军的全套权力，从来不会一次性地授予任何一个统帅。这是君主保持权力稳定的必然制约。但楚威王清楚地知道，田忌这次率军灭越是交换性的，田忌是要回齐国的。一次授予大将军全部权力，非但能激励田忌的受托士气，而且绝不会出现大权旁落，更能向天下昭示楚国求贤敬贤的美名，吸引中原士子更多地流向楚国，何乐而不为？田忌自然深知其中奥妙，所以也坦然接受了。

按照礼仪，楚威王当场侍奉田忌换上了大将军全副甲胄斗篷：一顶有六寸矛枪的青铜帅盔，一身皮线连缀得极为精致的青铜软甲，一双厚重考究的水牛皮战靴，一领绣有金丝线纹饰的丝绸斗篷。一经穿戴就绪，本来就厚重威猛的田忌更显得伟岸非常，直似一尊战神矗立在大殿之中。

“好——”众臣一片叫好，分外亢奋。

“田忌谢过楚王。”田忌向楚威王深深一躬，这是全礼的最后一个环节。

楚威王却并没有按照礼仪回到王座宣布开宴，他兴奋地打量着田忌，高声询问：“大将军，灭越大计实施在即，还需本王做何策应？”

田忌已经将大战谋划成熟，也确实想对楚王提醒几个要点，但却都是准备私下与楚王秘密商谈的，看目下如此这般声势，楚威王的确与张仪想的一样——列阵一战便是了，完全没有与自己密谈定策的模样。此时不说，很可能就没有机会说了。想到这里，田忌肃然拱手道：“对越大战，乃楚国三十年来之最大战事，须倾举国之兵，方有胜算。田忌唯有一虑：楚国全部精兵南调，则北部空虚，须防中原战国乘机偷袭；以目下情景，与楚接壤的齐魏韩三国，都无暇发动袭击，唯有北方的秦国须做防范。臣请派一员大将驻守汉水、房陵一线，一保楚军粮草接济，二保后方无突袭之危。”

田忌说完这番话的时候，楚国的元老重臣们一片目瞪口呆。

在元老贵胄们心中，灭越大战的方方面面都是楚王早已经运筹好的，何有危险可言？如今田忌一说，似乎这场大仗还未必是那么有把握，好像还有后顾之忧，顿时神色惶惶起来，你看我我看你，人人露出了疑惑的目光。楚国打仗，兵员钱粮的大部分都要从这些世族的封地征发，没有世族的支持，王室根本不可能有独立大战的根基。此刻他们若心有疑虑，这灭越大计便要麻烦起来了。

楚威王没有料到，田忌会提出如此一个事先完全没有想到的严重事实，赞同田忌所说么？很有些扫兴。断然否定么？田忌是天下名将，他有如此担心，定然不会是信口开河。楚威王阅历甚浅，这时对天下大势的确不甚了了，一时竟没了主意。猛然，他想到了张仪，转身笑道："先生以为，大将军之言如何？"

张仪洒脱地大笑了一阵道："大将军多虑了。秦国目下刚刚从内乱中挣扎出来，民心未稳，急需安抚朝野，根本无力他图。况且秦国新军只有五万余，还要防北地、西戎叛乱，如何有军力南下偷袭楚国？大将军但举倾国之兵，一战灭越为上。分散兵力，不能彻底灭越，反倒拖泥带水，两端皆失。"

"兵家法则，后方为本，但求防而无敌，不求敌来无防。田忌但尽所虑，楚王决断便是。"田忌很是淡漠，完全没有争辩的意思。

楚威王经张仪一说，顿感豁然开朗，对田忌笑道："大将军全力灭越便是。预防偷袭之事有张子筹划，定能万无一失。"

"谨遵王命。"田忌没有多说，平淡地退到了自己座中。

"开宴，为大将军壮行。"楚威王一声令下，钟鼓齐鸣，举殿欢呼，一场隆重热烈的宴会一直到华灯齐明方才散去。

曲终人散，田忌向楚王、张仪辞行，带着一班司马匆匆赶赴军中去了。

楚国东北部的原野上烟尘蔽日，大江中樯桅如林。

越国大军从水陆两路大举压来。

张仪走后，越王姒无疆与一班大臣将军商讨了整整两日，方才将攻楚的诸般事宜确定了下来。原先进攻齐国，北上的只有马步军，而今转而攻楚，自然要动用舟师（水军），便不得不稍缓了些许时日。早年，只有楚吴越三国有舟师，而以吴国的舟师最强大。吴国舟师以震泽（太湖）为根基水寨，上溯入江可直抵云梦泽进入楚国，南出震泽则直接威胁越国。当年吴国大败越国，舟师起了很大的作用。后来越国灭吴，舟师也起了同样作用。吴国灭亡，越国接收了吴国舟师，水军规模便成天下第一。与吴越两国对舟师的重视相比，楚国尽管拥有天下最为广袤苍茫的云梦泽，舟师却一直规模很小，作用也不显著。根本原因，是楚国的战争重心一直在中原大地，舟师派不上大用场。

这次，越王姒无疆大起雄心，要一举攻占楚国东北部江淮之间的几百里土地。这一带平坦肥沃，河流湖泊纵横交错，正是水陆同时用兵的上佳之地，越国舟师正好派上用场。议定大计，越王派出快马特使兼程南下，急令舟师出震泽进长江，直达云梦泽东岸扼守。他自己亲自统帅的十五万马步大军，则从北向南压来，形成“南堵北压”的攻势，意图一举占领江淮原野二十余城。

姒无疆是志在必得，诏命舟师多带空货船，准备大掠楚国财货粮食。越国舟师的战船原是两百余艘，征发的空货船却有三百余艘之多。五百多艘大小船只张起白帆，在浩渺大江中陡然立起了一片白色的樯桅之林，旌旗招展，号角相闻，声势壮阔之极。陆路之上，从琅邪南下的十五万马步大军汹涌展开，更是沉雷般滚过江淮原野。

消息传来，农户逃匿，商旅远避，大小城堡尽皆关闭。

楚国东北顿时陷入了惊恐之中。

就在越国水陆两路大举压来的同时，楚军也针锋相对地向江淮地区移动——陆路出昭关，水路下长江。与越国煊赫浩大的声势相比，楚国大军却是悄无声息地秘密移动，尽管还达不到田忌要求的那种隐秘与快速，却也不会将进军意图张扬得路人皆知。

战国之中，楚军的构成最为复杂。由于吴起变法夭折，新军训练没有成熟定型，楚军就变成了一种“老根基，新影子”的混杂大军：战车兵、骑兵、步兵、舟师四大兵种全都有。舟师不用说，是楚国这种水乡泽国的特殊兵种，与一百多年前没有任何变化。战车兵本该早已淘汰，可楚国却原封不动地保留着两千辆兵车与十万战车兵。铁甲骑兵是战国新军的核心兵种，可楚国却只有不到五万骑兵，而且还算不得精锐铁骑。楚国步兵本来不独立，在车战时隶属于战车单元，战车淘汰后，步兵才开始了与骑兵对应的独立步战。这种似独立非独立的步兵，楚国有三万多，既不属于战车兵，又不是与骑兵有效结合的步骑新军，只是全部驻扎在房陵山地，守护着这个辎重基地。楚国大军号称三十万，实际上的主战力量就是十万战车兵，其余的骑兵、步兵、舟师加起来十万出头，都不能独当一面地作战。

反复盘算，田忌只有根据楚国的实际军力来打这一仗。

田忌命令：舟师的一百多艘战船从云梦泽直下长江，在彭蠡泽[1]江面结成水寨，断绝越军舟师的退路。此时，越军舟师已经进入云梦泽东岸的安陆水面[2]，正在上游。越军舟师原本就不是为打仗而来，驻扎在云梦泽东岸，为的只是要堵住“楚军溃败之残部”准备大量装载抢掠财货，顺流而下。楚军舟师悄悄卡在下游的彭蠡泽江面，越军舟师便无法单独逃回越国。这是田忌的缜密处——若仅仅是陆上战胜，而让越军残部从水路逃走，那也不能一战灭越。

与此同时，田忌亲自率领十万战车兵与五万骑兵秘密东进，日夜兼程地赶到了昭关外的山谷扎营，准备迎候越国大军，在这里决战。对于驻守房陵的三万步兵，田忌没有动用。他始终认为，房陵汉水是楚国大军的粮草基地，但却是一根软肋，需要有所防范。尽管楚王与张仪都拒绝了他的看法，但既然做了楚国的统帅，田忌还是要为楚国认真谋划，不想顾此失彼。三万步兵，对于战胜越国来说，增添不了多少力量，但对于扼守汉水房陵来说，就是一支弥足珍贵的兵力。这是田忌瞒着楚威王君臣与张仪，私自决断的，假若对越国战败，田忌就要承担“调兵失当”的罪名了。

---

[1] 彭蠡泽，古代长江大湖泊之一，在今九江区域。

[2] 安陆水面，古代云梦泽东部，当在今武汉区域。

昭关[1]外的丘陵原野，是田忌选择的战场。

昭关是楚国东部要塞，也是与老吴国的界关。这里东临大江，多有丘陵山地，昭关便坐落在岘山两座山峰夹峙的谷口，山外是平坦的原野河谷。无论从东部还是北部进入楚国，昭关都正当冲要。田忌率先头五万骑兵赶到时，从郢都、淮北几座军营陆续赶来的战车兵还没有全部到达。等得三两日，这些笨重的战车，才在轰轰隆隆的人喊马嘶中卷着冲天的烟尘到齐了。

这时田忌接到斥候急报：越军还在三百里之外，两三日才能赶到昭关。田忌不禁长长松了一口气："天助楚国也。"原来，他最吃不准的就是楚军与越军的行军速度。当年与孙膑打仗时，都是靠大军快速调动实施谋略的。围魏救赵、围魏救韩，都是千里驰驱，昼夜兼程，否则不能诱敌深入，更不能集中兵力伏击强敌。这场大战，楚军能够先期到达，以逸待劳，可在国门之外进行决战，胜算便很大。若越军先期到达攻下昭关，则楚国朝野震恐，纵能在境内取胜，也必得大费周折。尤其是这种老式战车兵，如不能先敌从容部署，仓促迎战，十有八九都会溃败。

这两天时间可是太要紧了。田忌立即下令：大军偃旗息鼓，全数驻扎在隐蔽的山谷，使昭关外的河谷原野看不到一座军营。暮色时分，田忌升帐聚将，开始详细部署大战谋划。由于楚军车战将领对新战法非常生疏，田忌必得向每个受命将军反复说明交代，如此直到四更方散。

一切准备就绪，楚威王与张仪赶到了。看到昭关外一片宁静的原野，楚威王惊讶了："大将军，楚国大军何处去了？还没有抵达么？"田忌悠然道："虚则实之，实则虚之。楚王但放宽心便是了。"张仪爽朗笑道："将在外，君命有所不受。楚王明日但看大将军灭越是了，何须问他细务？"楚威王恍然笑道："先生说得是。大将军，虚则实之。好。"

第三日将近午时，山外碧蓝的晴空突然变成了灰黄色，隐隐沉雷从东北天边隆隆逼来，昭关外的河谷也突然阴暗了下来。须臾之间，沙尘天幕中旌旗招展，恍若连天海潮向昭关压来。岘山峰顶的楚威王与张仪

---

[1] 昭关，今安徽含山北部的小岘山地区。

看得特别清楚，不禁相顾变色。再看旁边的田忌，却正在指挥军吏转动那杆黄红色的大纛旗。大旗三摆，田忌已经飞马下山。

片刻之间，楚威王便看见岘山谷口排开了一个巨大的步兵方阵。仔细看去，竟然全部是弓弩手，战车骑兵不见踪迹。田忌立马阵前，怀抱一面红色令旗，好整以暇。楚威王不禁低声嘟哝：“如何只有这少许人马？越军可是十五万大军，仗能这样打么？”张仪高声笑道：“楚王快看，姒无疆到了。”楚威王遥遥鸟瞰，只见土红色的越军已经漫山遍野地压到岘山谷口，东北原野上犹有烟尘蔽天源源涌来。当先两辆战车，第一辆载着一面“越”字大纛旗当先奔驰。这是战车兵的战阵传统，叫护旗车。后面一辆战车四匹白马驾拉，驰骋如飞，在土红色的海洋里分外抢眼。楚威王对战车还算熟悉，一眼看去，便知这是一辆配备五名车战甲士的重型战车。战车正中，一领大红斗篷迎风飞舞，头顶玉冠在阳光下熠熠生辉，显然是越王姒无疆。

将近楚军一箭之地，越王战车停了下来。姒无疆打量着谷口这片土黄色的步兵方阵，扬鞭一指哈哈大笑：“阵前何人？些许黄虫，能挡得海神天兵么?！”

田忌出马阵前，拱手一礼：“在下田忌。我有十万天兵埋伏，越王还是下马向楚王称臣，免你死无葬身之地。”大将军没有一丝笑意。

“田忌？噢哈哈哈哈哈！”姒无疆笑得更加骄狂，“无名鼠辈，也学会了本王的海神天兵战法么？”

“正是。”田忌又是一拱，“天兵战法，越国一绝，在下自然向越王讨教。”

“好噢！”越王姒无疆一跺脚，大纛旗与重型战车飞一般驰向右边一个山包，到得山顶，越王向东海方向深深一拜，猛然回身，拔出青光闪烁的吴钩大吼，“海神驾临——天兵奋威——”随着悠长尖锐的呼号，那面红色大纛旗左右急速摆动，越军阵前的三百多辆战车飞驰两边，“呜呜”的海螺号声响彻山谷，土红色海洋中涌出了一个怪诞狰狞的大阵——青面獠牙的海蓝色面具，硕大的棕色皮盾，闪亮的吴钩弯剑。

这便是天下罕见而越国独有的“海神天兵阵”。随着大阵涌出，越军的三百多辆战车与两万多骑兵分列在“海神天兵”的左右原野，成为侧翼力量压了过来。

田忌曾经做过齐国的南长城守将，对楚越两军的军制战法都很熟悉。据多路斥候回报：越王这次“伐楚”以战车与骑兵当先，步兵随后，而没有以“海神天兵”做主力大阵的意思。虽然越军的战车、骑兵数量很少且战力较弱，但田忌还是不想用楚国的战车骑兵正面迎击。若双方车骑正面交战，楚军最多只能击溃越军车骑而不能歼灭。在大体平坦的山原河谷交战，战车与骑兵都很容易脱离纠缠而逃跑。最好的情势是：越军以步战为主，战车骑兵辅助步兵大阵，有利于楚军一战成功。越国多山，加之河流纵横湖泊密布，战车骑兵难以驰骋，所以历来以步兵为主力军。越人剑术普及，精健灵动，几乎人人都是上佳武卒。所以越军的十万步兵是真正不能小视的。中原战国与越国交兵，最感棘手的还是越国步兵。以常理推测，楚军似乎不应与越军步兵正面决战。

但事有奇正，目下的楚军偏偏就是越国步兵的对头。原因很简单，开到昭关的楚军只有战车兵与骑兵。这战车恰恰是单纯步兵的最大克星。虽然说车、步、骑各有所长，但在特定形势下却不能一概而论。两军总体对比，都是车战时代的军制战法，无分伯仲。但同是旧军，战车冲击力大大优于步兵。尤其对于没有深沟高垒的步兵，战车更是致命威胁。而楚国的五万骑兵，多少还有一些新军的影子，对付越国的战车、骑兵也是游刃有余。正因为如此，田忌才要设法引诱越王摆出“海神天兵”的步兵大阵来。而在骄横的越王姒无疆看来，却是将计就计，正好牛刀杀鸡，何乐而不为？

见战阵列好，田忌高声喊道：“请越王发兵——田忌天兵应战也——”喊声落点，飞马驰向楚军大阵右边的山头，站在了一面亮黄色的大纛旗下。

“海神天兵——灭杀黄虫——”越王姒无疆一声高喊，土红色大纛旗急速摆动，山头上的几百支海螺号凄厉长鸣，海蓝色的狰狞大阵轰轰轰地向楚军压了过来，大有排山倒海之势。

楚军大阵却像沉寂的山谷，只闻风卷旌旗的猎猎之声。待海蓝色大阵压到半箭之地，楚军山头突然战鼓如惊雷滚动，黄色方阵万箭齐发，海蓝色的浪头便轰隆隆卷了回去。与此同时，田忌所在山头的黄色大纛旗四面摆动，几百支牛角号呜呜吹动，两面山谷中惊雷大作，一面涌出的两千辆战车如山崩一般压向海蓝色大阵，一面涌出的五万骑兵如潮水般卷向越国两翼的战车。楚国的战车全部是两马驾车、车下五十卒、车上甲士三名的中型战车。车上甲士配备长矛硬弓，车下步卒都是吴钩藤牌。越军步卒的个人技击能力虽然出色，但却从来没有结阵而战的训练传统，其战法与北方胡人的散漫冲杀如出一辙。如此步兵又无壕沟掩体，与山岳般压来的战车正面撞击，立即被分割得七零八落，兵不见将，将不见兵，一片呼喝吼叫。楚军战车后的配伍步卒趁乱猛砍猛杀，漫山遍野的海蓝色“天兵”大阵，顿时成了楚军的大屠场。

车战是成本极为高昂的一种古典战法。战车精良、车上技击、车下配伍，是车战的三个基本要素。一辆装备精良，经得起高速奔驰、剧烈颠簸、强力冲撞而又能保持作战性能的战车，大约需要数十家农户一年的赋税才能打造出来。春秋时代，一个大诸侯国能拥有一千辆战车，便是非常难得的了，此所谓千乘之国也。而车上甲士的技击训练更是严格。且不说在高速颠簸中保持长矛击刺、强弓远射的杀敌能力，仅甲士所需要的基础功夫——驾车、马术、车上平衡、相互配合保护等，就远非一般人所能胜任。而与车战配伍的步卒与寻常步兵也有很大不同，除了跟随战车奔跑杀敌的速度与耐力，还得保护战车不被敌方伤害，同时又必须在高速奔跑中结阵杀敌。也就是说，车战是一种完整的战争方式，对所有方面都有严格的要求，绝不仅仅是简单的马车加步兵。这种高昂的成本，是车战消亡的重要原因。到了战国之世，频繁的战争使车战所需要的各种资源无法满足：战车无法快速打造，车上甲士无法成批训练出来，配伍步卒也难以大批挑选出来，就连适合驾驭战车的良马也根本无法源源提供。

目下，楚国这车上甲士与车下步卒就多有滥竽充数者。为了确保战车的冲击力，田忌事前对战车兵作了适度裁减。车上甲士减为每车两人或一人，车下步卒每车减为三十卒或二十卒，年长迟钝者全部改为弓弩

楚国灭越之战示意图

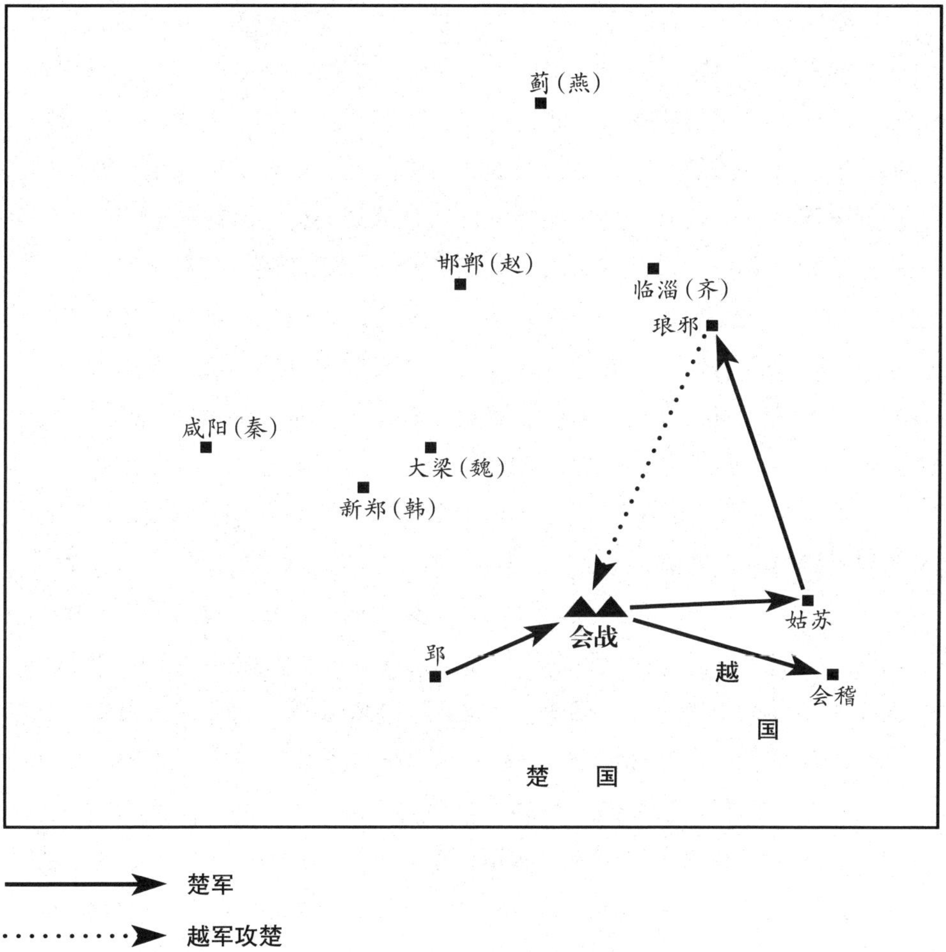

手，所留甲士步卒都是较为精悍的劲卒。所以，楚军战车在平坦的河谷原野上展开，轰隆隆铺天盖地，威力大是惊人。

两翼的骑兵冲杀，又是另一番景象。越军的骑兵与战车本来就是越王姒无疆的直辖亲军，寻常都在中央主阵保护越王。偏偏今日以“海神天兵”做了主阵，骑兵战车被摆在了两翼，越王的重型战车也脱离了战车阵形，飞上了一座山包去指挥大军。楚军骑兵一出谷口便分为两路，一路杀向越军的三万骑兵，一路包抄越军的三百辆战车。越军的骑兵与战车本来缺乏训练，数十年来几乎没有经历过实战，战马、骑士、战车，都成了徒有其表的仪仗兵。相比之下，楚军毕竟长期与中原冲突，骑兵更是最经常使用的快速力量，基本的战力始终是稳定的。冲击越骑的这路楚军骑兵也是三万，兵力相当，按照骑战规矩，正是旗鼓相当。但一经在原野上展开，三万越骑却大见狼狈——旗帜散乱，盲目窜突，大呼长吼间纷纷人仰马翻。楚骑尚未冲杀到核心，越骑先自乱作一团，有的要冲过去保护越王，有的要与战车会合，有的要逃跑，有的要杀敌，自相冲突践踏，完全不成阵形。楚骑山呼海啸般杀来，吴钩闪亮翻飞，不到半个时辰，越军骑兵便告土崩瓦解。

另一路骑兵对战车，更是奇观。战车是老式重兵，骑兵是新军重兵。车战时代没有集团骑兵（散骑例外），所以也没有战车与集团骑兵交战的先例。目下，战车在中原战争中消亡，集团骑兵也没有过与战车交锋的战例。如此一来，这场车骑之战便成了无规矩可循的乱战。战车与骑兵，都以快速奔驰为基本点，谁丧失了速度，谁便丧失了冲击力。战前，田忌给这两万楚军骑兵的战法是“百骑对一车，先车后卒”。按照越军战车一车百卒的军制，三百辆战车共三万兵力。楚军的一百骑对越军一百卒加一辆战车，也是旗鼓相当。谁知越军战车一开始奔驰迎击，山原上便大是热闹起来：越军的老旧战车一经剧烈颠簸，有断轴者，有折辕者，有甲士摔下战车者，有步卒被战车碾死者，甚至有车轮四散而战马只拖着车厢狂奔者……楚军骑兵冲杀间忍不住一片哈哈大笑。

日暮时分，战场的喊杀声沉寂了，昭关外唯有楚军欢呼胜利的声音。

整整两个时辰，越国的十五万大军土崩瓦解，姒无疆被乱军所杀，越军残部全部降楚。

在楚军的欢呼声中，楚威王在昭关举行盛大宴会庆功。张仪、田忌被楚威王请到了最为尊贵的中央位置，楚威王自己与随行大臣则全部在偏座。张仪洒脱不羁，见楚王相邀盛情难却，也就哈哈大笑入座了。田忌却是几番推辞，总算被楚威王扶到了案前，还是如坐针毡般大不自在。

“诸位臣工。”楚威王兴奋地举起了大爵，“一战灭越，全赖先生谋划、大将军统军大战之功！来，为先生，为大将军，干此一爵！”

“为先生！为大将军！干！”全场欢呼，个个痛饮。

“启奏我王。”令尹昭雎起身高声道，“臣请赐封田忌大将军三县之地，封号武成君，统率大楚兵马，北上与中原争霸。”

“臣等赞同！”楚国大臣异口同声。

楚威王爽朗大笑：“大将军，本王正有此意，就做楚国武成君如何？”

田忌一脸肃然，拱手答道：“楚王与先生本有定议，田忌只打一仗。”

张仪看看楚威王笑道：“楚王英明，岂肯食言自肥失信于天下？”

“噢，回头再议了。”楚威王岔开话题道，“先生、大将军对灭越后事有何见教？”

张仪悠然笑道：“越国立国一百六十四年而被楚灭，使楚开地千余里，增民两百万，几成半天下之势，天下待楚国将刮目相看也。然则，越国部族散居荒山、水泊、海岛，极难归心。欲得真正安定，化越入楚，尚需派出一支大军常驻越地十余年，待其民心底定后再行常治之法，方为上策。”

“大将军之见如何？”楚威王似乎更想听田忌的看法。

田忌坦然道：“先生所言，极是远虑深彻，田忌以为大是。”

“好！”楚威王拍案，“明日即派大军开赴越地，化越入楚……”

突然，大帐外马蹄声疾，大是异常。楚威王尚在沉吟间，辕门已经传来锐急的报号声：“房陵军使，紧急晋见——”话音落点，一人跌跌撞撞进帐，一身污秽血迹，扑在楚威王案前号啕痛哭。

帐中皆愕然变色，楚威王大是暴躁，拍案怒喝：“败兴！说话！”

“禀报我王。”军使哭声哽咽道，“秦军偷袭房陵，夺我府库仓廪，杀我两万余人，汉水之地三百里，全都让秦国占了……”

偌大军帐，骤然死一般沉寂，方才的隆重喜庆气氛片刻间荡然无存。汉水三百里土地尚在其次，房陵数百座粮仓府库的失守才当真令人心惊肉跳。那里储存了楚国十分之七八的粮食兵器财货，夺走房陵，无异于夺去楚国近百年的府库积累。对于任何一个楚国人，这都是难以忍受的噩耗。

死一般的寂静中，楚威王面色铁青，牙关紧咬，“咣当”将一只铜爵摔在地上。

令尹昭雎阴沉着脸站起，突然一声大喝：“张仪——给我拿下！”

田忌愤然高声道：“且慢！此事与张子何干？田忌敢请楚王说话。”

楚威王冷冷地瞅了田忌一眼，大袖一甩，转身而去。如此几番折腾，张仪竟然还愣怔在座中，苍白的脸上木呆呆没有丝毫反应。田忌大急，疾步上前掐住了张仪的人中穴，大喊一声：“张子——”

六　错也数也　不堪谈兵

昏暗的石屋里，遍体鳞伤的张仪终于醒了过来，恍惚间仿佛一场噩梦。

身下的石板是冰凉的，浑身是冰凉的，心也是冰凉的，那一线微光似乎也是飕飕的凉风，将那一丝朦胧混沌的感觉都变成了冰凉。睁开眼睛，张仪觉得很清醒又很朦胧，明明是一方凉冰冰的天地，如何却又感到热烘烘的一片焦躁？还是闭上眼睛想想，究竟发生了何等事情？如何自己突然变成了一片空白？

张仪深深吸了一口气，日间之事在一片冰凉潮湿中渗了出来——呵，军使来报，房陵被秦军偷袭，楚王摔了铜爵，昭雎喊了什么？是了，拿下张仪。对了，田忌还争吵了一阵，好像没用。以后的事么，不用想了，还能如何？突然，张仪觉得很可笑，入楚原是名士，灭越之后更是尊神，如何正在被楚国君臣的香火供奉之时，虔诚的颂扬突然变成了一记闷棍？一谋之功，由人而神。一谋之过，由神而鬼。世间事当真如此滑稽？是也是也，当真滑稽。心念一闪，张仪突然大笑起来，边笑边唱："习习谷风，维山崔嵬。无草不死，无木不萎。忘我大德，思我小怨。"唱着唱着，又飘飘然去了……

再次醒来时，张仪浑身软得酥了一般，透体的冰凉如何又换了轻飘飘暖洋洋，仿佛大醉之后一般？那是什么声音？窸窸窣窣隐隐约约的好像就在身边？张仪费劲地睁开眼睛，却见一个人跪坐在身边，似乎还在低声哭泣，闭闭眼睛再睁开，张仪相信这不再是梦，不再是醉眼昏花，这是真实的。

"绯云？是你么？"张仪含混地嘟哝了一句，那张嘴仿佛不是自己的。

"张兄！你，你终于醒了……"哭声停了，泪珠却滴在了张仪脸上。

"绯云。"张仪慢慢张开嘴巴，"看，看，我的舌头还在么？"

绯云"扑哧"笑了，边抹眼泪边点头："在，在吔。"

"好，好。"张仪长长地喘了一口粗气，"但有三寸舌在，张仪，还是张仪。"

"先别说话，我给你喂点儿热米酒。"绯云轻柔地扶起张仪倚在自己肩头，转身拿过一个布套包裹的铜壶，将壶嘴儿搭在张仪嘴唇边，"来，喝下去会好些。"香甜温热的米酒一入口，张仪大感干渴，咕噜咕噜牛饮般吞咽起来，一壶热米酒顷刻全部干净。张仪大感精神，四顾打量，发现这是一间竹墙茅屋，透过半掩的木门，一座苍翠的山头横在眼前，似曾相识。"绯云，这，这是何处？"张仪惊讶得有些结巴起来。

"长阳谷，田忌隐居之地。"

"如何能在这里？田忌何在？"

"张兄莫急。"绯云叹息了一声，"我这就说给你听……"

昭雎缉拿了张仪。田忌大急，一面教绯云到令尹大帐打探，一面连夜紧急求见楚威王。绯云火急赶去，用一百金买通了令尹府一个军吏，才得以守候在令尹府门厅等候。夜半时分，田忌匆匆赶到，出示了楚王的金令箭，才强迫昭雎放出了遍体鳞伤的张仪。出得令尹府，田忌一句话也没说，连中军大帐都没有回，就亲自驾着一辆战车将张仪主仆送到大江边。这时，一艘轻便快船已经在江边等候了。朦胧月色下，田忌对绯云说："先生重伤，好生护持。我稍后便归。余事不用操心，上船便知。"说完匆匆走了。

上得轻舟，一个精悍的年轻人来到舱中对绯云说："我乃将军族弟，名叫田登。小哥但放心看护先生便了。这是一个红伤药箱，小哥想必会打理红伤。"绯云急忙点头谢了，便在一支粗大的蜡烛下埋头打理昏迷不醒的张仪。整整一个时辰，绯云才将张仪的全部伤口擦洗上药完毕。这时田登又来到舱中，见张仪已经安然昏睡，方才对绯云说了田忌的安排。田忌叮嘱：楚国君臣正在嫌恶张仪，更兼昭雎险恶，先生不能留在昭关，须得先回长阳谷疗伤，待痊愈后再作他图。如此漂漂荡荡地走了六天，才回到了这云梦泽的长阳谷。

"将军如何，他没受牵累么？"张仪急问。

"田登说，楚王与将军又做了一个交换：将军须统兵收复房陵，楚国方能放人。将军坚执要楚王先放出张兄，否则不接受交换。僵持半个时辰，楚王才出了令箭。送走我等，楚王便敦促将军连夜带兵北上了。田登安顿好我等，也随后追赶将军去了。"

张仪听得愣怔，良久道："绯云，你去歇息，我好生想想。"

"哎，做好饭我便来吔。"绯云收拾了零碎物事，扶张仪躺好，轻手轻脚地出去了。

田忌统兵北上的消息使张仪大感意外。田忌为自己开脱辩解，这是很正常的；连夜赶到楚王行辕解救自己，也属该当之行。毕竟，是张仪给田忌创造了重新返回齐国的机会，而且准备共事图谋振兴齐国。利害关联，作为报答也都是题中应有之意。可是，以统兵收复房陵为交换，就大大超出了报答举动。秦国新军绝非越国的乌合之众可比，楚国的老战车与半新半旧的骑兵如何能收复房陵？秦军能够千里奔袭，谋划者与统兵大将一定都是非凡人物，岂能没有充分的迎战准备？楚军北上，岂非以卵击石？田忌作为当世已经成名的老将，历来用兵慎重，一个牛刀杀鸡的对越之战，尚且是战战兢兢如履薄冰，岂能对秦楚实力心中无数？更重要的是，如此交换，将使田忌在楚国越陷越深，楚人薄情寡恩，败了走不脱，胜了不能走，后患将是无穷尽的。实际上，做出如此交换，田忌等于将自己的后半生全部押给了楚国，重回齐国的愿望很可能因此而永远无法实现，对于一个齐国王族子孙而言，永远地客居异国，老死异乡，那真是一曲磨人终生的悲歌。

显然，田忌将自己押在楚国，楚国对张仪的恨意才会稍减，他张仪才算彻底地脱离了险境，才有安全养息的可能。张仪啊张仪，你值得田忌付出如此牺牲么？若是挚友知音如俞伯牙钟子期者，自然是士为知己者死，死而无憾。可张仪之与田忌，却只是初次结识，既算不得挚友，更算不得知音。张仪为田忌返齐奔波，也只是出于为自己物色力量的利益之需，本来就是“权衡利害决其行”，所以张仪对田忌也从来不从“义”字上说事，甚至也不从“道”字上说事。豪放不羁的张仪，对人对事从来不讲虚伪烦琐的情义理礼，而只追求透彻地把握利害关联。田忌虽寡言，却睿智，岂能不知策士纵横之准则？所以，张仪与田忌谈不上情义之交。那么，谈事定策的见识方面呢？似乎更与知音不搭界。

秦军偷袭房陵，田忌是经过认真揣摩，事先作为唯一的危险提出来的。而张仪，却不假思索地立即否定了田忌，最终也导致了楚王对田忌的否定。事实上，田忌并没有赞同张仪的看法，但却也没有像策士那般据理争辩，非要见个你高我低。现下想来，田忌的那句话是有道理的：“兵家法则，后方为本，但求防而无敌，不求敌来无防。”

回想起来，张仪真是不可思议，当时自己为何对如此要紧的兵家格言充耳不闻，那么一阵笑谈，便否定了一个当世名将的深思熟虑？张仪啊张仪，身为名门策士，如此浅薄轻狂，实在是天下笑柄。当房陵军使急报噩耗时，你张仪震惊得面色灰白，呆若木鸡般连话也说不出来，不觉得羞愧么?!

心念及此，张仪苍白的脸色涨得通红，生平第一次生出了无地自容的感觉。仔细想来，自己对秦国从来不甚了了，偏偏竟莫名其妙地蔑视秦国。对兵家战事之学，自己从来就是皮毛耳耳，偏偏竟莫名其妙地轻率谈兵。张仪啊张仪，与苏秦的沉稳与透彻相比，你是何等的浅薄浮躁？苏秦常说："锋锐无匹，吾不如张仪也。"张仪对苏秦的这种称赞，每每总是大笑一通，口中"非也非也"，心里却是很得意的。这次，也是生平第一次，张仪蓦然醒悟，自己与苏秦相比，实在是差了一筹。

木门半掩，昏黄的阳光长长地铺在了茅屋的厅堂，张仪盯着枕在山头的那一轮残阳渐渐沉沦，一线冰凉的泪水涌上了苍白的面颊。

猛然，他心头一阵震颤，霍然挺身坐起，却又低低地闷哼了一声，沉重地倒下，压得身下的竹榻吱呀吱呀一阵大响。咬牙片刻，他又重新坐了起来，抹抹额头汗水，撑着竹榻缓缓站了起来。四顾打量，他看见了门后那根撑门的风杖，试图走过去拿那根风杖助力，不想方得抬脚，膝盖便一阵发软，"咕咚"坐在了地上。张仪哈哈大笑，兀自摇头嘟哝："昨日英雄盖世，今日步履维艰……"喘息得一阵，又全神贯注地两手撑地着力，竟缓慢地站了起来。咬牙挪得两步，便将那支风杖抓在了手里，虽摇摇晃晃却总算没有跌倒。借风杖之力，张仪站着稳住了气息，自觉那种眩晕漂浮和眼前的金星慢慢消失，一身大汗之后，觉得大是清醒。拄着风杖，张仪一步一步地挪出了门外。

夕阳西下，一抹血红的晚霞还搭在苍翠的峰顶，一缕袅袅扶摇的炊烟正融进苍茫的暮色，三面青山如黛，谷底澄江如练，谷风习习，山鸟啁啾——多么美好的河山，多么美好的尘世。瞬息之间，张仪生出一种恍如隔世的感觉，痴痴地伫立在晚风之中。

"张兄——"随着脆亮急切的呼唤，绯云急匆匆赶来，"吔！你敢站在这儿？田忌这望乡台是临渊孤石，有多险！不知道么？快下来，慢点儿，踏实了，哎，对了。"

张仪被绯云一顿嚷嚷，下得孤峰高台，方才回过神来，抬头正要说话，却惊讶地盯着绯云哈哈大笑起来："是了是了，这才是真山真水嘛！"绯云大窘，捂着脸笑道："你不见了，人家顾不上了吔。"张仪高兴得点着风杖笑道："好啊好啊，我张仪有个小妹了！"

张仪在长阳谷秘密养伤，绯云全副身心地操持料理。这长阳谷本是隐居之地，除了盐巴铁器等物要上市购买外，一切都是自耕自足。下厨做饭，就要先到菜田摘菜，到井中汲水，若米面没有了，还得捣臼舂面，便成了古人常说的“儿女常自操井臼”。更不要说还有自酿米酒、浆洗缝补、采茶炒茶、洒扫庭除等活计。但最要紧的，还是全力侍奉重伤的张仪，煎药喂药、擦洗伤口、敷药换药、扶持大小解、昼夜守候。绯云虽是精明利落，也忙得陀螺般转。

长阳谷原是留有两个守庄老仆，可绯云坚执自己料理一切，除了田中粗重活计，绝不要仆人帮忙。这些细碎烦琐而又连绵不断的活计，要做得又快又好又干净，便不自觉地要遵从一些基本规则：下厨戴围裙，头上包布帕，长发盘成发髻，喂药换药要跪坐榻前，浆洗缝补免不了要飞针走线。每日操持忙碌之中，绯云竟渐渐忘记了原来长期训练成的男身习惯，此刻风风火火赶来，头戴布帕，腰系围裙，一支玉簪插在脑后发髻上，长长的云鬓细汗津津，丰满的胸脯起伏喘息，眼波盈盈，白皙红润，活脱脱一个干练的美少女。张仪如何不惊叹？

母亲将绯云交给他时，并没有说绯云是个少女。游历蹉跎，虽说也常常觉得绯云显出顽皮可爱的女儿神态，但也只是心中一动而已，张仪并没有认真去想。毕竟，少男少女之间的差别并不是泾渭分明的，而且也确实有那种音容笑貌相类于少女的少男。但更重要的是，张仪出身寒门，襟怀磊落而又洒脱不羁，对仆人历来不做贱人看，也不想无端地去追问这些一己之秘。在他看来，绯云不说，那便是不能说不愿说或者无甚可说，又何须使人难堪？今日绯云如此景象，他自恍然大悟，心中莫名其妙地大是畅快。

“吔，别站风里了，回去。”绯云羞涩地小声嘟哝。

“绯云。”张仪突然正色道，“必须离开长阳谷，收拾一下，后半夜走。”

“吔！这是为何？你伤还没好，走不得。”绯云一急，声音又尖又亮。

“吔，你不知道么？”张仪学着绯云独有的惯常口吻笑道，“田忌换我，身不由己，将我安顿在这里，也本是权宜之计。只要我在这里住，田忌便不能甩开楚国。将心换心，我要给田忌自由，他绝不想在楚国陷得更深。必须走！”

“没有人知道我们住在这里啊？”绯云还是想不通。

“小孩子话。”张仪“笃笃笃”地点了点风杖，“那房陵是昭雎封地，秦国挖了他老根，他恨死我了。纵然楚王放我一马，昭睢也会寻找我的。他是令尹，权势大了，这里决然逃不出他的密探刺客。”

“吔！”绯云惊出了一身冷汗，“那就快走！到齐国的路还算好走。”

“还能回齐国？”张仪苦涩地一笑，“回家，回安邑老家。”

“张兄，你……”绯云看见张仪眼中泪光，哽咽起来，却又立即咬牙忍住，“好，回老家。走，你先歇息养神，我去准备便了。”

四更时分，月明星稀，一叶独木扁舟漂出了滚滚滔滔的长阳山溪，漂进了水天一色的茫茫云梦泽，漂向了遥远的北方彼岸。

“张兄，你在想甚？好痴吔。”绯云的声音在桨声中飘荡着。

“苏秦。他为何选择了秦国？”

“他觉得秦国好吔。还能有甚？”

张仪哈哈大笑：“倒也是！并无甚个奥妙。只是啊，我也得对秦国重新估量了。这老秦忒恶，跌我出门一个嘴啃泥，忘不了也！”